運命の乙女は狂王に奪われる

木野美森

Mimori Kino

JN223442

RB

レジーナ文庫

登場人物紹介
ベルナクス
ナバル国の若き王。
元は英雄王として名高かったが、
呪いの影響で心が荒《すさ》み、
狂王と呼ばれるようになった。
リリー
リーシェン国の伯爵令嬢。
生真面目で心優しい少女。
呪いに苦しむベルナクスを
救うため奮闘する。

アンゼリーナ姫
アルバ国の王女。ベルナクスとの結婚を望んでいる。しかし、行動に不審なところがあり……？
ユージス
ベルナクスの腹心。目的のためには手段を選ばない冷酷さがあるが、王への忠誠心は本物。
トビアス
リリーの幼なじみ。悪い人ではないものの、やや押し付けがましい。
ウィル
ユージスの侍従。明るくて気の利く少年で、リリーにもよくしてくれる。
ニール
リリーの弟。ベルナクスを暗殺しようとして失敗し、人質となる。

目次

運命の乙女は狂王に奪われる

もうすぐ夜が明ける。

リリーは自室の窓から、白い月が霞《かす》んでいくのを眺めていた。

陽が昇る頃には、この生まれ育った屋敷を出て旅立つ。だが、その決心がついているとは言い難かった。

それでも、彼のことを忘れられるはずがない。だから行って確かめなければならないのだ。

目を閉じて想えば、あっという間に心はあの日に引き戻されてしまう。

嵐のような記憶の隅《すみ》にひっそりと残る、求められるますべてを捧げた夜に——

ふいによろめいて、リリーは窓枠に手をついた。

いまでも、熱い吐息が肌の上に鮮明によみがえってくる。身体に残る、色褪《あ》せることのない愛撫《あいぶ》の記憶は、しばしばリリーを苛《さいな》んだ。

その時、急に自室の扉が叩かれた。

出立の用意が調《ととの》ったのだ。

「すぐに行きます」

リリーは振り返って背筋を伸ばし、しばらく扉を見つめた。

この先に、なにが待つのか。

あの日、屋敷を飛びだした時から、リリーの運命がはじまった。

いまは苦しくても、ここに残って時が過ぎるのを待てば、新しい愛を得ることもあるかもしれない。

それでも、リリーは扉へ向かって一歩踏みだした。

彼《か》の王のもとへ。

運命を、乗り越えるために。

＊　＊　＊

レイムルグ海に浮かぶ大陸、ボルタニア。

この大地に、ひとりの覇王《はおう》が誕生しようとしていた。

ボルタニア大陸は十一の国からなり、おおむね豊かな大地と穏やかな気候に恵まれている。

――汚れた北方の地以外は。

北方の地は、万年雪《まんねんゆき》で閉ざされた不毛の地で、大きな問題を抱えていた。

それは、汚れた地、北のクロズス山脈に棲《す》む蛮族《ばんぞく》である。

蛮族とは、獣神《じゅうしん》を崇《あが》め、都を持たないということ以外、ほとんどが謎に包まれた民族。

彼らは険《けわ》しい山脈に潜《ひそ》み、農耕はしないといわれている。厳しい生活環境に暮らし、近隣の国々から奪《うば》うことで糧《かて》を得ていた。

――闇に跋扈《ばっこ》し、人を狩り、なにもかも奪っていく。

その神出鬼没《しんしゅつきぼつ》の襲撃に、多くの勇者や軍隊が破れた。

被害を受けたのは、クロズス山脈に臨《のぞ》む国だけではない。蛮族はしばしば、海を船で進み、南方の国々を襲うことがあった。

その蛮族に立ち向かったのが、北の国、ナバルの若き獅子王《ししおう》ベルナクスだった。

彼は闇雲に戦うのではなく、謎に包まれた蛮族の実態を詳しく調べることからはじめたという。

その結果、彼は都を持たぬといわれていた蛮族の王城を突き止め、王を倒した。

要《かなめ》である王を失った蛮族を、獅子王は次々に討伐《とうばつ》したのだ。

蛮族の襲撃に怯《おび》えて暮らす日々は終わり、ボルタニア大陸の人々は若き英雄王を熱狂的に称《たた》えた。

しかし、蛮族討伐を果たした王は、次にナバルの南に位置する隣国シラール王国に軍を進め、次々と他国を侵略しはじめたのだった――


ベルナクス王率《ひき》いる、ナバル軍の大陸南下開始より二ヶ月後。

西方小三国の一端を担《にな》う、リーシェン国王都ローンデンの大通りに、馬に激しく鞭《むち》を入れて走る馬車があった。

怯える民衆で大通りが騒然としているため、馬車の速度が徐々に落ちていく。

その揺れる馬車の中、アスベルク伯爵家の娘であるリリーは、じりじりとしながら座っていた。

今日、ナバル国への全面降伏を決めたリーシェン国は、王都にナバル軍を受け入れるのだ。

リリーは本当ならば、この日は屋敷の奥で母に寄り添って過ごすはずだった。西方小三国による対ナバル同盟が破られた時に、騎士として命を落とした兄の死を、母と悼《いた》むつもりだったのである。

だがそんなリリーのもとに、王都の広場に姿を見せるという狂王ベルナクスを暗殺するため、弟のニールが動いているという報《しら》せが届いたのだ。

リリーよりも四つ年下のニールはまだ十三歳で、騎士見習いとして訓練をはじめたばかり。兄の死に憤《いきどお》っていたとしても、そんな無謀なことをするとは考えられなかった。しかし、彼はこのところ少々荒っぽい仲間と一緒にいることが多かったらしいので、可能性は否定できない。信じたくはないが、屋敷でじっとしてはいられなかった。

そうして、リリーは慌てて馬車に乗り、広場への道を急いでいるのだ。

「ニール……」

なにかの間違いであってほしい。

そう思いながらも、リリーは一抹《いちまつ》の不安が拭《ぬぐ》えないでいた。ニールは、いままさに広場で、狂王暗殺の機会をうかがっているかもしれない。

「どうかお願いだから……」

馬鹿なことは考えず、思いとどまってくれるように、リリーは祈った。

狂王に直接刃を向けることはなくても、計画に荷担したとなれば、ただでは済まない。父を亡くし、続いて兄も亡くしたいま、伯爵家にとってニールは大切な跡取りだ。なんとしても弟を止めなくてはならない。

「お嬢さま、これ以上馬車で進むのは無理です！」

ふいに、御者《ぎょしゃ》が馬車を止め大声で叫んだ。

リリーが窓から顔を出して見ると、広場へ続く道が人で溢《あふ》れ、馬車では進めそうになかった。

「ここまででいいわ」

リリーは、そう言うなり馬車の扉を開け、御者が手を貸すよりも早く飛び降りる。そして、後ろも振り返らず走り出した。ドレスの裾《すそ》が乱れるけれど、気にしてなどいられない。貴族の令嬢にあるまじき振る舞いだが、いまは弟の命がかかっているのだ。

人混みを掻き分けて進むと、遠くにナバル軍の双頭の獅子王旗が見えた。すでに、中央広場にナバル軍が到着しているようだ。リーシェンは降伏し、彼らを迎え入れているので、戦闘や混乱はないはずだった。

ところが、リリーが広場に足を踏み入れた時、怒号とともに大きなどよめきが起こる。

「まさか！」

リリーは、夢中で人垣を掻き分けた。そして、ぽっかり空いた広場中央の空間に、剣を振り上げた男と、その足元に倒れ伏している少年――弟のニールの姿を見つけた。

「ニール！」

リリーは、弟の名を叫んだ。まるで時が止まったかの如《ごと》く、周りのものが鮮明に目に映る。人垣が水に溶ける絵の具のように滲《にじ》んでいく。

男の足元には、小さなナイフが転がっていた。弟は、あれで狂王を暗殺せんとしたに違いない。ニールは年の割に身体が小さく、顔立ちも幼い。だから警備兵も油断したのだろう。

このたびの戦《いくさ》で騎士である長男を亡くし、リリーの母は悲しみのあまり床《とこ》に伏せっている。ニールまで命を落としたとなれば、母はもう起きあがれないかもしれない。

どんなことをしても弟を守らなければ。そう、自分の命にかえても。

ただその一心で、リリーは必死に動いた。

リリーは、弟たちを取り囲んでいる警備兵の足元に滑《すべ》り込み、前に進む。人垣から飛び出したリリーを取り押さえるため、警備兵が慌てて手を伸ばした。彼らはリリーが羽織っていた、たっぷりと布が使われたケープを掴む。だが、ケープの胸元のリボンがするりとほどけて、リリーはすぐに自由になった。この機を逃《のが》さんとばかりに、リリーは走り出す。

「お待ちください！」

リリーは、剣を振り上げている男の腕に無我夢中で取りついた。

「弟は、十三歳の子どもなのです！　まだものがよくわからぬ年ゆえ、大それたことをしてしまいました。でも……！」

リリーは声を限りに叫んだ。

「どうか、どうかお慈悲《じひ》を！　その代わり、姉であるわたしはどうなってもかまいません……っ！」

すぐに腕を振りほどかれ、剣が振り下ろされるとリリーは覚悟していた。激しい動悸《どうき》で、いまにも胸が壊れそうだ。手足の感覚もない。さらに懇願《こんがん》しようにも、恐怖で声が出なかった。

ただ、自分の命が無慈悲に絶たれるのを待つだけだ。

「……っ」

リリーは歯を食いしばり、かたく目をつぶっていたが、どうも様子がおかしいことに気づいた。一向に剣でなぎ倒されることも、腕を振りほどかれることもない。しかも、辺りは静まりかえって、誰ひとり動く気配がなかった。リリーはおそるおそる、きつく閉じていた目を開けてみる。

彼女の目の前には、しがみついている男の腕——鋼《はがね》のようにかたく、無駄のない筋肉に覆《おお》われた逞《たくま》しい腕がある。その腕から視線を動かすと、男の顔が目に入った。次の瞬間、リリーは背筋が凍るほどの戦慄《せんりつ》を覚えた。

「……ひっ」

まさに、狂王と呼ばれるにふさわしい壮絶《そうぜつ》な顔だ。暗灰色《あんかいしょく》の髪は荒れて無造作に肩に流れ、頬は幽鬼の如《ごと》く青ざめ、目は落ちくぼんでいる。瞳に宿る光は、恐ろしいぐらい強くぎらつき、猛獣を思わせた。

狂王は憤怒《ふんぬ》とも忘我《ぼうが》ともとれる不可解な表情で、微動だにせずリリーを凝視《ぎょうし》している。

リリーも、その視線に射すくめられ、動けないでいた。

周囲の誰もが、固唾《かたず》をのんでふたりを遠巻きに見つめている。

「ね……姉さん」

ふいに、沈黙を破るようにニールの声がかかり、リリーははっとした。狂王の腕を掴んでいた手が思わずゆるむ。

そのまま力が抜けたリリーは、狂王の足元にへたり込んでしまった。

「姉さん！」

そんなリリーを庇《かば》うためか、ニールが後ろから覆《おお》い被《かぶ》さる。

「だめよ、ニール！」

あなたは伯爵家の跡取りなのだから、とリリーはニールを押しのけ、狂王の前に身を投げ出そうとした。姉弟がお互いを庇いあっていると、ふいに狂王の腕が動く。

その手にある、長い両刃の剣身が鈍く光る。

――これが、最期に見る光景なのだろうか。

そう思うと悔しくてならなかった。リリーは、震えながらも顔を上げ、剣を持つ狂王の顔を睨《にら》みつける。こうなったからには、しっかりと仇《かたき》の顔を目に焼き付けてやろうと思ったのだ。

だが、違和感があった。最初に腕に取りついて間近に見た時と、狂王の顔がどこか違っている。リリーは置かれている状況も忘れて、彼の顔に見入っていた。

なぜか、狂王の表情に悲哀が垣間見える気がするのだ。

なにを思ってか自分の顔をまじまじと凝視《ぎょうし》するリリーに、狂王の動きが止まった。その隙《すき》をついて、ニールが飛びだした。

「！」

地面を蹴《け》り、滑《すべ》るように身体を伸ばしたニールの手の先には、小さなナイフが転がっている。

「ニール！」

リリーは、悲鳴じみた声で弟の名を叫んだ。

ニールの手があと少しでナイフを掴むと思ったその時――なにかが素早く動いた。そして、次の瞬間、弟の身体が吹き飛ぶ。

狂王が、ナイフを掴もうとしたニールを容赦《ようしゃ》なく蹴り飛ばしたのだ。

「ぐ……あぁっ！」

ニールが、声を上げながら地面に転がる。

「きゃあああああ！　ニール！」

リリーは夢中で弟のもとに這《は》い寄った。

「ニール！　ニール！」

身体を折り曲げ、苦しげに呻《うめ》く弟の口から、血が溢《あふ》れる。

あまりにも無惨《むざん》な弟の様子に、リリーは戦《おのの》いた。恐ろしくて身体の震えが止まらない。

なんとかして血を拭いてあげなくては、とドレスの裾《すそ》を破ろうとしたが、手に全く力が入らなかった。ドレスの裾を破るどころか、まともに握りしめることもできない。

その間にも、ニールは苦しげな声を漏《も》らし、広間の石畳《いしだたみ》の上には血が広がっていく。

「ニール……ニール……っ」

リリーの目に、恐怖ともどかしさで涙がこぼれる。なにもできない自分に、リリーは絶望した。

「く……うう……っ」

リリーの口からは嗚咽《おえつ》が漏れ、止まらない。

「ニ、ニール……っ」

苦しげな弟を案じて声をかけると、涙で滲《にじ》んだリリーの視界に、影がよぎった。狂王が動いたのだ。

「っ！」

リリーはびくりと身体をすくませたが、なんとか倒れているニールを抱きかかえ、狂王に向き直った。

「も、もう……や……やめて……く……」

歯の根が合わず、言葉が続かない。懇願《こんがん》しつつ、リリーは先ほど感じたのは気のせいだったと確信する。狂王の顔に、悲哀の影などない。

彼の顔にあるのは、噂《うわさ》に違《たが》わぬ冷酷無比な表情だけだ。

狂王が、一歩リリーの方へ踏み出した。

「……！」

リリーは剣が振り下ろされるのを覚悟し、顔を下に向けて弟の身体を抱きしめる。だが、彼女の耳に響いたのは、剣が鞘《さや》に収められる音だった。まさかと思い再び顔を上げると、剣をしまった狂王が、リリーをじっと見下ろしている。

「……な……」

一体、なにがどうなっているかわからない。

狂王とまで呼ばれる者ならば、リリーもろともニールを斬《き》って捨てるくらい、わけもないはず。

しかし、狂王はふいに視線を外し、なにも言わず立ち去ってしまった。いままで動けずにいた周りの従者たちが、慌てて彼の後を追う。止まっていた刻《とき》が再び流れ出したように、喧噪《けんそう》がリリーの耳に押し寄せてきた。

もしかして、自分たちは許されたのだろうか？

呆然としながらも、リリーはニールを見た。ニールは苦しげに顔を歪《ゆが》めつつも、驚きの表情を浮かべている。

しかし、狂王が見えなくなると同時に、姉弟は大勢の警備兵に取り押さえられた。ふたりは乱暴に引き剥《は》がされ、別々にひきたてられていく。

リリーはすっかり憔悴《しょうすい》しきっていて、抵抗する気力もなかった。

そして、リリーが連れて行かれたのは、首切り役人の前でも、陰惨《いんさん》な牢獄でもない。以前からよく知っている、中央広場近くにあるリーシェン国王の離宮の一室だった。ここにはナバル軍が駐留することになっていると聞いていたが……。

リリーは手足を拘束《こうそく》されるでもなく、ひとり部屋に入れられた。

手荒く扱われはしなかったが、なんの説明もないため不安でいっぱいになる。弟は、広場で引き離された後どうなったかもわからない。無事でいてくれればいいが、と案じていると、ノックもなく扉が開いた。

「失礼しますよ、勇敢なお嬢さん」

現れたのは、柔和《にゅうわ》な表情を浮かべた青年だった。

淡い金髪に、端整で上品な顔立ち。雰囲気はやさしいけれど、身のこなしは隙《すき》がなくて油断ならない。着ているものからして、ただの兵士などではなく、かなり身分のある人物だろう。

「はじめまして。私はベルナクス王の参謀、ユージス・マクミランと申します」

よければ座って話しましょう、とユージスと名乗った青年が椅子をすすめる。あまりにも穏やかな対応に、リリーは呆気にとられたが、逆らう理由はない。リリーはおずおずと、すすめられるまま椅子に腰を下ろした。

「さて、なにからお話ししましょうか、アスベルク家のお嬢さん？」

「どうして、わたしの名を……」

リリーは、一瞬驚いてしまう。こんなに早く自分の素性を知られるとは思っていなかったからだ。そんなリリーに、ユージスは平然として言う。

「少し調べればわかることです。特に敵対国の情報は常に集めていますから、貴族のお嬢さんの素性を知るなんて造作もありませんよ」

リリーは不安は表に出さず、貴族の娘らしくしっかりと姿勢を正して、ユージスに向き直った。

「では、なにから……というほどの話が、わたしにあるのでしょうか？」

確かに、リリーは狂王ベルナクスを暗殺しようとした人物の姉だ。そして自らも、王の身体に許しもなく触れ、その行動を遮《さえぎ》った。

リリーはもはや断罪されるしかない。いまさら話などあるはずがないのだ。

「なるほど。幼い弟を庇《かば》って、王の前に立ちはだかっただけのことはありますね」

ユージスは満足そうに頷《うなず》いた。

「では、率直に話しましょう。ただ、この話を聞けばあなたはもう家には帰れない。もちろん、聞かなくても帰れませんが……」

一体どんな話なのか。リリーは息をのんだ。すると、ユージスがゆっくりと口を開く。

「あなたは、我が王が蛮族《ばんぞく》を討伐《とうばつ》したことを知っていますね？　でも、どうやって倒したかまでは知らないでしょう」

リリーが頷《うなず》きもせず、訝《いぶか》しげに見つめる中、ユージスは話を続けた。

「いわゆる蛮族とは、まつろわぬ民族のことです。奴らは無法者の集団かと思われていましたが、実際はそうではなかった。見事に統率がとれていたのです、女王を要《かなめ》として」

「女王……？」

リリーは思わず呟く。ベルナクス王が蛮族の王城を見つけ、そこを叩いたことで部族を瓦解《がかい》させ、勝利したとは聞いていた。

だが、その王が女王であったとは、これまで誰の口にものぼったことがないのではないか。リリーの胸は、思ってもみなかった話にどきどきしはじめた。

「蛮族の女王は、おぞましい呪術師でした。彼女の存在を暴《あば》いて倒した我が王に、女王は死の間際、呪いの言葉を吐いたのです」

「呪い……！」

恐ろしさの余り、リリーは手で口元を覆《おお》った。まさかそんなことが、と感じたものの、ひとつ思い浮かんだことがある。

「もしかして……その呪いでベルナクス王は……」

蛮族の討伐を果たした時、彼は英雄王と称《たた》えられていた。それが、いまでは大陸を蹂躙《じゅうりん》する狂王として恐れられているのだ。なにか事情があったとしか思えないほどの豹変《ひょうへん》ぶりは、リリーも気になっていた。

ユージスは頷いた。

「……女王の呪いはこうでした。『お前の魂に永遠の渇きをもたらさん。生きながら業火《ごうか》に焼かれるが如《ごと》き苦しみを味わうがいい。決して訪れぬ安らぎを欲して踊り狂え』と」

壮絶《そうぜつ》な呪いの言葉だ。その結果が、あの変わりようなのだろうか。

「はじめは、陛下も信じてはいらっしゃいませんでした。ですが、呪いの通り、次第に陛下は『安らぎ』というものを感じられなくなったのです」

「安らぎ？」

「そうです。詳細に言えば、眠ったり身体を休めたりする時に得られる安らぎや、心なごむことがなくなったのです」

ユージスは立ち上がった。そして、ゆっくりと窓際《まどぎわ》に歩み寄る。

「どんな美酒も、かぐわしい香りも、耳に心地よい音楽も、この世で最も美しいとされる女も……いかなるものも、陛下のお心をなぐさめることができなかったのです」

ユージスは、そして、と続ける。

「安らかな眠りも訪れないようです。陛下は詳しく語られませんが、眠っても見るのは悪夢ばかりで、その眠りもごく短いご様子……」

「そんな……」

眠れず、どんなものにも心癒《いや》されない者が、正気を保っていられるのだろうか？

ユージスが肩越しに振り向き、リリーを見た。

「いまや陛下の身の内側にあるのは、恐ろしい焦燥《しょうそう》です。呪いを受けてから八ヶ月、戦いの中に身を置くことでしか、正気を保っていられないのですよ」

彼の言葉に、リリーは呆然としてしまう。

「それが……大陸侵略の理由だと？　そのために、次々と戦《いくさ》を起こしているというのですか！」

信じられない言葉だった。これが原因でリリーの兄を含め、多くの兵が命を落とし、国を失ったというのか。

「……なんて身勝手な」

ベルナクス王への憐憫《れんびん》の気持ちも吹き飛ぶような話だ。このたびの戦に正義はない。王は、自分の中に渦《うず》巻《ま》く焦燥の業火《ごうか》に大陸を巻き込んだのだ。

リリーが呟いた途端、ユージスに冷たい目を向けられる。

「身勝手？　でしたら、あなたは王が呪いに侵《おか》され正気を失い、ひとり狂気に囚われ死ねば、こんなことにならなかったと言いたいのですか？」

ユージスの口調の鋭さに、リリーは、一瞬ぐっと言葉に詰まった。だが、おそるおそる口を開く。

「……そこまでは申しませんわ。でも、正直それに近い憤《いきどお》りは感じます」

リリーはいま置かれている立場も忘れ、ユージスの背にありのままの気持ちをぶつけた。

窓辺に立つユージスは黙っていて、その表情は窺《うかが》えない。しばらく、重い沈黙が部屋に満ちた。やがて、ユージスが喋《しゃべ》り出す。

「……いまの陛下に義がなくば、我らナバル軍もその命《めい》には従わないでしょう。陛下が蛮族《ばんぞく》の共同討伐《とうばつ》を近隣の国々に打診した時、応える国はひとつもありませんでした。みな、そんなことは端《はな》から無理だと取り合わず、あまつさえ嘲笑《ちょうしょう》したのです。ですが、王は苦しむ民のために立ち上がられた。国は長きにわたる蛮族《ばんぞく》の襲撃で疲弊《ひへい》し、それは苦しい戦いでした。その末に我らが勝ち取った勝利と恩恵を、なぜ他の国にも分け与えなくてはならないのです？　陛下が彼らを思いやる理由があるとでも？」

「なっ！」

ナバルとその王が大いなる犠牲《ぎせい》を払って得たものを、他の国々はなにも失わずに享受《きょうじゅ》しようとした。そう言われれば、リリーも言葉が出ない。自分たちは蛮族の壊滅《かいめつ》を手放しでよろこんだ。その背後に、どんな苦難があったかも知らずに……。

ユージスは、リリーに背中を向けたまま、じっと動かない。

リリーは、この真実にどう対処していいか正直わからなかった。ただ、先ほどまでの威勢《いせい》がしおれ、罪悪感のようなものを覚えている。

そんなリリーの葛藤《かっとう》には気づかない様子で、ユージスが振り返った。

「……ただ、蛮族の女王の呪いには続きがあります。女王は呪いの言葉を吐いた時に、その呪いを解く言葉も続けたのです」

「呪いを解く言葉を？　どうしてそんなことを？」

解く方法を教えてしまえば、呪いの意味がない気がする。

「呪いとは、解除の条件をつければより強力になるそうです。そして、それが成せないとわかっているから口にするのだとか。陛下の呪いの解き方は、ただひとつ、この世にたったひとり『運命の乙女』だけが王の渇きを静め、安らぎを与える、と」

「『運命の乙女』？　その人は、見つかったのですか？」

「まさか。さがすのも無駄というものです。手がかりは『乙女』ということだけですから。大陸中の女を集めてみるわけにはいかないでしょう？　また、なにをもって『運命の乙女』とするのかもわかりません。陛下はさがそうとも思われませんでした」

確かに、砂漠の砂中から一本の金の針をさがすような話だ。ベルナクス王が大陸を制覇し、全土の若い女をひとり残らず集めることができたとしても、その確認には途方もない時間がかかるだろう。そして、それまでに王の心と身体はもたない……。

リリーの表情で言わんとすることを理解したのか、ユージスは頷《うなず》きつつ言葉を続ける。

「ええ、誰もがあきらめていました。ですが、今日私は確信しました、あなたを見て。いや、あなたに対する王の反応を見て」

暗澹《あんたん》たるベルナクス王の前途に思いを馳《は》せ、気分が沈み込んでいたリリーは、つい聞き返す。

「え……？　なにが……ですか？」

「陛下の『運命の乙女』はあなたです、アスベルクのリリー嬢」

「わ、わたしが……？」

リリーは、自分の耳を疑った。

リリーはナバルとも、ベルナクス王とも、縁もゆかりもない。ましてや蛮族《ばんぞく》の女王とも関わりがなかった。そんな自分が呪いを解く『運命の乙女』など、突拍子《とっぴょうし》もない話だ。

「な、なにかの間違いです。そもそも、なぜわたしがそうだと思われるのですか」

リリーは慌てて言った。

「言ったでしょう、陛下の反応ですよ。あなたが腕にすがりついてきた時、陛下はついぞ忘れていた穏やかで聡明な表情をされました。あれは、間違いなく呪いを受ける前の、英雄王と称《たた》えられた陛下のお顔です。そして、あなたとその弟を捨て置かれた。陛下のお心は荒《すさ》み、いまは苛烈《かれつ》で激《げき》しやすい状態です。それがあんなに落ち着かれていた。私は自分の目が信じられませんでしたよ」

リリーを納得させようと、ユージスがたたみかけてくる。だが、とても受け入れられる話ではない。

「でも！　だったら、どうしてベルナクス王は、わたしをあのまま放って行ってしまったのですか？　『運命の乙女』が見つかったと、よろこんだ素振りもなかったわ。もしそうだとしたら、なにを置いてもよろこぶことでしょう？　呪いが解けるかもしれないのですもの」

リリーの胸は、不安に激しく脈打っていた。自分の身に降りかかってきた思わぬ災厄《さいやく》を振り払おうと、必死に言い募《つの》る。しかし、ユージスはそれに取り合う気配もない。

「もちろん、私が陛下のお心の内を推し量るなど出過ぎたことです。ですが、陛下はご自分がこのまま滅ぶことを覚悟していらっしゃる。いまさら助けを求めていないのでしょう」

あまりにも壮絶《そうぜつ》な話に、リリーは絶句した。ユージスが少し目を伏せる。

「……ですが、私は違います。あきらめるわけにはいかない。このまま陛下の身が滅んでいくのを、黙って見ているわけにはいかないのです」

そこまで言って、ユージスが口を閉ざした。その先を聞きたくなかったが、沈黙に耐えられず、リリーは言葉をこぼす。

「……わたしに……どうしろと……？」

「陛下の傍《そば》で、あの苦しみを癒《いや》してさし上げてください」

リリーは悲鳴を上げるように叫んだ。

「そんな！　できるかどうかもわからないわ！　それに、あの人はわたしの兄の、この国の敵です！」

「わかっています。到底受け入れがたい話でしょう。これは陛下の運命であって、あなたはそれに巻き込まれただけ。決してあなたが自ら望んだことではない。ですが——」

ユージスの声が、一段低くなる。

「あなたは先ほど、陛下を身勝手だと言われましたね。では、この申し出を断ることは、あなたの身勝手ではないのですか？」

「わ、わたしの、身勝手？」

リリーは心外だと思った。なにが勝手だというのか。

「よく考えてください。あなたが傍《そば》にいて、陛下が心の平穏を取り戻されたとしたなら、これ以上大陸に戦禍《せんか》は広がらないでしょう。すなわち、もうあなたの兄上のような人は増えないのですよ」

リリーは愕然《がくぜん》とした。自分がここでユージスの提案に従えば、戦いで苦しむ者も、命を落とす者もいなくなると彼は言っているのだ。

——自分の存在だけが、この戦争を止めることができる。

重くのしかかってきた事実に、リリーは目眩《めまい》がしそうだった。

「そんな……」

だが、リリーはベルナクス王の傍になどいたくない。傍にいる、というのは、言葉通りただ隣にいればいいということではないはずだ。

「できればよろこんで陛下の傍に上がっていただきたいのですが、そうでないとしても、あなたの意思を尊重するわけにはいきませんね。忘れてはいないでしょう？　あなたの弟が犯した罪を」

リリーは、ユージスの言葉に目を見開いた。

「ニール……。ニールはどうしているの？」

ユージスは微笑んで答える。

「無事ですよ、いまのところは。彼の身柄は私の手の内にあります。……言っている意味が、わかりますね？」

つまり、リリーが望もうと望むまいと、ベルナクス王の傍に上がるのは免《まぬが》れないということだ。

これを拒否すれば、弟も自分も無事ではいられない。

リリーは、全身の力が抜けるのを感じた。弟を人質にとられては、従わないわけにはいかない。

そんなリリーの様子を見て、逆らう気はないと確信したのか、ユージスが満足そうな笑みを浮かべる。

だが、リリーはそれに気づく余裕もなかった。

一刻後。

「もう少し、色気というものが欲しいところですが……」

ユージスは、ドレスを着替えたリリーの姿を無遠慮に眺めて呟いた。褒められたいわけではないが、リリーの気分はよくない。

「では、わたしではなく、もっと色気のある人に代えればいいでしょう」

つい、険《けん》のある言葉が口をつく。弟を人質にとられて脅《おど》されているが、リリーの立場はへりくだらなくてはならないほど弱くない。なにしろ、ベルナクス王の命運を握るのはリリーひとりである。リリーが言うことを聞かねば、困るのはユージスの方だ。よって、リリーはユージスに心なしか遠慮のない口調になってしまう。だが、彼は特にそれを咎《とが》めることはなかった。

リリーは最初に閉じこめられていた部屋から移動し、ドレスを着替えさせられた。いま、その身に纏《まと》っているのは、舞踏会へ行くような豪華なドレスではなく、寛《くつろ》いだ装《よそお》いのものだ。色は薄紫で、娘らしいというより、しっとりと大人っぽく落ち着いている。身体の線に沿った仕立てで、特に飾り気はなかったが、生地はすばらしくなめらかで、羽根のように軽い。一見しただけではわからないけれど、触れてみれば、とても高価なものであることがわかる。

その上、髪を梳《と》かされ、薄化粧を施《ほどこ》された。仕上げとばかりに、耳飾りなどの装飾品で飾られ、王を待つ身となったのだ。

ただ、黙っていられず、リリーはつい余計な口をきいてしまう。

「……本当に、わたしはここから追い出されても一向にかまわないのだから」

「これは失礼しました。もちろん、あなたにはどんな妖艶《ようえん》な美女より価値がある」

ユージスが微笑みつつ、からかうように答える。彼はリリーの肩にかかっている淡い茶色の髪を指で払い、背中へ流した。

「さて、もうそろそろ陛下が部屋に戻られる頃です」

リリーの胸がどきりと跳ね上がる。月は中天にさしかかり、夜も更《ふ》けた頃だ。

遅くまで政務をとっていたベルナクス王が、部屋へ戻ってくる。

ここは、彼が滞在する部屋の隣にある続き部屋だ。ベルナクス王の部屋は、離宮でのリーシェン国王の部屋にあたる。その隣、リリーがいるのは王妃の間だ。ふたつの部屋は、間に小部屋を挟み、行き来できる造りになっていた。国王夫妻のための居室ということで、部屋は広く調度は豪華である。そのような場所で、侵略してきた敵国の王のため着飾っていることに、リリーは国への申し訳ない気持ちでいっぱいだった。

「さあ、あなたはなにをしなければならないか……わかっていますね？」

ユージスに聞かれたものの、リリーは黙り込んでしまう。

これから、たったひとりこの部屋に残されるのだ。不安で仕方がない。

だが、ユージスは、そんなリリーの様子を気にも留めずに言った。

「まずは、あなたが本当に『運命の乙女』であることを確かめましょう。それには、陛下に触れるのが一番です」

「……そんなことでわかるの？」

「昼間の反応から、私はそう判断しました。あなたが『運命の乙女』ならば、傍《そば》にいるだけで陛下は寛《くつろ》がれるはずです」

「そこまでうまくいくのかしら……」

リリーには、とてもそうは思えない。しかし、ユージスはすっかり乗り気になっている。

「これまで何度か、陛下が女性と接する機会を設《もう》けていたのですが、逆効果になってしまいましてね」

ベルナクス王は、いまでは侍女を傍に寄せることもないらしい。身の回りの世話は、すべて少年の侍従《じじゅう》にやらせているのだとか。

「いままで何十人もの女性と会っても、ひとりとして『運命の乙女』ではなかった。ですから、内心深い落胆《らくたん》を味わわれたに違いありません」

結果、次第に女を遠ざけはじめたという話である。その件について、ユージスは悔やんでいるようだった。彼は、柔和《にゅうわ》な見た目や穏やかな物言いとは裏腹に、目的のためには手段を選ばない冷徹な人物だ。だが、王に対しては、献身的で忠実な臣下に見えた。

狂王のことを知れば知るほど、リリーは不安になる。

緊張が顔に出ているのだろう、ユージスが言った。

「……そんなに悲観するものではありませんよ。いまは呪いに蝕《むしば》まれてお心が荒《すさ》んでいますが、本来は大変思慮深く聡明で、勇猛果敢、また強靱《きょうじん》な精神をお持ちのお方です。それがわかれば、あなたもよろこんで陛下の傍に上がるでしょう」

とても、そんな心持ちになれる気がしない。リリーにとって、ベルナクス王は肉親の仇《かたき》であり、見た目も幽鬼の如《ごと》く恐ろしい男だ。

「いいですね？　くれぐれも粗相《そそう》のないように。あなたは陛下にとってかけがえのない特別な存在ですが、呪いによって荒んだ陛下のお心は複雑です。最初からすんなりあなたを受け入れられるかわかりません。気に入られるために努力して……どうか少しでも、あの方に安らぎを……」

「……ユージス卿」

ユージスの声こそ、悲痛なほどに切実だった。リリーはかすかに胸が痛むのを感じる。それは、ベルナクスが狂王となったのは、呪いのせいであって本人のせいではない。それは、リリーにもわかっていた。だが、理解はできていても、感情となるとまた別の話だ。

「では、私は陛下をお迎えにあがります。陛下が隣の部屋に戻られたら、あなたも部屋へ行くのですよ?」

ユージスの言葉に、リリーは不承不承《ふしょうぶしょう》頷《うなず》く。彼が部屋を出て行くと、リリーはひとりになった。

これからは、すべて自分の判断に任されている。

リリーは心細さの余り、その場にしゃがみ込み自分の身体を抱きしめた。着替え終わった時に、ユージスから手順を何度も説明されている。ベルナクス王が部屋へ戻ってきたら、リリーはそこに酒を運ぶ。

なにも難しいことはない。だが、リリーは伯爵家の箱入り娘で、酒宴の際に誰かに侍《はべ》ったり、酌《しゃく》をしたりしたことはないのだ。

酒を運ぶのは、一応の建前《たてまえ》だとユージスに言われている。しかし、それ以上を求められた場合は、一体どうすればいいのだろうか。考えれば考えるほど逃げ出したくなる。とはいえ、弟と自分の命、ひいてはこの大陸の命運がかかっているのだ。

リリーが懸命に逃げ出したい気持ちを抑えていると、遠くからふたり分の話し声が聞こえてきた。どうやら、そのうちのひとりはユージスのようだ。だとすれば、一緒にいるのはベルナクス王ということになる。

ついに、その時がきた。リリーはさらに緊張が高まるのを感じる。

耳をすましていたところ、会話らしきものが途絶え、扉の開閉音が聞こえた。部屋に、王が戻ってきたのだ。

リリーは立ち上がり、近くのテーブルに置いてある、酒の載ったトレイを手にした。続き部屋への扉の前に立ったものの、昼間の凄惨《せいさん》な光景が脳裏によみがえり、足が動かない。扉の向こうは静かで、物音ひとつ聞えてこなかった。王は一体なにをしているのだろう。

そもそもベルナクス王は、リリーのことはなにも聞かされていないはずだ。

そんな王が、リリーを見てどんな反応を示すのか、想像もできない。

歓迎されるのか、それとも拒絶されるのか……

「……いけない」

リリーはすっかり時機を逃《のが》してしまっていた。こんなに躊躇《ちゅうちょ》していては、疲れているベルナクス王が寝台で休んでしまうかもしれない。

リリーは意を決して扉を叩き、返事を待たず開いた。

「し、失礼します……ご、御酒を……お持ちしました」

うわずった声で告げ、入《っ》室する。ベルナクス王は、部屋の中央にある長椅子にマントを放りだしているところだった。

王は、少し驚いた顔でリリーを見る。

「誰だ……？」

誰何《すいか》する声は唸るように低く、表情は険《けわ》しい。

リリーはすくみ上がってなにも答えられない。身体が震え、手にしたトレイの上の酒杯がカチャカチャと耳障《みみざわ》りな音をたてる。早く酒を運ばなくては、と思っているのに、足が少しも動かない。

「……っ」

尋常ではないリリーの様子に、ベルナクスが近づいてくる。そして、眉を寄せてリリーを凝視《ぎょうし》した。

「おまえは……」

リリーが昼間の娘だと気づいたらしい。

「は、はい……」

リリーは震えながらも、なんとか顔を上げてベルナクスを見る。

黙っているのに耐えられず、リリーは口を開いた。

「あ、あの、ユージスさまのお申し付けで参りました……」

「ユージスに……？」

ベルナクスは考え込んでいるのか、視線を落として黙る。少しの間の後、彼はリリーに視線を戻す。

「なにを言われてきたかは知らないが、さっさと出て行け」

リリーは、目を見開いた。

「え？　で、ですが……！」

拒絶されるかもしれないと覚悟していたが、実際、面と向かって言われると、狼狽《うろた》えてしまう。

固まって立ちつくしているリリーに、ベルナクスは少し呆れたようだった。彼はしばらくリリーを見つめていたが、ふいに、興味をなくした様子で顔を逸《そ》らした。そして、言いたいことは言ったとばかりにリリーに背を向けてしまう。

ベルナクスは部屋の中央にある大きな机に近寄り、羊皮紙《ようひし》を手にする。そのまま、リリーには一瞥《いちべつ》もくれない。

リリーは存在を無視されていた。先ほどまで緊張に震えていた反動か、無性に腹が立つ。

リリーはつかつかと机に近づき、手にしていたトレイをベルナクス王の前に荒々しく置いた。怒りで、目尻に涙が滲《にじ》んでいる。リリーだって、出て行けるものなら出て行きたかった。でも――

「出て行けと言われても、そうできない理由が、わたしにはあるんです……っ！」

「なんだと？」

涙を堪《こら》えながら、リリーはベルナクスを正面から見据える。もう恐怖など吹き飛んでいた。ベルナクスも、まっすぐリリーの視線を受け止めている。

「……大方、ユージスがあの……兄だか弟だったかを人質に、言うことをきかせようとしているのだろうな」

ふっとベルナクスが視線を外す。

「では、弟を連れていくがいい。そうすれば、おまえがここにいる理由はない」

「え……？」

そう望んでいたとはいえ、いざ相手の方から言い出されると、呆然とするしかなかった。

――この言葉に従っていいのだろうか？

だが、リリーは一夜限りでベルナクス王に献上された娘ではない。このまま部屋に戻って、ユージスが納得してくれるとは思えなかった。

王はこう言うけれど、弟の命を握っているのは、ユージスだ。やはり、なにもせずに戻っていいわけがない。

リリーは懸命に考えを巡らせたが、妙案は思い浮かばなかった。

「あ、あの……」

思わずベルナクスに声をかけたけれど、当然の如《ごと》く無視される。彼は突然の闖入者《ちんにゅうしゃ》であるリリーのことなど、もう気にも留めていない様子で、羊皮紙に目を落としていた。

焦ったリリーは、藁《わら》にもすがる思いでユージスの助言を必死に思い出してみる。

ユージスは、なんと言っていただろう？

酒をすすめる？　違う、そうではなかった。

そうではない……ベルナクスに、気に入られなければ……

背中に冷や汗が流れる感触が、リリーの焦りをますます募《つの》らせる。

「……っ！」

その時、リリーははっとした。ユージスのある言葉が脳裏によみがえったのだ。

『陛下に触れるのが一番です』

だが、いまのリリーにはなんの救いにも感じられなかった。この状況で、どうやってベルナクス王に触れればいいのか。近づくことさえできないでいるのに。

リリーが立ちつくしていたところ、ベルナクスが手にしていた羊皮紙《ようひし》を机に置き、寝室に向かおうとした。

「お、お待ちください……っ」

咄嗟《とっさ》にリリーが手を伸ばす。すると、ベルナクスは身を翻《ひるがえ》した。

「……え？」

一瞬、リリーはなにが起こったかわからなかった。

腕を引っ張られたわけでもなく、身体に触れられたとも感じなかったのに、視界がぐるりと回転し、リリーは机の上に押し倒されていた。さらに、喉元《のどもと》を重く冷たいなにかで押さえられている。鞘《さや》に収められたままのベルナクスの長剣だ。

「あ……」

なにか言おうにも、喉を押さえられていて息が苦しい。

ベルナクスは覆《おお》い被《かぶ》さるようにリリーを押さえつけて、無言で見下ろす。

その表情は冷めているものの、目の奥には底知れぬ恐ろしさがあった。

リリーは、胸の奥から湧き上がっていた怒りが、萎《な》えていくのを感じる。

——誰もが恐れる狂気の王。

いま、リリーはそれを目《ま》の当たりにしていた。

「……黙って帰ればいいものを」

ベルナクスの呟きは渇いた響きを持っていて、聞く者の胸を凍りつかせるかの如《ごと》く冷たい。狂王はリリーから視線を外さないまま、軍服の胸元を寛《くつろ》がせはじめた。

「え……あ、あの……」

リリーは、ベルナクスの視線を正面から受け止められず、目を泳がせる。この状況が正しいのかどうかわからない。ただ、これからどうなるのかはわかる気がした。リリーは身体を捧げるのだ、ベルナクス王に求められるままに。それが、ユージスの要求でもある。

思った通り、ベルナクスの顔が近づいてきた。

吐息がかかりそうな距離で見つめられる。恐ろしくて、視線を逸《そ》らしたくても動けない。

低く掠《かす》れた声で、ベルナクスがささやいた。

「このままここにいればどうなるか、わかっているのか？」

「……も、申し訳……」

つい、許しを乞う言葉が口から漏《も》れそうになる。しかし、リリーは震えるくちびるを嚙《か》みしめた。

どんなことでも耐えなくてはいけない。それがリリーに課せられた使命だ。

ベルナクスの手が、リリーの胸元に伸びる。

リリーは、上げそうになった悲鳴を懸命に堪《こら》えた。涙が滲《にじ》んできた目をぎゅっと閉じる。ドレスの布地が引っ張られ、無惨《むざん》に引き裂かれるのだと覚悟した。だが、予想に反して、布の千切《ちぎ》れる音は聞こえず、ふいに胸元が軽くなった。リリーが目を開けて見ると、ベルナクスはリリーのドレスから手を離している。どうやら、ドレスの飾りが長剣の鞘《さや》にひっかかっていたのを、外しただけのようだ。

ベルナクスが、剣を手にして立ち上がるのを呆然と見つめつつ、リリーはなんとか身体を起こす。

「……これで、わかっただろう」

「で、でも……」

リリーは机から降り、なんとか食い下がろうとする。だが、ベルナクスの視線がそれを許さなかった。彼に睨《にら》みつけられ、リリーは言葉をのみ込む。

「もう一度言う。いますぐここから出て行け」

命令することに慣れた声は強く、有無を言わせぬ迫力があった。しかも、ベルナクスは長剣の柄《つか》に手をかけている。これ以上逆らえば、鞘に収められている剣身を目にすることになるだろう。

「……ほ、本当に、いいの……ですか？」

まったく信じられなかった。こんなにあっさりと『運命の乙女』を手放していいのだろうか。

リリーが傍《そば》にいなければ、身を滅ぼす呪いに蝕《むしば》まれていくしかないというのに。

だが、ベルナクスの表情は少しも揺るがなかった。

「かまわぬ。ユージスには私から言っておく」

だから、出て行け。

そう言い捨てると、ベルナクスは今度こそリリーに背を向け、寝台のある奥の部屋に消えてしまった。

扉の閉まる音だけが空《むな》しく響く。リリーは、ただ立ちつくしていた。

リリーが呆然としたまま王妃の間に戻ったところ、ユージスが腕組みをして待っていた。彼は、リリーから王の部屋で起こったことを一部始終聞き終えると、声を荒らげる。

「それで、そのまますごすごと戻ってきたというわけですか。なにをしているのです、子どもの使いではないのですよ！」

「で、でも、わたしは必要とされてないんです。それに、王は弟を連れて出ていってほしいと、確かに言いました」

一刻も早く弟を連れて出ていきたい。リリーの頭には、そのことしかなかった。さすがに、ユージスも王の命令に従わないわけにはいかないだろう。そう訴えると、激高していた彼がぴたりと表情をなくした。

「……陛下がなんとおっしゃろうと、私があなたをここから出すと思いますか。あなたは陛下の重大な秘密を知っているのですよ。みすみす家へ帰すくらいなら、私がこの手で殺します」

なんの迷いもない冷徹な表情に、リリーは息をのんだ。

「で、でも、命令でしょう？　明日になればベルナクス王から直々《じきじき》に、わたしと弟を帰すように言われるはずだわ。それに逆らうつもり？」

リリーは、勝負に出た。ここでユージスが折れれば、リリーとニールは母の待つ屋敷へ帰れるはずだ。だが、そんなリリーの思いを鼻で笑うように、ユージスは言った。

「私は王の側近で、陛下の命令は絶対だと思っています。だからといって、どんな命令でもおとなしく従うとは限りません。あなたと弟を殺したところで、それを陛下に悟らせるほど、私は馬鹿でも無能でもありませんよ」

ゆっくりとユージスが身をかがめ、リリーの顔に鼻先を近づける。

「……あなたの力だけでは王を魅了できないというなら、どんな男にでも媚《こ》びられるように、娼館《しょうかん》で仕込ませてもいいのですよ」

「な……っ！」

リリーはユージスの冷たい目と、彼の脅《おど》しに震え上がった。いや、脅しではないかもしれない。今のユージスは、リリーを娼館に放り込むくらい平気でやりかねないほどの威圧感を醸《かも》し出している。

「さあ、どうします？　もう一度、自分だけの力でなんとかしてみますか？　それとも、娼館へ行きますか？」

「ま、待って。わかったわ、わかりました……。もう一度やってみます」

リリーは引き下がるしかなかった。

だが、さすがにその夜はベルナクス王が寝室に入ってしまったため、リリーも休むよう言い渡されたのだ。

翌日。自分でなんとかすると言ったものの、リリーには、妙案などなかった。

ただ、なんとしてもベルナクス王に気に入られなくてはならない。

昼を過ぎてもまだ、リリーはぼんやりと王妃の間のバルコニーに座り込んでいた。

軟禁《なんきん》されている部屋でひとり考え込んだところで、なにも思い浮かばない。外の空気を吸えば、少しは気分転換になるかと思ったのだ。しかし、窓の外に美しい青空が広がっていても、心が晴れるわけではない。リリーは何度目かのため息をついた。

ニールを人質に取られているため、逃げ出せないと踏んでいるのだろう。離宮の中は、自由に歩き回っていいことになっている。だからといって、素直にうろうろするほどリリーも脳天気ではない。

離宮の中はナバルの兵ばかりだ。多くのナバル兵には昨日の、あの広場での一騒動を見られている。余計な軋轢《あつれき》は避けたい。

しばらくぼんやりとしていたところ、リリーは、隣の部屋に人の気配がすることに気づいた。

隣は、ベルナクス王の部屋だ。まさか、とリリーはバルコニーから身を乗り出した。開け放たれた窓から、人の靴先がのぞいている。よく見ると、どうやら窓辺に置かれた長椅子で、誰かが休んでいるようだ。午睡《ごすい》か、日光浴をしているのかもしれない。もしかして、ベルナクス王だろうか？　靴は男物のようだし、王の部屋で足を投げ出して昼寝をする者などいないだろう。ただ、王だとすれば、あまりにも無防備だ。とはいえ、この人物がベルナクス王であれば、これは絶好の機会に思えた。部屋を訪ねていっても、無視されるのはわかっている。そうなると、無断で傍《そば》に行くしかない。

リリーは自分がいるバルコニーと、隣のバルコニーの間に目をやった。

壁には、等間隔に角笛と羊の頭のモチーフが彫《ほ》られている。王と王妃のための部屋だけあって、バルコニー同士の間隔は狭い。王の間へ行くには、あらかじめユージスが解錠する必要があったが、いま、彼に頼んでいる暇はなかった。

リリーは思い切って、バルコニーの手摺《てす》りの上に立った。ここは離宮の四階に位置する。下を見るとなかなかの眺めだ。リリーは伯爵家の箱入り娘で世間知らずな面もあるが、だからといってしとやかに育ったわけではない。幼い頃から男兄弟に囲まれて過ごしてきたのだ。屋敷の敷地内にある森を駆け回って遊んでいたおかげで、木登りくらいどうということはなかった。

リリーは背伸びをして、レリーフの角笛に手をかける。レリーフは思った以上に厚みがあって、掴みやすい。ぐっと力を入れても安定感がある。リリーは身を乗り出し、右足を角笛の下の、階下の庇《ひさし》に乗せた。

「……っ！」

一瞬、ドレスの裾《すそ》が風にあおられ、身体が大きく揺らぐ。だが、なんとか踏みとどまった。ひやりとしたものの、落ち着いて次のレリーフに手を伸ばす。羊の角は、角笛よりもしっかりとしていたので、リリーはぐっと身を寄せることができた。隣のバルコニーは、もう目の前だ。

リリーは静かに隣室の気配をさぐった。ベルナクスに気づかれた様子はない。

慎重に、バルコニーの手摺《てす》りに手をかける。リリーはそのまま飛びつき、しがみついた。片手で手摺りを掴みつつ、もう片方の手でドレスをたくし上げる。誰かに見られるわけにはいかない、大胆な姿だ。リリーは足を蹴《け》り上げるようにして飛び上がり、バルコニーの手摺りをなんとか乗り越えた。室内をのぞくと、思った通り、ベルナクス王が目を閉じて長椅子に身を横たえている。目を覚ます気配はない。よく眠っている。

リリーはゆっくりと、音を立てずにベルナクス王に近づいた。眠ってはいても、王は武人である。敏感に人の気配を察知し、目を開けるかもしれない。

リリーは息を詰めてベルナクス王の顔をのぞき込む。彼は険《けわ》しい表情をして眠っていた。眉間には皺《しわ》が寄っている上に、絶えず瞼《まぶた》がぴくぴくと痙攣《けいれん》していて、息づかいも荒い。

熱があるのでは、とリリーはついその額《ひたい》に手を当ててしまう。

「！」

しまった、とリリーは思った。ベルナクス王の身体が、一瞬びくりと反応したのだ。だが、そのまま息を止めて見つめていると、王の呼吸は楽そうになり、表情も穏やかになった。

触れてみてわかったが、熱はない。額から手を離すとまた気づかれてしまう可能性があると思い、リリーは動かず様子を見守った。

先ほどまでとはうって変わって、ベルナクス王は気持ちよさそうに眠っている。もしかして、王は悪夢にうなされていたのだろうか？　そういえばユージスが、王は眠れば悪夢ばかりで、安らかな眠りを得ていないようだと説明していた。そして、リリーが呪いを解く『運命の乙女』ならば、触れてみればわかるとも。

これは、リリーが王に触れているから、彼に安らぎをもたらしているのだろうか？

リリーがベルナクス王の『運命の乙女』だとすれば、リリーにとっても、ベルナクス王は運命の相手ということになる。

そう思うと、リリーは胸がどきどきした。

しかし、胸の動悸《どうき》は期待やよろこびではなく、不安から生じたものだ。本当に、自分はベルナクス王にとって唯一の相手なのか。だとすると、自分は一体どうなってしまうのか。それ以上考えるのが恐ろしいほどだ。リリーは動揺してはいけない、と考えるのをやめた。

ただ、じっとベルナクス王の寝顔を見つめる。

最初に見た時は、幽鬼の如《ごと》く青ざめた恐ろしい顔をしていたが、いまは穏やかな表情をしていて、別人のようだ。よく見ると、鼻梁《びりょう》がまっすぐ高く、軽く閉じられたくちびるは男らしい。頬はすっきりとしていながらも、精悍《せいかん》で力強さがある。呪いに侵《おか》されていなければ、ベルナクス王は整った顔立ちの凛々《りり》しい青年王なのかもしれない。

リリーは複雑だった。ベルナクス王に対する嫌悪感は拭《ぬぐ》いきれないが、こうしていると、やはり気の毒だという思いも浮かんでくる。

恐ろしい呪いに身も心も蝕《むしば》まれていくというのは、どれほどの恐怖なのだろうか。

リリーはベルナクス王の額《ひたい》に置いていた手で、その前髪を掻き上げた。

「……ん」

ベルナクス王がむずかるように首を振ったが、リリーは慌てなかった。彼の眠りが深く、安らかだと感じていたからだ。リリーは、ベルナクス王の手に自分の手をそっと重ねる。

王の寝息が、また深くなった。

寝顔は安らかなのに、どこか痛ましい。

リリーはそのままずっと、ベルナクス王の寝顔を見つめていた。

日が暮れる頃、ベルナクス王はようやく目を覚ました。

「……お目覚めですか?」

王は、しばらく瞬《まばた》きをしてから、リリーの顔を見た。ほんの一刻ほど眠っていただけだが、少し顔色が良くなっている。

ベルナクスは、リリーを見ても驚かなかった。

「おまえは……なにをしている?」

「……なにも。なにもしていません」

リリーは首をかすかに横に振りながら、王の手に重ねていた自分の手を、そっと引く。

途端に、ベルナクスが驚いたような表情をして身体を起こした。

「……私の手に触れていたのか？」

わずかに怒気をはらんだベルナクスの声にも、リリーは恐ろしさを感じなかった。なぜか、心が凪《な》いだ海のように穏やかで落ち着いている。

「はい。そのせいかはわかりませんが、よくお休みのご様子でした」

「確かによく眠っていたらしい」

ベルナクスは髪を掻き上げた。

「それで、おまえはどういうつもりだ？」

彼の問いかけに、リリーは少し考える。

「……どういうつもりなのか、自分でもよくわからなくなってしまいました」

正直な気持ちだ。この部屋に来るまでの時間と、ベルナクスの寝顔を見ている間、リリーの脳裏にはいろいろな思いが浮かんでは消えていった。

結果、ひとつ疑問が心に残ったのだ。

「わからないのです。昨日、陛下はどうしてわたしを追い返したのですか？」

もちろん、自分を暗殺しようとした者の肉親を遠ざけたかったのかもしれない。

だが、それだけではない気がした。

「……癒《いや》しなど、なぜ必要があるのだ」

答えつつ、ベルナクスはまた長椅子に背を預ける。

「ユージスから聞いたのであろう。私は蛮族《ばんぞく》の女王から呪いを受けた。だが、それ以前より安らぎなど感じたことはない」

「え……？」

ベルナクスの声は穏やかだ。眼差しは遠く、夕暮れの空に向けられている。

「いや、王の子として生まれた時から、私に安らぎなどない。幼い頃母を亡くし、父王が新たに妻に迎えた女には疎《うと》まれ、何度も殺されかけた。その女が生んだ弟に、王位を継がせるためにだ」

「そんな……」

リリーは、思わず手で口元を押さえた。

よくある王位争いの話だが、当事者から聞かされると、また違った凄惨《せいさん》さがある。

「その後、弟からも直接命を狙われるようになった。安らぎに浸《ひた》っていては殺される。王位を弟に渡せば楽になれたかもしれぬが、王太后となったあの女が私利私欲《しりしよく》に走り、国が乱れるのは目に見えていた。決して寝首《ねくび》をかかれてはならぬ、そんな毎日だった。そして……」

そこで言葉を切って、ベルナクスは黙り込んだ。少しの間の後、彼は再び口を開く。

「父が死んだ後、継母《ままはは》である王妃と弟を相手に、まさに血で血を洗う殺し合いを繰り広げた。その末、私は王位に就いた」

リリーは、目眩《めまい》がしそうになった。

「王になってからは、今度は蛮族《ばんぞく》が敵として現れた。その頃、愚《おろ》かな王位争いで国は混乱を極めていたのだ。蛮族への防御も怠《おこた》り、たび重なる略奪と戦闘で、恐ろしい速さで国は疲弊《ひへい》していた。民の不満と、絶望の声に追われる日々のはじまりだ」

それでも、ベルナクスの表情は変わらない。淡々と言葉を続けていく。

「そして、蛮族討伐《とうばつ》のため自らクロズス山脈に入り、何ヶ月も深い山地に身を潜《ひそ》め、偵《てい》察《さつ》を行った。山は死者の国のようだった。土地は荒れ、気候は厳しく、携帯できる食料は豊富ではない。病と疲労で命を落とす兵もいた。死闘の末、蛮族を殲滅《せんめつ》させることはできたがな……」

けれど、その後にも戦《いくさ》は続いている。

まるで、終わることのない悪夢。

ベルナクスがゆっくりと首を動かし、リリーを見た。

「……いまさら癒《いや》しなど、必要があるか？」

リリーは呆然と彼の顔を見返すのが精一杯で、なにも言えなかった。言葉など出てこない。

そんなリリーを見て、ベルナクスは自嘲《じちょう》気味に口の端を歪《ゆが》め、立ち上がった。

「わかったのなら、今度こそ出ていくがいい」

ベルナクスは振り返らずに、部屋を出て行く。

リリーは彼の後ろ姿を見送り、しばらく呆然と座り込んでいた。


ぼんやりとしたままリリーが王の間から戻ると、ユージスが待ちかまえていた。

「どこへ行ったのかと思っていたら、まさか陛下の部屋にいたのですか？」

なにかを期待するようにユージスの表情が輝いたが、リリーには報告できることなどなにもない。

今度こそ、ベルナクス王に拒絶されてしまった。もう望みはない。

彼の絶望を前にして、リリーは、自分にはどうすることもできないと思った。

だが、そうなれば、誰がベルナクス王を救うのだろう？

リリーがベルナクス王の傍《そば》にいることを拒《こば》んで逃げ出せば、それほど遠くない将来、確実に王は身を滅ぼすのだ。

その時リリーは、憎い兄の仇《かたき》が自ら倒れたと、溜飲《りゅういん》を下げるのだろうか？

「わたしは……」

リリーの心が激しく揺らぐ。どんなに考えても、そんな自分の姿は想像はできなかった。

「ユージスさま」

俯《うつむ》いていたリリーは、顔を上げた。

「なんですか」

唐突なリリーの呼びかけに、ユージスは少し驚いたように答える。

「わたしに、ナバル軍の軍服をください」

「な……軍服を？」

急になにを言い出したのかと訝《いぶか》しむユージスに、リリーは言葉を続ける。

「そして、わたしをあなたの部下にしてほしいのです」

「部下に？」

「どんな階級でもかまいません。一番下《した》っ端《ぱ》でも。無理ですか？」

リリーはナバル人ではない。外国人が軍に所属するには、かなり制約があるはずだ。

「どういうことだかわかりませんね。なにを思いついたんですか？　まあ、理由があれば、私の権限であなたをナバル軍に所属させることは可能ですが」

その言葉を聞いて、リリーは考えていることをユージスに話した。話を聞き終えても、しばらく無言で考え込むユージス。やはり無理なのだろうか。リリーがそう思っていると、ユージスに鋭い目で見据えられた。

「……なるほど。思ってもみなかった考えですね。いいでしょう。やってみる価値はありそうです。あなたをナバル軍に所属させる手続きをすぐにとります。私の言葉ひとつでも、あなたを任命することはできますが、今回の場合、正式な手続きを踏んだ方が、陛下も文句が言いづらいと思いますから」

リリーは頷《うなず》いた。

明日の朝には、正式にナバル軍兵士となれるでしょう。そう言ったユージスは、手続きのため急いで部屋を出て行った。


夜が明けて、リリーはナバル軍の軍服に袖を通した。

小柄な兵士用のものでも大きかったので、丈を詰めて、なんとか着られるようにしたのだ。軍服は、邪魔にならないよう身体の線に沿ったズボンに、膝まであるかっちりとしたブーツだ。

リリーはおてんばに育ったとはいえ、ドレス以外の服を人前で着たことがない。恥ずかしい上に、着心地に違和感を覚える。さらに、軍服は首元までの詰め襟《つえり》なので、女性が着るには少々胸元が苦しい。リリーは何度も詰め襟に手をやり、大きく息をついた。

長い茶色の髪は後ろで纏《まと》め、ひとつに束ねている。できるだけ女性らしさをなくし、兵士らしく見えるように工夫したつもりだが、やはりどこかちぐはぐになってしまう。

しかし、姿はどうであれ、自分にしかできないことがある。リリーはそう信じ、国王付きの証《あかし》である腕章を見て、あらためて気を引き締めた。

「おや、よく似合うではないですか」

ユージスが、いつの間にか背後に立っている。だが、リリーは自分のことに精一杯で、まったく気づかなかった。

「おはようございます」

慌てて振り返り、部下らしく挨拶《あいさつ》する。

あらためて見てみると、ユージスの軍服はリリーと形は同じだが、生地も色合いも違っていた。

リリーの詰め襟と袖の折り返しは明るい緑色だが、ユージスのものは漆黒《しっこく》だ。生地も、彼女の軍服と違い、彼のそれは絹布《けんぷ》を使っているようで、上品な光沢《こうたく》がある。また、ユージスは深紅《しんく》のマントを纏《まと》っている。当然ながら、一番下っ端《したっぱ》のリリーとは、天と地ほどに階級に差があるのだ。

「おはようございます。準備はできているようですね」

「はい」

リリーは姿勢を正して、はっきりとした声で答えた。

「いいでしょう。では、ついてくるように」

そう言って、ユージスは一度廊下に出てから、ベルナクスの部屋を訪ねる。

「失礼します、陛下」

軽くノックをしたものの、ユージスは返事を待たず扉を開けた。リリーは、緊張が高まるのを感じ、息をのんだ。

ユージスに続いて入室すると、ベルナクスはすでに身支度を終えていた。後はマントを纏うだけ、という状態だ。

「おはようございます。今朝のお目覚めはいかがでしたか？」

「いきなりなんだ、朝から」

ベルナクスが、ユージスに怪訝《けげん》な表情を向けた。

「なんだとは、心外ですね。私はいつでも陛下の体調を案じております」

白々しい口調のユージスだが、リリーは、彼が心からベルナクス王の体調を案じていることを知っている。

「つまらん前置きはいい。なんの用だ」

ベルナクスが淡々と促《うなが》すと、ユージスが一礼しつつ口を開く。

「今日は、私の新しい部下を陛下の侍従《じじゅう》として配属することになりましたので、その報告に参りました」

「私の侍従……？」

そこでやっと、ベルナクスがリリーを見た。

「はい！　今日付けで陛下の侍従として配属されました、リリー・アスベルクと申します」

リリーはユージスに教えられた通り、一歩前に出てブーツの踵《かかと》をあわせ姿勢を正す。

ベルナクスは一瞬驚いたようだったが、すぐにリリーには興味がないと言わんばかりに目を逸《そ》らした。

「侍従など必要ない」

ベルナクスはにべもなく言い捨てる。だが、ユージスは引き下がらなかった。

「そうはいきません。いくら陛下でも、一存で彼女をやめさせることも、配属を変えることもできませんので」

「なんだと？」

「彼女は、私の直属の部下ですから。ご存じですよね？　私の部下は私にだけ裁量権があります」

昨日、リリーが話を持ちかけた際、ユージスは言っていた。参謀として、ユージスには諜報《ちょうほう》活動をする兵を、国王の承認なく徴用できるのだという。機密保持のため、ユージス以外の許可を必要とせず、ナバル人に限らなくとも部下にすることが可能なのだ。

これは、敵国の人間を間諜《かんちょう》として使う必要があるユージスならではの特権だった。リリーは諜報活動をするわけではないが、これで、ベルナクスがリリーを傍《そば》に置くことを拒《こば》むことはできない。

ベルナクスは顔をしかめて口を開く。

「だとすれば、おまえごと罷免《ひめん》することはできるが？」

「……おできになるなら」

ベルナクスとユージスは、しばし睨《にら》み合った。部屋の空気が一気に緊迫する。だが、明らかにユージスの方に分《ぶ》がある様子に見えた。彼の目には、揺るぎない自信が漲《みなぎ》っている。

「……まったく、悪知恵だけならおまえに勝てる者はいないな」

やがて、あきらめたような顔でベルナクスが呟く。

「お褒めいただき光栄です。では」

それだけ言うと、ユージスはリリーを置いて満足そうに部屋を出て行ってしまった。

「きょ、今日からよろしくお願いいたします」

リリーは、姿勢を正して頭をさげる。

「おまえが一体なにをするというのだ」

うんざりだとばかりにベルナクスが呟いた。

「わたしは、陛下の『寝ずの番』です」

「寝ずの……番だと？」

「はい。陛下に安らかに眠っていただくのが、わたしの仕事です」

これは、リリーが思いついた案だった。ベルナクスはリリーを傍《そば》に置くことを拒んだ。

リリーはその理由について、ベルナクスがなぐさめなど必要ではないという、確固たる意志を持っているからだと感じた。そこで、彼には、なぐさめでも同情でもなく接するのが大事だと思ったのだ。

ベルナクスは、どんなことがあっても王位を投げ出さなかった。それだけの責任を負い、全《まっと》うしようと常に前へ進んできたのだ。

だからリリーも、彼の傍にいることをなぐさめなどではなく仕事として全うする。

リリーは、ぎくしゃくとベルナクスに近づいた。

「そして、陛下の朝の身支度をお手伝いするまでが、わたしの仕事です」

リリーは有無を言わさず、ベルナクスの上着の折り返しのボタンを留め、手際よくマントを纏《まと》わせた。軍服の着付けは、よく兄を手伝っていたから勝手がわかっている。

ベルナクスはふいを突かれたように抵抗せず、リリーはひとまず朝の仕事を終えた。

「わたしの今朝の仕事はこれで終わりです。また夜にうかがいます」

「……夜に？」

「はい、寝ずの番ですから」

リリーはそれだけ言うとぺこりと頭をさげて、部屋を後にしたのだった。

なんとか朝の務めを終えて、リリーが自室に戻ると、ユージスが待っていた。

「その顔からすると、うまくいったようですね」

リリー自身はとてもそんな風に思ってはいなかったが、安堵《あんど》が表情に出ていたのだろうか。

「いいえ、まだです。本当の仕事は夜になってからですから……」

そうですね、とユージスは頷《うなず》いた。だが、彼は満足そうだ。

「とりあえず、今夜の仕事がうまくいったら、あなたのことを褒めてもいいでしょう」

リリーは、ユージスに褒められたいと思っているわけではない。すべては弟のためにやっていることだ。

しかし、リリーはあることを思いついた。

「……褒めてくださるなら、ひとつお願いがあります」

機嫌のよいユージスが、顔を輝かせる。

「いいでしょう。あなたの発案でうまくいきそうなのですから。少しはその頑張りに報《むく》いなくてはね」

「でしたら、弟に会わせてください」

ユージスの表情から、一瞬で笑みが消えた。けれど、リリーは怯《ひる》まない。

「弟は無事なんでしょうか？　家に帰してやってほしいとまでは言いません。あの子はそれだけのことをしたのですから。でも、一度でいいから会わせてほしいのです。ニールだって、わたしのことを心配していると思うので……」

ユージスはしばらく黙っていたが、リリーが祈るように見つめていると、やれやれといった様子でため息を漏《も》らす。

「……まあ、いいでしょう。私たちの間にも、信頼関係というものを築く必要がありますし。そもそも彼の無事を、つまり私を疑っているのではありませんよね？」

リリーは頷いた。ユージスは、やさしそうな見かけとは裏腹に冷徹な人物だが、人を弄《もてあそ》んでよろこぶ人間ではない。だから、ニールが生きているのは確かだろう。ただ、ニールがどこでどういう扱いをされているかを心配しているだけだ。

「でしたら、今すぐ会わせてあげましょう。どうせあなたは、夜までなにもすることがないですしね」

「ほ、本当ですか？」

思いもかけない提案だった。リリーは飛びつくようにユージスに近づく。

「ええ。ですが、あなたはあくまで私の部下です。以後は、こんな取り引きを持ちかけることすら叶わぬ立場だと認識していてください」

「はい！」

ユージスに連れられて、リリーは離宮の中庭を抜け、別棟の地下への階段を下っていった。ニールは地下牢へ入れられているらしい。階段を降りていくと、昼間にもかかわらず辺りが段々と暗くなる。壁にあるろうそくの明かりを頼りに進んだところ、兵士ふたりが床にしゃがみ込み、カードに興じていた。

「……また俺の勝ちだな！」

ひとりの兵士が呻《うめ》き声を上げてカードを放り投げた瞬間、ふたりはやっとユージスとリリーに気づいた。

「おい、誰だ……」

兵士のひとりが立ち上がり、前屈みになり目をすがめる。すると、横にいた兵士がその脇腹を肘《ひじ》で突いた。

「馬鹿、参謀だ」

「え！　マ、マクミラン参謀？」

兵士ふたりは、足元に転がしていた槍《やり》をさがしてあたふたした後、やっと姿勢を正して敬礼する。ユージスは、ふたりの不真面目な勤務態度を咎《とが》めることもなく、早々に追い払う。

「さあ、この奥です」

地下牢は、鉄格子《ごうし》のはまった小部屋が向かい合わせに六つあるだけで、小規模な造りだった。なかには樽《たる》や壊れた家具、材木などが転がっているだけの物置部屋になっているものもあり、人の気配が感じられない。

そんな中、一番奥の部屋の前まで行くと、横たわる人影が見えた。

「ニール……？」

リリーがおそるおそる呼びかけたところ、影がぴくりと動く。

「……リリー？」

返ってきたのは弟の声だった。リリーはたまらず鉄格子に駆け寄る。

「ニール！　ニールね！」

ユージスが持っている手燭《てしょく》を高くかかげてくれた。おかげで、起き上がったニールの顔が照らされる。

「リリー！」

ニールも信じられないといった顔でリリーに近づいた。姉弟はようやく、牢の鉄格子越しに再会を果たしたのだ。

「ニール……よかった。無事だったのね……」

リリーは、鉄格子の隙間《すきま》から手を差し入れてニールの頬に触れた。自分と同じ明るい茶色の髪はもつれてくしゃくしゃになり、服もところどころ破れ、手足には痛ましい打《だ》撲《ぼく》の痕《あと》がある。リリーとは違い、少し手荒に扱われたらしい。だが、淡いグリーンの瞳には明るい光が宿っている。さすがに顔色はよくないものの、健康を害している様子は

見られない。リリーは心から安堵《あんど》した。

「ごめん……リリー。俺のせいで……」

「本当に、なんて馬鹿なことを……」

思わず漏《も》れた言葉とは裏腹に、リリーにはニールを責める気など、少しも湧いてこない。ただただ、無事であったよろこびだけがリリーの頬を濡《ぬ》らした。

ふと後ろを見ると、いつの間にかユージスは床に手燭《てしょく》を置いて、やや離れたところに立ってふたりを見ている。

それを確かめてから、ニールがささやいた。

「……それで、リリーは一体どうしていたんだ？」

「わたしは……」

なんと言えばいいのか、リリーは迷った。

自分がベルナクス王の『運命の乙女』であるなど、ニールに話せるはずがない。彼はベルナクスを暗殺しようとするほど敵視しているのだ。もとより突拍子《とっぴょうし》がなさすぎて、弟もにわかには信じられないだろう。第一、この話は他言してはならないと、ユージスにきつく言われていた。

「それに、なぜナバル軍の軍服なんて着ているんだ？」

ニールは、真剣な眼差しでリリーを見つめている。

「……心配しないで。わたし、ベルナクス王にあなたの助命を嘆願《たんがん》するために、侍従《じじゅう》として仕えることになったの。事情があって自国から侍女を連れてこられなかったから、丁度いいって。ほら、この国のことも知りたいということだし、わたしはぴったりでしょう？　それで、働きがよければあなたのことを許してくれるというの」

「俺のために？」

「そうだけど、自分のためでもあるもの。わたしだってベルナクス王に無礼を働いてしまったのだから。それについては、責任があるわ」

「でも、だったら俺がその責任を果たすよ。リリーだけに押しつけるわけにはいかない」

ニールはもどかしいとばかりに鉄格子《ごうし》を握りしめた。そんな彼に、リリーはなだめるように言う。

「わたしは女だから、王の傍《そば》に仕えるのを許されたの。あなたは王に刃を向け危険だと見なされているのだから、それは難しいわ。ここはわたしにまかせて」

「姉さん」

ニールの目には不審の色が浮かんでいる。少し、都合がよすぎる話だっただろうか。

リリーは誤魔化《ごまか》すために続けた。

「それはね、あそこにいらっしゃるマクミラン卿のおかげでもあるのよ。あの方はわたしの上官で、とても心やさしい方なの。わたしたちのことを不憫《ふびん》に思って、王に進言してくださったのよ。なんでも、この国に遠縁のご親戚がいらっしゃるのですって」

リリーはユージスを振り返る。話は聞こえているはずだが、彼は異議を唱えるでもなく、素知らぬふりをしていた。

「だから、なにも心配しないで」

そう言ったものの、ニールはまだ疑わしそうな顔をしている。弟は、リリーが嘘をつくのが下手なことを知っているのだ。だが、どんなに疑われても、本当のことは話せない。

「……わかったよ、リリー。でも、約束してほしい。決して俺のために無理はしないと」

「大丈夫、大丈夫よ。お母さまだって、あなたの帰りを待っているわ。だから、もう少し……」

その先は言葉が続かなかった。母のことを思うと、堪《こら》えているものが胸の奥から溢《あふ》れ出してしまいそうだったからだ。弟だけではなく、一日も早く、母にも安心してもらいたかった。屋敷にひとりで、どれだけ心配しているかわからない。

「じゃあ、もう戻るわね」

リリーはユージスに促《うなが》される前に、足元に置いてあった手燭《てしょく》を拾い、弟に別れを告げた。牢から出ると、先ほど賭《か》けカードに興じていた牢番たちが立っている。ユージスが無言で頷《うなず》くと、ふたりはまた牢を見張るために、そそくさと戻って行った。

長い階段を昇りはじめれば、ユージスとリリーの靴音だけが寂《さび》しく響く。手燭の炎が揺らめき、壁に映るふたりの影が、伸びたり縮んだりしている。

「ありがとうございました……」

歩きながら、リリーは素直に感謝の言葉を口にしていた。

「いえ。ただ、忘れないでください。これは私がやさしいからでも、あなたたちを不憫《ふびん》に思っているからでもありません。陛下のためです」

リリーがベルナクス王のために働くことが条件だ、とユージスは釘《くぎ》を刺しているのだ。

「弟を助けたいのなら、陛下の特別な人になることですね」

「特別な……人？」

リリーはいやな予感がして、眉をひそめた。その顔を見て、ユージスは呆れたような顔をする。

「あなたも不思議な人ですね。望めば、誰もが羨《うらや》む立場になれるというのに」

「誰もが羨む立場？」

ユージスが立ち止まり、振り返った。

「そうです。このボルタニア大陸覇王《はおう》の妃《きさき》という立場です」

いままではっきりと言葉に出さなかったが、やはりユージスはそれを望んでいるのだ。

だが、リリーにはそんなことは到底想像もできない。

そして、ベルナクスも望んでいないはず。リリーと彼は、呪いによって結びつけられただけなのだ。とはいえ、なにも言い返す気になれない。リリーは黙々と階段を昇り、ユージスも後は無言だった。

離宮の本棟に戻り、国王の居室がある階まで階段を昇ると、リリーは自室に戻ることを促された。

「では、今日はこれから夜まで休んでください」

「え？　どういうことですか？」

リリーは侍従《じじゅう》という立場をわきまえて、できることがあれば、どんな仕事でもやるつもりでいる。

「あなたの仕事は『寝ずの番』でしょう？　昼間休んでおかなくては、いつ寝るのです？」

そう言われれば、とリリーは思った。すっかり自分のことは失念していたのだ。そんなリリーに、調子が狂うとばかりにユージスは言った。

「十分に休んで夜に備えるように」

リリーは命じられるまま、与えられた部屋へ戻る。軍服の襟元《えりもと》を少しゆるめただけで寝台に倒れ込み、夜までの一時《ひととき》、眠りに身をまかせた。


数刻後。随分と夜も更《ふ》けたが、一向にベルナクスは部屋へ戻ってこない。

リリーはさっきから、ひとつの考えが頭に浮かんで離れなかった。それは、リリーが部屋に控えているとわかったベルナクスに、避けられているのではないかという危惧《きぐ》だ。彼をさがしに行こうと、リリーは座っていたソファーから立ち上がり、扉を開け廊下へ出た。すでに離宮は、夜の静寂《せいじゃく》に包まれている。国王と王妃の間があるこの階は、階下で厳重な警備がされており、常に人の気配はほとんどない。廊下へ出たものの、リリーにはベルナクス王が行きそうなところに、心当たりなどなかった。

思い直したリリーが部屋に戻ろうとした時、廊下の端の暗がりで、なにかが動いた気がした。

「……！」

リリーは身構えたが、暗がりに目を凝《こ》らしてはっとする。

「陛下？」

慌てて駆け寄ると、ベルナクスが廊下の壁にもたれて座り込み、荒い呼吸を繰り返していた。明らかに様子がおかしい。

「ど、どうなさったのですか」

「……っ」

ベルナクスは苦痛に耐えているのか、顔を歪《ゆが》め、床についた手をきつく握りしめていた。顔色は真っ青で、額《ひたい》には汗が浮かんでいる。

「陛下」

リリーはベルナクスの肩に手をかけるが、すぐ乱暴に腕で振り払われた。

「きゃっ」

リリーは咄嗟《とっさ》に反応できず、床に倒れてしまう。驚いてベルナクスを見れば、王は我に返ったようにリリーを見ていた。その表情は、苦悶《くもん》に喘《あえ》ぐ狂気の王のものではなく、はじめて見る青年のものだった。

「……おまえは……」

リリーはすぐに起き上がり、ベルナクスの顔をのぞき込んだ。

「陛下、具合が悪いのですか？　い、いま、医者を……っ」

そう言って立ち上がろうとしたリリーの腕が、ベルナクスに強く掴まれる。

「……騒ぐな。医者にどうこうできる類《たぐい》のものでは……ない」

リリーは、はっとした。これは病ではないのかもしれない。だとすると、蛮族《ばんぞく》の女王から受けた呪いによる苦痛か。逞《たくま》しく鍛え上げられた体躯《たいく》のベルナクス王でさえ身動きがとれなくなるほどの苦しみなど、リリーには想像もつかない。

「へ、陛下……」

その恐ろしさを目の当《ま》たりにして身体がすくみそうになる。しかし、このままにしておけない。

「では、わたしが部屋までお連れします。さあ、肩に掴まってください」

ベルナクスは黙り込んでなにも答えない。だが、夜の冷気で寒い廊下にうずくまっていて、いいはずがない。リリーは無理矢理ベルナクスの腕をとり、自分の肩に回した。

「……っ！」

腕だけでも、肩にずしりと重みがかかる。リリーが自分ひとりの力で支えるのは無理だと感じた。すると、ベルナクスは腕を伸ばし、震える手で窓枠を掴んだ。ゆっくりと王が立ち上がるのを、リリーは懸命に助けた。

なんとか立ち上がったベルナクスだったが、なかなか足が前に出ない。リリーははらはらしながら、王の顔を見上げて待った。

苦しそうな息づかいは、治まる様子がない。

「陛下……」

リリーは、ベルナクスが肩に回した手をそっと握った。立ち上がったものの、また倒れてしまうのではないかと思った時、ベルナクスの足が一歩前に進んだ。

「く……っ」

噛《か》みしめられた唇の奥から、苦痛の声が漏《も》れる。リリーは一歩ずつ進むベルナクスを支え、励《はげ》まし、どうにか部屋へと辿り着いた。

「陛下、も、もう……少し、もう少しです」

ソファーの背を掴んだベルナクスが、倒れるようにそこに身体を預ける。すると、リリーも一緒に倒れ込み、しばらく動くことができなかった。

ベルナクスは、力を使い果たしたのか、ぐったりとソファーに横たわっている。リリーは不敬にも彼の胸の上に倒れ込んでしまっていた。しばらくした頃、ベルナクスの呼吸が落ち着いてきたことを感じ、リリーは顔を上げる。

「陛下……？」

ベルナクスがうっすらと目を開け、リリーを捉えた。その目に、少し力強さが戻っているのを見て、リリーはほっとした後、疲れ切った自分の身体をどうにか起こす。そして、ベルナクスの身体が楽な姿勢になるよう彼の背にクッションをあてがい、ゴブレットに水をくんでから戻った。

「お水です、飲めますか？」

ちらりとリリーを見ただけで、ベルナクスはなにも答えない。だが、リリーはそれを了承と判断し、その頭を抱きかかえるようにして起こし、口元へゴブレットを持っていった。

ベルナクスもゴブレットに手を添えたものの、まだ震えていて心許《こころもと》ない。リリーがゴブレットを傾け慎重に少しずつ水を飲ませると、人心地《ひとごこち》ついたのか、ベルナクスは大きく息をつき、再びソファーに身体を預けた。

「あの……落ち着かれましたか？　やっぱり、医師を呼んだほうがよろしいのでは……」

リリーは、控えめにそうすすめた。だが、ベルナクスは、

「いや、もう治まった。……いつもはもっと長く苦しむ」

と言い、なにか考え込むように黙り込んでしまった。リリーは彼の様子を見て、医師を呼ぶのをあきらめ、軍服の内側から手巾《しゅきん》を取り出す。王の額《ひたい》の汗を拭こうと手を伸ば

してすぐ、ベルナクスにその手を掴まれた。

「……っ！」

驚いてリリーが手を引くと、ベルナクスはそれを離した。

「おまえは、自分が……私の『運命の乙女』だと思うか？」

「え……っ」

思わぬ質問に、リリーは息をのんだ。なんと答えたらいいのだろう。それでも、侍従《じじゅう》として、王の問いに答えないわけにはいかなかった。

「わたしは……」

だが、どうしても言葉が続かず黙り込んでしまう。これまで、いくつか思い当たることはあった。ベルナクスも同じなのかもしれない。彼は、リリーがいたことで、呪いの苦しみがいつもより早く消えたと思ったから、こんなことを聞いてきたのだろう。

「……陛下は、どう思われますか」

リリーが苦し紛《まぎ》れにたずねてみると、気まずい沈黙がふたりの間に降りた。リリーが認めてしまえば、ここから逃《のが》れられなくなる。王は、どう思っているのか……あまりに沈黙が続くので、リリーは顔を上げた。すると——

「え……？」

ベルナクスは、目を閉じて眠ってしまっている。

「なんだ……」

リリーはどっと疲れを感じて、息をついた。そして、手巾《しゅきん》でベルナクスの額《ひたい》の汗をそっと拭き、毛布を持ってきてその身体にかける。さっきまで、あれほど苦しんでいたのだ。眠ってしまっても無理はない。体力も消耗しているだろう、いまはなにより休息が必要だ。

部屋の灯りを消し、手元にろうそくを置いて、リリーはソファーの横に椅子を運んできた。

ベルナクスは、すっかり無防備な寝顔を見せている。

リリーはブランケットを肩に羽織ると、椅子に腰を下ろした。これからがリリーの仕事のはじまりだ。気を引き締め、リリーは、ベルナクスの手にそっと自分のそれを重ねる。

「……っ……」

その時、ベルナクスの口からかすかな声が漏《も》れた。

起こしてしまったかと一瞬ひやりとしたけれど、王は眠っている。リリーはほっと胸を撫《な》で下ろした。ろうそくの明かりの中、映し出されるベルナクスの顔は、疲労の色が濃い。リリーはなにもすることがないので、ついベルナクスの顔を見つめてしまう。

最初に広場でベルナクスを見た時は、『狂王』という噂《うわさ》に違《たが》わぬ、なんというすさまじい形相かと思った。その後も、常に眉間に皺《しわ》を寄せ、すべてを睥睨《へいげい》するかのような眼差しが恐ろしかった。だが、こうしていると、ただ眠りだけが救いだという様子で、痛々しさすら感じる。

終わらない悪夢に囚われた王。

その彼は、『運命の乙女』という、唯一の安らぎさえも手放そうとしている……

リリーは、思わずベルナクスの手を握った。

貴族の家に生まれたものの、リリーはいままで、自分が特別な存在などと思ったことは一度もない。どちらかといえば、自分にはなんの取り柄《とえ》もないと落胆《らくたん》していた。

だが、ベルナクスにとって、自分は特別な存在なのかもしれない。こうしてリリーが触れているだけで、彼は安らかに眠っているのだから。

深く、深く……夢も見ずに眠っているだろうか。

そうであってほしいと心の隅《すみ》で思っていることに、リリーは気づいていた。

王の寝息が、規則正しくなっていく。

「……だめだわ」

リリーは頭を振った。

これ以上、ベルナクス王について考えてはだめ。

こうしているのは仕事で、弟と自分が助かるためのことだ。ベルナクス王は、決して同情や親しみを覚えていい相手ではない。そんな想いを抱いては、母や弟、ひいては亡くなった兄にも顔向けができない。

リリーは、ベルナクスの寝顔から目を逸《そ》らし、早く朝がくるようにひたすら願う。

眠っている者の傍《そば》にただ座っているのは、思った以上に大変な仕事だった。昼過ぎから夕刻まで仮眠をとったとはいえ、眠気は容赦《ようしゃ》なく襲ってくる。

リリーは、何度も立ち上がっては身体を動かし、眠気を追い払った。さいわい、ベルナクスは少しの間ならば、身体に触れていなくても穏やかに眠っている。ただ、眠気覚ましの飲み物を隣の部屋で飲んでから、ソファーの横に戻った際、彼がうなされ、苦悶《くもん》の表情を浮かべていたのには驚いた。手に触れていれば、穏やかな寝息を立てはじめ、目を覚ますことはなかったが……

そして、ようやく窓の外が白んできて、長い夜が明けようとしている。

その頃には、一晩中ひとりであくせくしているのがなんだかおかしくなり、リリーは笑いを噛《か》み殺していた。すると、いつの間に目を覚ましたのか、こちらを見ているベルナクスと目が合う。

「お、おはよう……ございます……」

「……なにをひとりでにやにやしている」

ベルナクスは、怪訝《けげん》な顔でリリーを見ている。

「いえ、その……別に陛下を見て笑っていたわけでは……」

「当然だ。見ていても、なにもおもしろいわけがないだろうからな」

頷《うなず》いていいものか、リリーは困った。

そうしていると、ベルナクスが身体を起こし、ふと気づいた表情で、自分の手に重ねられたリリーの手を振り払う。なんだか釈然《しゃくぜん》としない思いで、リリーはベルナクスを見上げた。

「あの……それで、お目覚めはいかがですか？」

リリーは思い切って尋ねる。一番気になるのはそのことだ。見ている分には、ぐっすりと眠っているように思えたが……

「……一晩中、ついていたのか」

「は、はい。それが、わたしの務めですから」

ベルナクスはなにも言わず、不機嫌な顔でソファーから立ち上がった。具合は悪そうではない。

身支度を手伝うために、リリーも慌てて立ち上がる。

ベルナクスは、重臣たちと朝議をしながら朝食をとることにしているとのことで、居間には食事の準備はなにもされていない。せめて水をと、リリーはゴブレットを彼に差し出す。

ベルナクスは、無言でゴブレットを受け取った。リリーは彼が水を口にしている間に、新しい上着とマントを用意し、さらにボウルにお湯を張り、顔を洗うための準備をする。

水を飲み干すと、ベルナクスは押し黙ったまま用意されたお湯で顔を洗った。リリーはその隣に立って、顔を洗い終わったベルナクスにタオルを渡し、使い終わったそれを受けとった。そして、彼が乱れた軍服の上着を脱ぐと、すかさず新しい上着を着せかける。前に回ってボタンを留めようとするが、それはベルナクスが自分ではじめたので、リリーはマントを手際よく纏《まと》わせるだけにとどめた。

こうして、ベルナクスの朝の身支度はあっという間に終わったのだ。

リリーとしては、髪を整えた方がいいと思ったが、彼はボウルの横にブラシが置いてあったのに目もくれなかった。なので、そこは手を出さずに見守る。

やがて、ベルナクスはリリーに一瞥《いちべつ》もくれず部屋を出て行ってしまう。

「い、いってらっしゃいませ！」

リリーは扉を開けたまま、その後ろ姿が見えなくなるまで見送った。

相変わらず、ベルナクスのリリーへの反応は素っ気ない。だが、険のようなものが消えたと思える。仕事として傍《そば》にいることが正解だったのか、それとも……

ベルナクスがなにも言わずに部屋を出て行ったことに、リリーは、なぜか寂《さび》しさに似たものを感じていた。


リリーがくたくたに疲れて自分の部屋へ戻ると、明るい声に迎えられた。

「お帰りなさいませ！」

誰かいると思っていなかったため、リリーは驚いてしまう。そこにいたのは、ニールと同じくらいの年頃の少年だ。明るい金髪に、深い海のような色の瞳は利発そうで、人なつこい笑顔が目を引く。

「あの……あなたは？」

「はじめまして、リリーさま。僕はウィルと申します。ユージスさまの侍従《じじゅう》です」

だとすると、この少年――ウィルは、ナバル人ということだろうか。リリーは、べルナクスとユージス以外のナバル人と接するのは、はじめてだった。

「だから、リリーさまとは同僚ってことかな。いや、僕の方が先輩ですけど」

ウィルの物言いに、リリーはくすりと笑う。

「だったら、リリーさまじゃなくていいわ」

リリーの方が年上だから気をつかってくれたのかと思ったが、それは違った。

「うん、でも、僕は知っていますから。リリーさまがどういう方なのか」

リリーはぎくりとする。ウィルがなにを言っているのか計りかねたけれど、いやな予感がしたのだ。

「わ、わたしが……？」

リリーの表情に、あからさまに警戒の色が浮かんでいたのだろう、ウィルは安心させるためか、屈託のない笑顔を見せた。

「そんなに警戒しないで。知っているっていうのは、あなたがベルナクス陛下にとって、とても大事な方だってことですよ」

「……わかったわ。あなたは、ユージスさまの信頼が厚いのね」

もちろん、僕は一番の腹心と言ってもいいですからね。ウィルはそう言って、得意そうに胸を張った。ユージスがベルナクスの呪いの秘密を明かしているということは、ウイルはただ気が利く少年侍従《じじゅう》というだけではないらしい。

「それで、ユージスさまの侍従がどうしてここに？　なにか言づかってきたのかしら？」

「ええ。陛下のお世話をされるにあたって、あなたではナバル軍の中でいろいろと不自由でしょう。だから、僕が代わって雑用を引き受けるようにって、ユージスさまのいいつけなんですよ」

予想以上にうれしい申し出だった。確かに、なにか必要なものがあっても、離宮内で働いているナバル人には頼みづらい。それが、ベルナクスのためであってもだ。昨日は、必要なものはすべてユージスが用意してくれた。だが、彼も王の側近であり、忙しい身だ。だから代わりに、このウィルを寄越してくれたのだろう。

「ありがとう、ウィル。そうしてくれるととても助かるわ」

「いえいえ。これからはなにか必要なものがあれば、なんなりと僕に言ってください」

続きは、一緒に朝食を食べながらにしましょう、というウィルの提案で、ふたりはテーブルに着いた。

パンとフルーツが籠《かご》に盛られ、スープがおいしそうな湯気《ゆげ》をたてている。リリーがパンを皿に盛りつけている間、ウィルが紅茶をいれてくれた。

「誰かと一緒に食事をするのは久しぶりだわ」

食べはじめてからリリーがそう言ったところ、ウィルが笑う。

「僕も座って食事するのなんて久しぶりかも」

「まあ、ユージスさまはそんなに人使いが荒いの？」

リリーは驚いた。すると、ウィルはパンをちぎりながら首を横に振る。

「ユージスさまは確かに人使いが荒いけど、それだけが理由じゃないです。なにしろ、いまナバルは戦争中ですからね」

何気ないウィルの言葉に、リリーははっとした。

「……そういえば、そうだったわ」

スープを口に運ぶ手が止まる。

「そんな深刻な反応しないでください。どんな時でも、人はできるだけ普通に生活しようとするものですって。この国だって、街はナバル軍の兵を相手に一稼ぎしようっていう逞《たくま》しい人たちで大賑わいだし。決して、リリーさまがのんきとか、無神経ってわけじゃありません。誰もあなたを責められませんよ」

仕方のないことなのだろうか、と疑問に思いつつも、リリーはウィルの口から出た街のことについて聞きたくなり、質問をした。

「さっきも言ったように、街はナバル兵相手に商売をしたい人たちで賑わっていますね。

いまのところ、問題は起こっていないらしいですよ。陛下の厳命で、市民への暴力や破壊行動、略奪行為は一切禁止されているから、心から歓迎してるとまでは言わないけど、ナバル兵は評判いいと思います」

ナバル軍が侵攻してきた際、王都は跡形もなく蹂躙《じゅうりん》されるのでは、という噂《うわさ》が飛び交っていた。リリーがそう言うと、ウィルは軽く肩をすくめる。

「ナバルの要求は、言い方は悪いけどお金と物資なんですよ。次の国に攻め入るために、軍資金はたくさん必要だし。ここでナバルの侵攻が止まれば、このリーシェンを含む西方小三国は、南方一の大国ジャイファに攻め込まれることになるんですから」

「あのジャイファに？」

リリーには初耳だった。確かに、ウィルの言う通り、蛮族《ばんぞく》の脅威《きょうい》が去り、削《そ》がれていたナバルの国力が回復する前に西方小三国を侵攻するのは、ジャイファにとって絶好の機会だと言える。

「そもそも、陛下が最初に制圧した隣国シラールさえ、蛮族討伐《とうばつ》のため陛下が国を留守にしていると知って、ナバルに攻め込む準備をしていたんですから」

「シラールが……」

リーシェンに伝わってきた話だと、突然、ナバルがシラールに攻め込んだということになっていた。

しかし、ウィルはまだ少年だが、ナバル人だ。ナバル側からの話だけを鵜呑《うの》みにすることはできない。それに、話を聞いているうちに疑問も湧いてきた。

「でも、ジャイファに攻め込まれるのと、ナバルに攻め込まれるのは、なにが違うのかしら……」

リリーは思わず呟く。だが、すぐにはっとして、

「あ、あの、これは……」

と、慌てて弁明しようとした。しかし、ウィルは特に気分を害した風でもなく、首をかしげる。

「リリーさまはご存じないんですねえ。ジャイファの王は貪欲《どんよく》で狡猾《こうかつ》な上、冷酷非情な人物です。かつてジャイファの隣国を滅ぼした時も、かの国の王はその民もろとも、国土を焼き払ったんですよ」

「そのことは、知っているけど……」

リリーが生まれる前の話だ。それに、我が身にそのようなことが起こるかもしれないとは、なかなか想像できなかった。

「だから陛下は、まず西方三国をナバルが併合することが重要だと考えられたのです。

これらの国は、もとはひとつの国でしたからね。でも、随分昔に三つに分かれて、国力も戦力も弱くなってしまった。ジャイファに攻められれば、一国だけで対抗するのは不可能です」

それに、とウィルは続ける。

「さっきも言った通り、ジャイファに攻め込まれたら、どの国も火の海になりかねない。そう言って陛下は西方三国に同盟を説いたけど、みな蛮族討伐《ばんぞくとうばつ》の時と同じ。話はまとまらず、協力も約束しなかった。若いナバル王に頭を下げて保護を受けるのを、三国とも嫌がったんですよ」

おかげで、反ナバルとして西方三国が手を組んじゃったんですけどね、とウィルは笑った。

「……そんなことが」

リリーは、絶句するしかない。

己のプライドだけを考えた王たちが、反ナバルとして同盟を組み、戦《いくさ》となった。話を聞く限り、ナバルの侵攻の前に、すでに戦乱は迫ってきていたのだ。静かに、また確実に。

「交戦の結果、このリーシェン国は陛下の要求をほとんどのんだ。でもネイス国は、これがもう本当にどうしようもないくらいごねているんです。陛下は必要以上に戦《いくさ》をするつもりがないんですけど、このままではどうなるかわからない。こうしている間に、アルバは密かにジャイファとも話を進めているということだし、まだまだ予断を許さない不穏な状況ですよ」

「え……」

リリーがベルナクスの傍《そば》にいれば、これ以上戦が続かない、というユージスの話と矛盾している。どうあっても、戦争が続く可能性は高い。なぜなら、この戦はベルナクスだけがすすめているものではないからだ。彼の呪いによる焦燥《しょうそう》をなぐさめたところで、戦が終わる話ではなかった。

ユージスの話にのせられた、などという問題ではない。事態はもっと深刻だったのだ。ベルナクスは、呪いによって気力も体力もかなり消耗している。いま、彼が力尽きたらどうなるのか。間違いなくこのリーシェン国も含め、西方三国はナバル制圧の足がかりとしてジャイファに攻め込まれるだろう。

リリーは愕然《がくぜん》とした。

「ちょっと、大丈夫ですか？」

突然黙り込んでしまったリリーに、ウィルが声をかける。リリーは曖昧《あいまい》に頷《うなず》いたもののろくに食事が喉《のど》を通らなくなってしまった。少し休んだ方がいい、というウィルのすすめで、寝台に横になったけれど、とても眠れなかった。

そして、また夜がくる。

王の間にひとりで控えている途中、昨夜とは違う不安に襲われてしまう。リリーは、何度も部屋の扉から廊下へ顔を出し、ベルナクスが戻ってくるのを待っていた。王が戻ってこないと、また廊下でひとり苦しんでいるのではないかと気が気でない。リリーはまた一通り廊下を見回り、部屋へ戻った。扉を閉めてその前でため息をついていたところ、突然、扉が開く。

「お、お帰りなさいませ」

リリーは、慌てて振り返った。

扉の前に背を向けて立っていたリリーに、ベルナクスは怪訝《けげん》そうな顔をしたが、なにも言わない。

「あ、あの……」

遅くまで政務をとっていたからか、ベルナクスの顔はひどく疲れているように見える。彼はそれ以上反応するのも億劫《おっくう》だとばかりに、マントを長椅子に投げ出した。

リリーはすぐさま近づいて、着替えを手伝おうとする。

「いい、かまうな」

しかし、ベルナクスに手で追い払われてしまい、仕方なく長椅子の上にあるマントを長持ちにしまった。その間に、ベルナクスは無言で寝室へ向かう。リリーが焦って後を追うと、彼はすでに寝台に身を横たえたところだった。

「あの、着替えはなさらなくていいのですか？」

控えめに声をかければ、ベルナクスは目を少し開いてリリーを睨《にら》んだ。

「どうせすぐ朝になる。このままでも同じことだ」

そんなことはないと思ったが、疲れているらしきベルナクスの様子に、リリーはなにも言えなくなる。

「でしたら、なにか飲み物でも……」

飲み物について、リリーはあらかじめ用意していた。蜂蜜《はちみつ》を溶かした果汁に、眠りを誘うハーブを漬けた水。リーシェン王が健康のために取り寄せていた、飲めば疲れがとれるという温泉水もある。そして、ユージスに渡されていたワインも揃えていた。

ベルナクスは意外なことに、飲み物には興味を持ったようだ。

「その瓶には、なにが入っている？」

美しい切り込みが施《ほどこ》された水差しは、黒みがかった赤紫色のワインで満たされている。

「これはワインですが、他にもいろいろ……」

リリーが、用意した飲み物の説明をしようとした途端、

「それでいい」

と、ベルナクスに遮《さえぎ》られた。リリーは内心、ちょっとがっかりしながらもグラスにワインを注いだ。

「どうぞ」

やや緊張しつつ差し出すと、ベルナクスは億劫《おっくう》そうに身体を起こした。彼はグラスを受け取り、しばらくワインに目を落とす。

リリーには、ベルナクスがなにをためらっているのかわからない。そのまま飲むのは気が進まないのであれば、蜂蜜水で割ることを提案しようかと考えていた。

「あの、陛下?」

リリーが声をかけてすぐ、ベルナクスはグラスを一気にあおる。そして、無言で空のグラスをリリーへ差し出す。

「は、はい」

リリーは慌てて水差しを持ち、またグラスにワインを注いだ。それを三回ほどくり返

し、ふいに、ベルナクスはワインが入ったままのグラスをリリーに差し出す。

「……どうかされましたか？」

もう飲む気がなくなったのだろうか、と思っていると、そうではなかった。

「おまえが飲んでみろ」

「え？」

リリーは耳を疑う。もしかして毒味だろうか、と考えたものの、それならすでに手遅れのはずだ。

「わ、わたしは、仕事中ですので……」

酒はあまり得意ではないため、できれば飲みたくない。自分の立場も忘れて、リリーは断ろうとした。

「そのおまえの仕事はなんだ？」

すかさず、ベルナクスは威圧的にリリーを睨《にら》みつける。リリーの仕事は、侍従《じじゅう》として王の命令に従うことだ。

「は、はい。では……」

リリーはベルナクスを気にしながらも、グラスに口をつける。

「どうだ、味は？」

「は？」

味わう余裕などなかったリリーは、動揺のあまり、グラスを取り落としそうになった。

「あ、味ですか、それは、その、なんと申しますか……も、申し訳ありません」

リリーはあらためてワインを飲んだが、緊張しているので味がわからない。首をかしげつつ、リリーはなんとかワインの味を伝えようとした。

「……味は、なんというか、まろやかと言いましょうか……熟成された深い香りが……するような？　飲み干した後、渋みが残る……かもしれません。でも、美味《おい》しい、です」

リリーの説明に、ベルナクスの眉間の皺《しわ》が深くなる。

「なんだかさっぱりわからんな」

「申し訳ありません。わたしは、お酒をあまり飲めないので……」

その言葉に、ベルナクスがいま気づいたと言わんばかりにリリーを見た。

「そういえば、顔が赤いな」

「え、そうですか？」

リリーは片手で頬を押さえた。確かに、少し熱い気がする。それほど酔っているわけではないのに、なんだか恥ずかしくなってしまう。しかも、ベルナクスにまじまじと見つめられていて、余計に頬が赤くなるような感覚に陥《おちい》った。

リリーが狼狽《うろた》えていると、ベルナクスがその手からグラスを取り上げた。

「あ……」

驚く間もなく、ベルナクスは、リリーが口をつけたグラスのワインを一気に飲み干した。

「……私には、水もワインも似たようなものだ」

「え？　それは、どういう……」

ワインくらいでは、酔うことはないと言いたいのだろうか？　そう戸惑うリリーに、再びベルナクスがグラスを差し出した。

「そのままの意味だ。ワインを飲んでも、リリーは、慌ててそこへワインを注ぐ。なんの香りも味もしない。ただ、量を飲めば酔いはそれなりに回るが」

ベルナクスはワインをあおり、またグラスを差し出す。

「それは……このワインが口に合わないという意味では……ないのですよね……」

リリーにはよくわからないけれど、おそらくこれは上等なワインのはずだ。呪いとは、味や香りまで奪《うば》ってしまうものなのだろうか。そのせいで、心が和《なご》むことがないというのか……

「でしたら、なにかスパイスを入れて飲んでみるというのはいかがでしょう？」

ワインにシナモンや果実を入れれば、風味が増す。少しは刺激的な味になるかもしれない。だが、ベルナクスは少しも心動かされた様子がない。

「いや……器を変えてみるか」

そう言って、彼は手にしていたグラスをリリーに渡した。

「器を、ですか？」

それで味が変わるだろうか？　金属製のゴブレットにしたところで、雰囲気と口当たりは変わるだろうが、味まで変わるとは思えなかった。ただ、そう正直に言うわけにはいかない。

「……では、違うものをお持ちします」

リリーは首を捻りながらも、グラスを取りかえるため踵《きびす》を返そうとした。すると、ベルナクスに腕を掴まれる。

「おまえが器の代わりだ」

「え？」

リリーはベルナクスの顔を見て、手にしているワインで満たされたグラスに視線を移した。

「あ、あの……」

もう一度ベルナクスの顔を見る。彼は少し酔っているようだが、冗談を言っているわけではなさそうだ。胸の鼓動が大きく跳ねる。

「それは……その……」

どういう意味か尋ねるのも恐ろしく、リリーは息をのんだ。遠回しではあるが、彼はリリーに口移しで飲ませろと言っている。

「おまえが『運命の乙女』なら、少しはワインに変化があるかもしれぬ」

「！」

手にしているワインの水面に、小さな波が立つ。リリーの手が、かすかに震えているからだ。

いますぐこの場から逃げ出したいと思っても、足が動かない。

リリーは、試されているのだ。

「……っ！」

リリーは思い切って、グラスに口をつけた。ワインの芳香など感じる余裕もない。

しかし、ワインを口に含んだままにしておくはずが、つい飲み下してしまった。

「も、申し訳……」

リリーはもう一度、慎重にワインを口に含んだ。今度は落ち着いてグラスを置く。ずっと飲み込まずにいるのは、意外と難しい。ぎくしゃくとベルナクスに近づくと、そっと腰に手が回され、引き寄せられる。

「んっ！」

おどろきのあまり、リリーは再びワインを飲み下してしまう。

「へ、陛下……」

なぜ抱き寄せられるのかわからず、リリーは慌てた。あまり酒に強くないからか、喉《のど》の奥が燃えるように熱い。

「また自分で飲んでしまったのか？」

揶揄《やゆ》に似た口ぶりで言われ、リリーは酔いのせいだけではなく、頬が赤くなるのを感じた。

「申し訳……ありません」

酔いが回ってふらつく頭で、リリーはなんとかもう一度グラスを手にとる。今度こそは、とワインを口に含み、そっとベルナクスの上に屈み込む。すると、後少しで触れあうというところで動きを止めたリリーのくちびるを迎えるように、ベルナクスがくちづけてきた。

「……っ！」

くちびるから、ワインが一気に溢《あふ》れそうになる。リリーは身を離した拍子に、今回も思わずワインを飲み込んでしまった。

そのままベルナクスに有無を言わさぬ力で引き寄せられ、再びくちびるが重ねられた。

「ん……っ」

驚いて身を引こうとするリリーの首に手が回り、くちづけが深くなる。

「……ん……っ」

身体の位置がくるりと変わって寝台に押しつけられたことで、さらに隙間《すきま》がなくなった。リリーが息苦しさに喘《あえ》ごうとした隙に、ベルナクスの舌が差し込まれる。

「！」

ワインはもう口の中に残っていない。そんなことは、ベルナクスもとっくにわかっているはずだ。だが、彼の舌は執拗《しつよう》に、リリーの口腔《こうこう》を探っている。

「ふ……う……ぅ」

リリーはベルナクスの身体を押しのけようとするが、酔いが回った腕には、まったく力が入らない。舌を吸い上げられ、リリーの身体が震えた。

「や……っ」

なんとか身をよじり、その腕から逃《のが》れるために動くが、ベルナクスの身体で押さえつけられてしまう。

「……役に立たない器だな」

だったら、もう離してほしい。リリーが顔を背《そむ》けると、細い顎《あご》が掴まれた。酔いで視界がぼやけて、ベルナクスがどんな顔をしているかわからない。熱に喘いだリリーのくちびるに、ベルナクスの舌が這《は》わされる。

「だが……まあ、悪くない」

片腕でリリーを押さえつけたまま身体を起こしたベルナクスが、グラスを手にしているのが視界の端に映った。

「……へ、陛下」

こんな戯《たわむ》れはやめてほしい、とリリーは訴えようとしたが、呂律《ろれつ》が回らなくなっている。身体を起こそうにも、頭の中がぐらぐらと揺れていて動けない。

そうしている間にも、またベルナクスの顔が近づいてくる。

「……っ」

もう、逃げ道はなかった。頬を押さえられ、口移しで流し込まれたワインが喉《のど》を通りすぎていく。だが、ベルナクスのくちびるは離れない。リリーの口腔内に残されたワインを味わい尽くさんと言わんばかりに舌が蠢《うごめ》く。

舌先を擦《す》るようにゆっくりと動かされ、ぞくりと震えた。息をつく余裕もなく、溢《あふ》れた唾液《だえき》がくちびるの端からこぼれる。

「ん……く……ぅ」

リリーはいま、自分の身に起こっていることが信じられなかった。リリーにとって、これがはじめてのくちづけだ。本来は、恥じらう間もなく奪《うば》われていいものではないはず。それが、こんなにも濃厚に舌を絡《から》められ、貪《むさぼ》るようにくちづけられているなんて。

「も……や……」

ワインのせいだけではなく、熱がリリーの身体に回っていく。それに浮かされ喘《あえ》ぐと、またワインが注がれる。

「んう……」

繰り返されるくちづけに、リリーは意識を奪われ、ついに、なにもわからなくなった……

窓から差し込む日差しのまぶしさに、リリーは目を開けた。

なぜか身体がだるく、喉《のど》が渇いている。

「……っ！」

はっとして身体を起こすと、寝台にベルナクスの姿はなかった。部屋にはいないらしい。慌てて窓に目をやったところ、陽はすでに高く昇っている。

「もう……昼……？」

あたふたと寝台から降りようとして、リリーは目眩《めまい》を覚えた。身を伏せてそれをやり過ごそうとしつつ、昨夜のことを考える。だが、そもそも、なぜ自分が寝台に横たわっていたのかが思い出せない。夢を見ていた気がするが、まったく思い出せなかった。しかも、リリーの役目である『寝ずの番』とは、文字通り寝ずに番をする仕事だ。それなのに……

すっかり寝込んでしまっていたのだろうか、王の寝台で。

不安になったリリーは、目眩が治まるのを待ってから、慎重に起きあがる。ふらふらと頭が揺れるし、少し気分が悪い。まずは水が飲みたかった。

「……？」

ふと、なにか固く冷たいものが手に触れる。見ると、グラスが寝台に転がっていた。

それを認めた途端、リリーの脳裏に、昨夜の記憶が断片的によみがえってくる。

「わたし……」

ベルナクスに、ワインを飲むことを命じられたのは覚えていた。

経緯は思い出せないが、なぜかベルナクスに……くちづけられた気がする。

「それから……」

「そんな……まさか……」

リリーは青ざめた。

懸命に記憶を辿るが、頭の中に靄《もや》がかかったように思い出せない。ただ、テーブルの上に置いてあった水差しは倒れ、そこにたっぷり入っていたはずのワインは、すっかり空になっている。

この状況からして、リリーがワインを飲んで酔いつぶれてしまったのは確かだろう。とはいえ、それ以外はまったくわからない。

「そんなことより……」

『寝ずの番』の侍従《じじゅう》が寝てしまい、ベルナクスの朝の支度を手伝う仕事を放棄した事実の方が問題だった。すでに王は朝議を終え、政務に忙しくしていることだろう。この失態を取り戻せるか不安なまま、リリーはふらつく足取りでなんとか自室へ戻った。

部屋へ戻り、ウィルがいないことにほっとしながら、リリーは水を飲んだ。きっと髪は乱れ、顔色も悪いはず。こんな姿を誰にも見られたくなかった。

――あれは夢だったのだろうか。

水を飲み終えたリリーは、ふと考え込む。くちびるに、感触が残っているような気がする。

荒々しく、熱のこもったくちづけ。それが何度も繰り返され……

「や……っ」

リリーは水を飲むだけではなく、頭から被《かぶ》りたくなった。

リリーがひとりで赤面していると、突然扉が開かれる。

そこには、ユージスが立っていた。リリーは昨晩から今朝の失態を咎《とが》められると思い、身構えてしまう。

「リリー」

「は、はいっ」

ユージスが、ゆっくりと近づいてくる。その表情がいつもより険《けわ》しい気がして、リリーは息をのんだ。だが――

「……こんなに早く、あなたが結果を出すとは思いませんでした」

と、ユージスは穏やかな笑みを浮かべた。

「え？」

リリーは唖然《あぜん》としてユージスを見る。褒められることをした覚えが、まったくなかったからだ。

「ど、どういうことでしょうか……」

「陛下に、ほんの少しですが変化が見られます。これまで性急に物事を進めていた陛下に、今朝は余裕のようなものを感じました。あなたのおかげでしょう」

リリーは驚き、慌てて否定した。

「そんな、わたしはなにも……していません」

そう言うと、ユージスは顔を若干曇《くも》らせ、怪訝《けげん》そうにリリーを見る。

「あなたは本当におかしな人ですね。わざわざ自分の功績を否定するとは。なんのためにここにいるのです？」

「それは……」

リリーは言い淀《よど》んでしまった。そんなリリーの様子にはかまわず、機嫌が良さそうなユージスが言葉を続ける。

「陛下は、呪いを受けてからずっと、生き急ぐようにさまざまな裁決を下されていました。性急にことを進めるのは、もうご自分の身が長くないと思われていたからでしょう。

それが変わってきたと、今日……思えました」

ユージスは感慨深げに目を閉じ、しばらく黙り込んだ。そして、目を開きリリーを見て言った。

「あなたが傍《そば》にいれば、呪いを解くことが叶うと思われたのかもしれません」

「っ！」

リリーは、胸がかすかに痛んだ。

「ユージスさま……」

リリーには、複雑な思いしかなかった。ベルナクスに必要とされなければ、ニールを助けることはできない。だが、このままでは、ニールの助命が叶ったとしても、リリーは囚われてしまう。

ベルナクスに、身も心も……

運命が、確実にリリーをのみ込もうとしている。

抗《あらが》うには、あまりにも相手が悪い。

リリーはそこからユージスの話など耳に入らず、ただ自分の足元を見つめていた――

ユージスがいなくなった後も、リリーは一日中自室でぼんやりとしていた。気づくと、目の前にベルナクスが立っている。

「お、お帰りなさいませ……」

リリーは、慌てて椅子から立ち上がった。

ベルナクスは、不審そうな目を向けただけでなにも言わない。リリーは扉が開いたことにも気づかなかった。

王の顔を見た途端、昨夜の夢か現実かわからない記憶がよみがえり、リリーはつい狼狽《うろた》えてしまう。だが、ベルナクスはいつものように不機嫌そうで、なにも変わった様子はない。

これまでベルナクスを前にすると、リリーの中ではいろいろな感情が複雑に渦巻《うずま》いていた。しかし、いまはただ戸惑いだけがある。おかげで、まともにベルナクスの顔が見られない。

リリーがまごついている間に、ベルナクスは、抱えてきた紙の束をテーブルに置いて、ソファーに腰掛けた。

すっかり夜は更《ふ》けているのに、まだ休むつもりはないらしい。

「あの……今朝は、申し訳ありませんでした」

謝る必要があるのは、今朝のことだけではないけれど、他になんと言っていいかわからなかった。

だが、ベルナクスはなにも言わず、難しい顔で地図に目を落としている。王が取り合わないのなら、これ以上、リリーからなにか言うべきではない。

リリーは立ちつくし、ベルナクスの横顔を見た。すっかり存在を無視されていて、声をかけるのもはばかられる。こうした場合、どうすればいいものか。リリーが考えていると、テーブルから一巻きの紙が転がり落ちた。

リリーは仕事ができたとばかりに、それをさっと拾い、テーブルに置こうとする。だが、テーブルの上にはベルナクスが大きな地図を広げていて、置く場所がない。紙を巻き直しながら立っていたら、ベルナクスが手を離した途端、地図が丸まってしまった。

「こちらの端を押さえています」

そう言って、リリーはテーブルの横に膝をついて地図を押さえる。ベルナクスはなにも言わず、リリーが押さえている反対側に、懐から小さな短剣を取り出し、重しとして置いた。このリーシェン周辺の、詳細な地図のようだ。ベルナクスはじっと地図を見つめて、なにか考え込んでいる。

不穏な動きがあるアルバ王国との戦いを想定して、思いを巡らせているのだろうか？

西方三国の同盟軍を破ったナバルだが、連戦で軍は消耗しているはず。さらにジャイファと衝突すれば、北と南での大規模な戦いになることは想像に難《かた》くない。

その戦いになくてはならないのが、ベルナクス王の存在だ。

そこで、リリーはふと思った。

なぜ、西方三小国の王たちはベルナクスの説得に耳を貸さなかったのだろう?

もちろん、リリーに各国の王の思惑《おもわく》など計れるわけがない。ただ、ナバル主導の同盟をよしとしなかった、という可能性はある。ウィルも昨日言っていた通り、ベルナクスは王としてまだ若いからだ。

リリーは、またベルナクスの横顔を見つめた。

西方小三国の王がナバルと手を結ばなかったのは、ベルナクス王に対しての嫉妬《しっと》や反感の感情を抱き、政治的な判断を誤ったからかもしれない。そのせいで、多くの命が失われたのだとしたら……

そこまで考えて、リリーは地図へ視線を戻した。浮かんでくる考えを振り払う。

すべてリリーの憶測に過ぎない。ただ、自分の心がこれまで以上に大きく揺らいでいることを、リリーは感じていた。

ひとりで考えていても答えが出ないことに、リリーはどっと疲れを感じる。

やがて頭の中にもやが広がっていき、それは次第に心地よくリリーを包んでいった。

──カサカサと、なにかが擦《こす》れるような音がしている。

これは一体なんの音だろう……？　リリーは、どこかで聞いた覚えがある。そうだ、紙が擦れあう音だ。眠くてうっすらとしか目が開かない。そのぼんやりした視界に、ふわりと白いものが落ちる。──紙だった。

聞こえていたのは、やはり紙の擦れる音だったのだ。納得したリリーが心地よい眠りに戻ろうとしていると、落ちた紙を拾おうとする手が目に映った。

(手……誰の……？)

決してやさしい手ではないが、しっかりとした力強さがある。リリーは、この手をよく知っていた。

その指先の感触がよみがえり、リリーはぴくりと反応した。さらに、落ちた紙を拾い上げた手が、彼女の頬を掠める。そのせいで、耳にかけていた後《おく》れ毛がはらりと落ちた。

それに気づいたのか、手の動きが止まる。

手の持ち主は、ほんの少し躊躇《ためら》う素振りを見せたが、そっとリリーの耳に後れ毛をかけようとした。しかし、うまく耳にかからない。あまり器用ではない上に気遣おうとしているせいか、なかなか上手にできないらしい。何度目かで、やっと後れ毛が落ちてこなくなった。

そのまま視界から消えるかと思いきや、手がリリーの頬に触れる。そして、ゆっくりと頬の線をやさしくなぞって動く。

リリーは、動かないでいるのに必死だった。

なぜなら、自分がベルナクスの膝に寄りかかって居眠りをしていたことに、気づいたからだ。そして、ベルナクスは、まだリリーが眠っていると思っている。

このまま寝たふりをしてやり過ごした方がいいのか迷っていたら、頬をなぞっていた指が、ふいにくちびるに触れた。

「……！」

昨夜の、夢か現《うつつ》かわからない記憶が、生々しく呼び覚まされる。

何度も角度を変えて重ねられるくちびる。熱い吐息が混ざり合い、胸の動悸《どうき》をあやしく掻き乱していった感覚。抱きしめられて触れ合う身体の熱が、まざまざとよみがえる。

自分とはなにもかも違う身体つき。伝わってくる熱と鼓動。

どうして、あんなことになってしまったのだろう。

ただ一度の戯《たわむ》れであってほしい、忘れなくては。そう思っても、胸に強く焼きついてしまい忘れられなかった。

寝たふりは、限界に近づいている。

ベルナクスの指に触れられたくちびるが震え、頬が熱くなった。とうとう我慢できずに、ぴくりと肩が動いてしまった。

ベルナクスも、はっとしたようにリリーから指を離す。

リリーは、寝ぼけたふりをしてしばらく瞬《まばた》きをし、いま目が覚めたとばかりに、慌てて飛び起きた。

「あ……も、申し訳ありませんっ！」

ベルナクスはちらりとリリーを横目で見ただけで、それ以上は特に気にした様子もなく、地図に目を落とす。

その平然とした様子に、リリーは不安になった。

いまのは夢だったのだろうか……？

釈然《しゃくぜん》としない思いに、リリーは首を捻る。だが、ベルナクスがあんなやさしい振る舞いをしたなど、夢でなければ説明がつかない。

つい、その温かい指先の感触を思い出してしまい、リリーは恥ずかしくなった。ひとりで赤面している間にも、ベルナクスは紙になにかを書き込んだりし続けている。

リリーは、あれは夢だったと無理矢理思うことにして、手伝いに戻ろうとした。とはいえ、このままだと、朝まで起きていられない恐れがある。

「あの、も、申し訳ありませんでした。少し席を外していいでしょうか？　眠気の覚める飲み物をとってきたいので……」

ベルナクスがなにも言わないので、リリーはそれを了承ととり、そっと傍《そば》を離れた。

自分の居室へ戻ると、ウィルがソファーでうたた寝をしていた。どんな用があるかわからないので、リリーがベルナクスの部屋への部屋に行っている間は、ここで控えていてくれることになっているのだ。とはいえ、さすがに眠ってしまったらしい。

リリーは、ウィルを起こさないように、そっと毛布をかけた。

「ふふ……」

つい、笑みがこぼれる。

ウィルはしっかりしていても、寝顔は年相応にあどけない。

その寝顔を見ていると、ニールのことを思い出す。今頃、弟も地下牢で眠っているに違いない。寒くはないだろうか、地下牢の夜は冷えるはずだ。もうちょっとベルナクスの役に立つことができたら、またユージスに面会を頼めるかもしれない。

ウィルがぐっすり眠っているのを見届けてから、リリーは暖炉へ近づいた。なるべく音をたてずに紅茶のポットを用意し、鍋から湯を注ぐ。いい香りが漂《ただよ》い、少し気分がほぐれた。

　ふと、窓の外に目を向ける。月の位置からして、リリーがうたた寝していたのは半刻ほどだったらしい。

　夜はまだ長い、リリーはポットごと紅茶を持っていくことにした。さらに、ベルナクスのためにハーブティーもいれる。リリーは眠らないようにしなければいけないが、ベルナクスにはなるべくぐっすり眠ってもらいたい。そのために、深い眠りを誘うハーブを使ったお茶にした。

　すべて用意できたところで、リリーは念のため冷たい水で顔を洗う。

　そしてトレイを手にしてベルナクスのもとへ戻ると、王は眉間に皺《しわ》を寄せて、ソファーに座っていた。

「……す、すみません……」

　彼の表情の険《けわ》しさに、リリーはつい謝った。すると、ベルナクスの表情はさらに曇《くも》り、低い声が漏《も》れる。

「随分時間がかかったが、なにをしていた？」

　咎《とが》められるとは思わなかったリリーは、驚いてしまう。

「あの、お茶を……」

答えつつ、手にしたトレイをテーブルに置いた。ふたつのポットからは、いい香りがしている。

「陛下には、ハーブティーをいれてきました」

リリーがお茶をカップに注ごうとした途端、ベルナクスが口を開いた。

「いいから座れ」

「は、はい」

強い口調に、リリーは慌ててベルナクスの向かいのソファーに腰掛ける。すると、ますますベルナクスの表情が険《けわ》しくなった。

「あの……」

一体、どうしたというのだろう。王はどうも様子がおかしい。

苛立ちを我慢できないとばかりに、ベルナクスが唸《うな》るように言う。

「……横に座るんだ」

リリーは一瞬、聞き間違いかと思った。だからといって、聞き返せる雰囲気ではない。よくわからないながらも、おそるおそる従うことにした。ベルナクスが座っているソファーは広いので、王から数人分の間を空けて、リリーは腰を下ろす。

言われた通り横に座ったのに、なぜかベルナクスに睨《にら》まれてしまう。リリーはどうすればいいのかと、途方に暮れた。身を縮こまらせつつ隣に座っていると、いきなりベルナクスが首に手を回してきて、リリーを自分の膝の上に倒すように引く。

「えっ……な、きゃあっ！」

リリーは突然のことに対応できないまま、ベルナクスの膝に頭を置いた。なにが起こっているのかわからず、じたばたしてしまう。

「おとなしくしていろ」

「で、でも……っ！」

身体を起こそうとしても、ベルナクスに押さえつけられる。その手つきは強引で、とても先ほどリリーの頬を撫《な》でていた手と同じとは思えない。やはりあれは夢だったのだ、とリリーはあらためて考えた。

結局リリーは抵抗をやめ、大人しくすることにした。なんとも奇妙なことに、ベルナクスの膝に頭を乗せて、ソファーに横たわっている。主従の体勢としておかしいが、ベルナクスがなにを考えているのかわからず、こうしているしかなかった。

「あ、あの……お茶を……」

眠気覚ましに持ってきたのに、一口も飲めないのは困る。それに、この状況からなんとかして逃《のが》れたかった。

「後で飲め」

にべもない返事に、リリーは唖然《あぜん》とした。寝不足の状態で横になっていては、また居眠りをしてしまいそうだ。

「でも、必要なんです」

じろり、とベルナクスに睨《にら》まれる。

「だったら飲ませてやろう」

「え？　の、飲ませて？」

一体、この体勢でどうやって飲ませるというのだろうか？

リリーは膝の上からベルナクスを見上げた。

「ど、どうやって……でしょうか？」

ベルナクスが、ふっと目を細めてリリーを見る。

「どうやって飲ませてほしい？」

リリーは、軽はずみなことを口にしてしまったと青ざめた。この体勢で飲ませる方法など、口移ししか思いつかない。昨晩の、ワインの悪夢がよみがえる。

「いえ、いいです。なにも飲まなくて」

「……せっかくの紅茶が冷めてしまうぞ」

そう言いながら、ベルナクスが身を屈めてくる。

「いえ、も、もう……っ」

息がかかりそうなほどベルナクスの顔が近くなり、リリーは耐えられなくなって、手で顔を覆《おお》った。だが、その手首を掴まれ、無理矢理顔から引き剥《は》がされる。

「や……やめ……っ」

こわくて目は開けられなかった。やがて、恐れていた通り、なにかがくちびるに触れる。

「ん……っ」

リリーのくちびるに触れたものは、柔かく潤《うる》んでいる。さらに、驚いて声を上げそうになった彼女のくちびるの隙間《すきま》に、ぬるりとした感触が忍び込んできた。

「ん……んん……っ」

入り込んできたそれ――ベルナクスの熱い舌が、リリーの舌を捕らえる。狭い口腔《こうこう》内では一度侵入を許したが最後、思うがままに振る舞われてしまう。夢だと思いたかったが、そう思い込むには生々しすぎる感覚だった。ということは、やはり昨夜のことも夢ではなかったのだ。そもそも初心《うぶ》なリリーでは、とても想像して夢に見られるものではない。それほど、ベルナクスのくちづけは、巧みで情熱的だった。

「は……う……う……っ」

舌先を擦《こす》り合わされるたび、肌を寒気に似たものが走り、リリーの身体はびくびくと小さく跳ねてしまう。胸の鼓動が速くなり、しめつけられたみたいに切なくなる。

リリーはなんとか身体を起こそうとしたが、無駄だった。

濃厚なくちづけに翻弄《ほんろう》され、気が遠くなりかけた頃、やっとリリーは息をつくことができた。しかし、息をするのが精一杯で、起きあがる気力もない。そんなリリーに、ベルナクスはしれっと声をかける。

「……目を覚ましてやろうと思ったのだが、逆効果だったか？」

リリーのくちびるは、言葉を紡《つむ》ぐのを忘れてしまったように、ただ震えていた。嵐の如《ごと》きくちづけの余韻《よいん》に攫《さら》われ、ぐったりと横たわっていることしかできない。

「ちょうどいい。おとなしくしていろ」

そう言うと、ベルナクスはリリーの頭を膝に乗せたまま、テーブルに向き直り、地図にペンを走らせはじめた。その切り替えの早さに、思わず感心してしまう。

しばらくベルナクスを見つめていたが、彼は次から次に紙を手にとり、忙しそうにしている。

一体、なんのつもりでベルナクスは、リリーのくちびるを奪《うば》ったのだろう……？

それも、一度だけではなく二度も。一度だけなら、なにかの弾《はず》みや戯《たわむ》れだと思えるが……。考えると胸が苦しくなる。なにか意味があるなんて、想像してはいけないのかもしれない。

そんなことを考えつつじっとしていたリリーは、一向に政務を終わらせる様子のないベルナクスに、何度か休むように勧めてみた。だがとりあってもらえない。おかげで、リリーも幾度となく睡魔に襲われながらもじっと耐えるしかなく、ひたすら刻《とき》が過ぎるのを待つ。

やがて、窓の外が白み、やっと遠くで朝を告《つ》げる鐘楼《しょうろう》の鐘が聞こえてきた。皆起きだして朝の支度にかかる頃である。だが、リリーにとっては仕事の終わりを告げる鐘だ。少しほっとしていると、ベルナクスが膝にリリーの頭が乗っていることを忘れたように立ち上がった。

眠ってはいなかったが、いささか気を抜いていたリリーは、悲鳴を上げつつソファーから転げ落ちてしまう。慌てて顔を上げると、ベルナクスが言った。

「……どうやら、おまえが傍《そば》にいると頭が冴《さ》えるらしい」

まさか、と思い、リリーはベルナクスの顔をまじまじと見つめる。ベルナクスも、リリーの顔を見ていた。

「一緒に来い。朝議にでる」

「わ、わたしもですか？」

リリーは驚いて立ち上がる。ベルナクスは、有無を言わせずリリーにテーブルの上にあった紙の束を持たせると、その手を強引に引いて歩き出した。ベルナクスは早足で歩き、リリーは手をとられているため、引きずられるようについていくしかなかった。

朝議は離宮の最上階にあるサンルームで行われていて、王が入室すると、テーブルに着いていた者たちが一斉に立ち上がった。大きな長テーブルに、向かい合わせに席に着いていた六人全員が、ベルナクスとリリーを見る。

ここにいるのは、全員ナバル人だ。彼らはきっちりとナバル軍の軍服を着込んでいる。リリーのものより仕立てがいいのが一目でわかった。

一体、どんな眼差しを向けられるのか。リリーは不安を感じたが、その部屋にいた者たちはリリーを見てもなにも言わず、表情も動かさなかった。ひとり、ユージスだけが驚いている。

ベルナクスは当然のように、彼らに説明ひとつしない。ただ、もう一脚の椅子を運んでくることを、部屋の隅《すみ》に控えていた兵に申しつけている。

すぐにリリーの分の椅子が運ばれると、王は側近たちに着席を促《うなが》した。

「さて、はじめるとしよう」

皆が朝の挨拶《あいさつ》を口にし、食事をはじめた。リリーの分はない。食べたいと思っているわけではなかったが、身の置き所がなく、どうしていいか困惑してしまう。そう思い俯《うつむ》いていたら、ベルナクスがリリーの方に皿を押しやった。

「おまえが食べろ」

ベルナクスは、自分の分をリリーに譲《ゆず》るつもりらしい。

そんなわけにはいかない、と言いたいが、静まりかえった室内で声を出す勇気など、とても出なかった。リリーは無言で首を横に振る。

「いいから、食え。私はそれどころではない」

そう言うと、ベルナクスはリリーが抱えたままだった紙の束を手にとった。それからは、リリーのような者が聞いていてはいいと思えない、極秘の軍事会議が繰り広げられる。リリーはなるべく関心がないふりをするため、もそもそと食事を続けた。本人が言っていた通り、リリーが傍《そば》にいると頭が冴《さ》えるのだろうか、王は斬新《ざんしん》な提案と巧みな話術で、側近たちを次々と納得させていく。

リリーは、早くこの朝議が終わるのを、心から願うしかなかった。

やっと朝議が終わった。

解放されると思ったが、ベルナクスはなんの説明もなく、またリリーを連れてまわる。

王の仕事は忙しく、軍事会議が終われば、別の部屋でナバルから到着した伝令の報告を聞く。昼食をとる暇もなく、ベルナクスは次々に裁決を下していった。ナバルから届くのは、軍に関することだけではない。国に関する様々な報告と、それについての対処をベルナクスに求めるものなどもあった。

本当に、リリーが傍《そば》にいると頭が冴《さ》えるのだろうか？

あらためてそう思うほど、ベルナクスは精力的に政務をこなしていた。

そして、夜も更《ふ》けた頃、リリーはベルナクスと一緒に部屋へ戻る。一日中ベルナクスの傍にいて、リリーはくたくただった。

だが、これからまた、リリーには『寝ずの番』という仕事があるのだ。昨夜、リリーは少しうたた寝をしただけで、ベルナクスに付き合って寝ずに夜を明かした。眠気も体力も、もう限界だ。

リリーがふらふらになりながら、ベルナクスの脱ぎ捨てた上着を片づけようとすると、その手を掴まれた。

「……疲れたのか？」

当然、疲れているけれど、上官であるベルナクスにそんなことを言えるはずがない。

「いえ、大丈夫です」

しかし、ベルナクスは手を離さないでリリーを見つめている。

「癒《いや》しとやらは求めていないが、おまえが傍にいると本当に頭が冴える」

「それは……」

そう言われても、リリーはよろこんでいいのかわからない。なぜなら、結果的にそうなったというだけで、リリーがやろうと思ってやったことではないからだ。

困惑しているリリーをよそに、ベルナクスはいつになく饒舌《じょうぜつ》に言葉を続けた。

「昨夜、おまえが膝で居眠りをしていた時、かねてから懸念《けねん》していた問題解決の糸口が見えた。これまで随分と頭を悩ませていたが、不思議と新たな考えが浮かんだのだ。それは、おまえが居眠りしている間続いた。なのに、おまえが目覚めて部屋を出ていった後、ぱったりと途切れた。まるで頭の中に、もやがかかったようにな」

だから、昨夜リリーが飲み物を用意してベルナクスのもとに戻った時、王は見るからに苛々していたのだろう。その時は、リリーにはなぜだかわからなかったが。

「これからは、日中も私の傍にいろ」

ベルナクスは機嫌よく告げる。リリーは唖然《あぜん》として彼の顔を見つめ返した。なるほど、ベルナクスは合理的にものを考える人物なのだ。だから、呪いを受けても不必要に取り乱さなかった。リリーのことも、癒《いや》しだけしか与えないのなら用はないと思っていたのだろう。だが、リリーが傍《そば》にいることで頭が冴え、政務を迅速《じんそく》にこなすことができるのなら、価値があると認めたのだ。

とはいえ、リリーには戸惑いしかなかった。

「日中も……ですか？」

部下であるリリーが逆らえるはずもないが、それはかなり無理な話だ。

「わたしには、『寝ずの番』があるので」

リリーは、疲れたベルナクスを癒すのが、自分の一番大事な仕事だと考えていた。しかし、このままでは、さらに彼を疲弊《ひへい》させてしまう。リリーが傍にいる限り、ベルナクスは働きづくめになるからだ。

「それなら、一緒に眠ればいいだろう」

そう言うなり、ベルナクスはリリーを抱き上げた。

「きゃあ！」

突然腕の中に閉じ込められ、リリーは悲鳴を上げる。けれど、ベルナクスは少しも動じた様子なく、軽々とリリーを運んでいく。

「ま、待ってくださいっ！　は、放して」

リリーはなんとか逃《のが》れようともがいたが、ベルナクスの腕はビクともしない。

「暴れるな、静かにしろ。私もさすがに今日は疲れた」

ベルナクスはリリーを抱えたまま寝室に向かう。そして、いささか乱暴にリリーを寝台に投げ出すと、覆《おお》い被《かぶ》さるようにのしかかってきた。

「い、いや！　やめて！　放してくださいっ」

「うるさい、これ以上騒ぐと、またその口を塞《ふさ》ぐぞ」

リリーは間近に迫ったベルナクスの顔を見て、息をのんだ。脅《おど》しの効果は絶大で、リリーは震え上がってしまった。しかし、彼の要求通り口をつぐんだにもかかわらず、ベルナクスの顔が近づいてくる。身体を寝台に押さえつけられていて、リリーの力では突き飛ばすこともできそうにない。

「……っ！」

リリーが咄嗟《とっさ》に顔を背《そむ》けると、首筋にベルナクスの息がかかった。

「ひゃ……っ」

思わず声を上げた途端、驚いたのか、彼の動きが止まる。

「なんだ？」

その隙《すき》に、リリーはベルナクスに背を向けて、寝台からなんとか這《は》い出ようとした。

だが、後ろから抱きすくめられる。

「あ……っ！」

「まったく、おまえは本当にうるさいな……」

ベルナクスはうんざりした調子で呟き、大きく息をついた。

「ですがっ」

このままおとなしくしていては、どうなるかわからない。リリーは、ベルナクスに背を向けていれば口を塞《ふさ》がれることもないと思いつつ、まくし立てた。

「陛下、どうぞ、お、おひとりでゆっくりお休みください。わたしは、侍従《じじゅう》です。一緒に眠っていいものでは……な、なぜ首元のホックを外して……や、やめ……！」

後ろから伸びてきたベルナクスの手が、リリーの軍服の首元を寛《くつろ》がせようとしている。

「おまえはどうも堅苦しい。首元も、なぜこんなに詰まっている？」

これでは窮屈《きゅうくつ》で眠れないだろう、と不思議そうにベルナクスが続けた。

「それは……っ。む、胸が……っ！」

リリーは自分で口にした言葉に赤面してしまう。男と違って胸がふくらんでいるリリーは、男性物の軍服だとどうしても首元が苦しくなるのだ。

「胸？」

リリーに胸があることをはじめて気づいたとばかりに、ベルナクスが聞き返した。

そして、ホックを外そうとしていた彼の手が、無造作にリリーのふくらみに触れる。

「……！」

リリーは驚きのあまり、声が出なかった。

「そういえばそうだったな……」

ベルナクスが、確かめるようにリリーの胸のふくらみを手で包んだ。悲鳴を上げたくても、驚きで息が止まりそうになる。

「へ、陛下……そういえばでは……ありません……っ」

少年侍従と同様に思われていたのだとすれば、腹立たしい。複雑なリリーに、彼は平然と言ってのけた。

「軍服を着れば、男も女も関係ないからな」

軍服越しでわかりづらいせいか、ベルナクスの手が探るために動き続ける。

「だからといって、わたしが男だったら、こんな風に触れないはずでは……」

「まあ、そうだな」

ゆっくりと胸を揉《も》み上げられ、リリーは身体を強ばらせた。

「や、やめ……っ」

柔かさを楽しんでいるらしき手の動きが、徐々に大胆になっていく。

「あ……」

リリーは慌てて口を押さえた。ベルナクスの手の動きに、身体が勝手に反応してしまう。軍服の布地に擦《こす》れて、ふくらみの先端が凝《こ》り固まってきている。リリーは自分の身体の変化に、悲鳴を上げたくなった。どうか、このままベルナクスに気づかれないように、と必死で祈る。

「どうした、急におとなしくなったな？」

だが、まるで心中を読まれてしまったかのようにベルナクスに言われ、リリーはぎくりとした。一層、緊張が高まるのを感じる。

「は……いえ……そんなことは……」

否定する言葉とは裏腹に、リリーは動けずにいた。すると、ベルナクスの指先が痛いほど立ち上がっている胸の突起に、布越しに触れる。

「あ……っ」

掠《かす》められただけなのに、リリーは小さく声を上げてしまった。先端がじんじんと痺《しび》れて敏感になっていることに狼狽《うろた》え、ますます動けなくなる。

ベルナクスは、リリーの敏感な部分に触れたことに気づかなかった素振りで、またひとつ軍服のボタンを外した。

張りつめていた胸元の布地がゆるみ、リリーは大きく息をつく。布地を押し上げて痛いほど立ち上がった乳首が解放され、ほっとしていると、さぐるように触れられてしまう。

「あ……んっ」

喉《のど》が震え、リリーはくちびるを噛《か》みしめた。

「なんだ？」

気怠《けだる》げな中にもからかいの響きがあるベルナクスの声に、リリーは頬がかっと熱くなる。

「な、なにも……」

これ以上反応してはいけないと思っても、身体は言うことをきかない。リリーが混乱して動けずにいるのをいいことに、ベルナクスの手は軍服の上着の裾《すそ》をたくし上げ、ほっそりとした脇腹に触れてきた。

「や……やめ……」

リリーが身体を震わせると、耳の後ろをなにかが掠《かす》める。ベルナクスのくちびるだ。熱い吐息が耳朶《じだ》にかかれば、ぞくりとした痺《しび》れが首筋に走り、リリーは肩をすくめた。首もとが寛《くつろ》いでいたせいで軍服がはだけ、細い肩がのぞいてしまう。気が付いたリリーが身動きできずにわなないていると、ベルナクスのくちびるが無防備な首筋を辿りはじめた。

「……っ！」

首筋をなぞられるだけでも、あられもない声が漏《も》れそうになってしまう。それを懸命に抑えた時、ふいに強く肌を吸われ、リリーは息をのんだ。

「は……っ」

やめてほしいと思っているのに、身体が熱い。肌を吸われた痕が焼けつくように疼《うず》いて、リリーの手足から力を奪《うば》っていく。

「陛下、戯《たわむ》れが……す、過ぎます……っ」

このままだとどうなってしまうかわからない。リリーの必死の懇願《こんがん》に、ベルナクスの動きが止まる。リリーがほっとしていいものか疑っていると、ベルナクスはとんでもないことを言い出した。

「……では、戯れでなければいいのか？」

「え……」

リリーが絶句しているのを了承ととったのか、ベルナクスのくちびるが肩に触れる。

彼女の脇腹に添えられた王の手のひらは、なだらかな曲線を下へと辿ろうとしている。

呆然としている場合ではなかった。

「そ、そんな、いけませんっ」

「なぜだ？」

「な、なぜって……わ、わたしは、侍従《じじゅう》ですから……」

反論になっていない、と自分でも思った。だが、混乱する頭ではこれが精一杯だ。

「それが理由か？」

「そ、そうです」

こんなことで納得してくれるとは思えず、リリーはどきどきしながら、ベルナクスの言葉を待つ。

しばらく黙り込んだ後、ベルナクスは、リリーの髪に顔を埋《うず》めて呟いた。

「まあ、いいだろう……」

その声に濃い疲労が滲《にじ》んでいて、リリーははっとする。ベルナクスは疲れているのだ。

今日一日傍《そば》にいてわかったのだが、王は安らぎを感じないせいで、疲労を厭《いと》わず激務をこなす。

リリーが黙ると、ベルナクスは上掛けを引っ張り、自分とリリーの身体を包んだ。そして、抱きすくめたまま、静かになる。

しばらくして、リリーはかすかに首を動かしてベルナクスを見た。閉じた瞼《まぶた》が動く様子がない。いつも険《けわ》しく寄せられている眉間にも、いまはなんの力も込められていなかった。

頬に触れる吐息は規則正しい。それは、穏やかな寝息だった。

驚いたことに、ベルナクスはもう寝入っている。

リリーはどっと身体の力が抜けるのを感じた。ひとりでどぎまぎしているのが馬鹿らしくなり、気がゆるむ。リリーも疲れていた。ひとつため息をついた後、そのまま眠りに落ちていく。

翌日。目覚めたリリーは、また一瞬、自分がどこにいるかわからなかった。

ぼんやりと辺りを見回してから、リリーは思い出した。

昨夜は、ベルナクスに抱きしめられたまま眠ってしまったのだ。だが、そのベルナクスの姿がどこにも見えない。リリーは慌てて自分の身体を確かめた。ベルナクスに胸元のホックを外され、軍服はよれよれになっているが、それ以上は乱れていない。そのことに、ほっとする。

しかし、ベルナクスはどこにいるのだろう？　部屋を見回すと、寝室のさらに奥へ続く扉が、少し開いていることに気がついた。あの扉の先は、確か湯船の置かれている部屋だったはずだが……

リリーはそろそろと寝台から降り、その扉へ近づいた。隙間《すきま》から、なにか音が聞こえてくる。

「……？」

それは水音だった。どうやら、ベルナクスは入浴中らしい。リリーはそっと足音を忍ばせ、扉の前から離れようとした。すると――

「おい。どこへ行く」

扉の向こうからベルナクスに声をかけられた。リリーは、ぎくりとして思わず背筋を伸ばす。

「起きたのはわかっているぞ。こっちへこい」

なんの物音も立てていないはずだが、なぜ気づかれてしまったのだろう。リリーは唖《あ》然《ぜん》としながらも、命令に従うべきか迷った。

やがて、リリーは覚悟を決めて扉の取っ手に手をかける。

「……し、失礼します……」

扉を開けると、部屋は温かい湯気《ゆげ》に満ちていて、その中央に舟形の優雅な湯船が置かれていた。

幸いなことに、王はリリーに背中を向けて湯船に浸《つ》かっている。その傍《そば》に、入浴の世話をする侍従《じじゅう》の姿は見当たらない。

「あの……ご、ご用は……？」

なるべくベルナクスの方を見ないようにして、リリーは言った。

「石けんが滑《すべ》って落ちた。取れ」

「は？」

見れば、湯船の近くに泡のついた石けんが落ちている。リリーは、ほっとした。それを取って渡せばいいだけだと思ったのだ。

「ただいまお取りします」

リリーは、素早く石けんを拾った。

「ど、どうぞ」

あらぬ方を見ながら、リリーは石けんをベルナクスに差し出す。だが、いつまでたってもベルナクスは受け取ろうとしない。

「あの……？」

王がどんな顔をしているかはわからないものの、なにか不満なのだろうか？　言われたことは、石けんを渡すことだったはずだが……。リリーが立ちつくしていると、ようやくベルナクスから声がかかった。

「……ちょうどいい。背中を流してもらおうか」

「え！」

叫んでから、リリーは口を押さえた。手についていた石けんの泡が、口に入りそうになる。

「わ、わたしがですか？」

リリーが狼狽《うろた》えつつ聞くと、ベルナクスは当然のように言った。

「おまえ以外、誰がいる？　朝の支度を手伝うところまでが仕事ではなかったか？」

「も……もちろんです」

リリーは息をのんだ。しかし、流すのはあくまで背中だ。国王ともなれば、身の回りの世話は侍従たちが何人もついて行う。ベルナクスにとって、その侍従が女であろうと、なにも特別なことではないに違いない。そう自分に言い聞かせ、リリーは王の後ろに回った。湯船の横のテーブルには、オイルや薔薇水《ばらすい》、身体を洗うための海綿《かいめん》などが置いてある。

意を決して、リリーは海綿で手に持っていた石けんを泡立たせ、ベルナクスの背中に向き直った。

「失礼……します」

湯船にもたれていたベルナクスが身を起こす。身体はなるべく見ないようにして、リリーは王の背に手をかける。

片手で洗うには王の背中は広く、リリーは慎重にその肌に手を置いた。どれほど力を込めていいかわからなかったが、十分泡を立てて洗っていく。

ふいに、リリーの指先に、なめらかな泡や皮膚《ひふ》とは違うなにかが触れる。

「……？」

少し気になり指でなぞると、左肩の上に、肉の盛り上がった部分があった。

「その傷が気になるか？」

「い、いいえ。そんな……申し訳ありません」

傷とは知らず、不躾《ぶしつけ》なことをしてしまった。そう思って、リリーは慌てて謝罪する。

だが、ベルナクスは特に気にした様子もなく続けた。

「……それは、昔、弟に背後から矢で襲われた時の傷だ」

「弟君に……？」

リリーは絶句してしまう。王位争いの際に実の弟から命を狙われていたという話は、以前聞いたことがあった。実際にこうして傷跡を目の当たりにしてみると、なんとも言い難い生々しさだ。それに、この傷の跡からすると、矢は掠《かす》ったどころではなく、深々とベルナクスの肩に突き刺さったに違いない。

「で、でも、この場所なら急所は、外れていますね」

リリーはすぐに、おかしなことを口走ってしまったと青ざめた。案の定、ベルナクスは黙り込んでいる。その表情は見えないが、リリーは失言を悔やんだ。けれど、ベルナクスがふっと笑いを漏《も》らした気配がした。

「……そうだな。あれは……弟は、なにをやらせてもものにならなかった。剣も、弓も、馬も……。だから、この時も弓の腕が未熟ゆえ、急所を外したと思っていたが……」

ベルナクスは、そこでまた言葉を切った。

「いま思えば、あれはあれで、最後にためらったのかもしれぬな」

そうであってほしいと、願っているのかもしれない。リリーは、主の心中を推し量ってはいけないという、侍従《じじゅう》の心得を忘れそうになっていた。

「……だがもう、それも確かめようがない」

ベルナクスが、自嘲《じちょう》気味に呟く。淡々とした口調が一層、その悲惨さを伝えてくる気がして、リリーは胸が詰まった。やるせなさに、目尻に涙が滲《にじ》む。王は弟の心情まで思い至らず、そのまま返り討ちを果たしているのだ。

リリーは、滲んだ涙をこっそり手で拭《ぬぐ》った。

「い、痛っ！」

「……なんだ？」

水音がして、ベルナクスが振り返った気配がする。だが、リリーは目に石けんの泡が入ってしまい、痛くてなにも見えない。

「どうした？」

不審そうに尋ねるベルナクスの声に、リリーは慌ててまた目を擦《こす》った。

「も、申し訳ありません……。目に泡が入って……」

ベルナクスの過去に泣いたのを誤魔化《ごまか》そうとしたのに、かえって涙が止まらなくなる。

「まったく……なにをしている」

リリーは、びしゃりとお湯に浸《ひた》したタオルで顔を拭かれた。ベルナクスの手つきはいささか乱暴で、ごしごしと顔を擦られる。

「痛っ、あの、痛いです」

ベルナクスは親切のつもりなのかもしれないが、目はますます痛くなるばかりで、リリーにとっては迷惑でしかない。なんとか逃《のが》れようと顔を背《そむ》けると、腕を掴まれた。

「暴れるな」

「で、ですが」

たっぷり湯を含んだタオルは、顔だけでなく、リリーの髪や軍服を遠慮なく濡《ぬ》らしていく。

「陛下、あの……っ」

「本当に、おまえは世話が焼けるな」

そう言うなり、ベルナクスが掴んでいたリリーの腕を、強引に引き寄せた。

「きゃ、きゃあ！」

逆らう間もなく身体が宙に浮き、リリーは上半身だけざぶりとお湯の中に引きずり込まれた。

「な……っ」

湯船でもがいていると、足からブーツが引き抜かれ、床に投げ捨てられる。リリーはなんとか湯船の縁《ふち》を掴んだが、手が滑《すべ》り、湯船に転がり込むように落ちた。このままでは湯船で溺れてしまうと思った時、リリーはやっとベルナクスの手で引き上げられる。

「……はっ」

水面に顔が出ると、リリーはしばらく激しく咳き込んだ。それから、引き寄せられてぐったりとなにかに寄りかかる。

呼吸が落ち着くまで、リリーは動けなかった。

「…………？」

やっと我に返り、リリーは自分がなにに寄りかかっているかに気づいた。ベルナクスの裸の胸だ。

ベルナクスが浸《つ》かっていた湯船に落ちたのだから、当然といえば当然だった。リリーは、湯船の中で王に抱き寄せられる体勢になってしまっているのだ。

「っ！」

リリーはぎょっとして身体を起こした。そして、さらに驚く。

「……陛下、今朝は鏡をご覧になりました？」

「鏡？　そんなものを見る習慣はない」

リリーはまた驚いた。王に、鏡を見る習慣がないことにではない。彼の見た目が、様変わりしていたことにだ。

ベルナクスは、別人かと思うほどに姿が変わっている。目の下の濃い隈《くま》が消え、幽鬼のようだった顔色は明るい。鈍い光を放っていた鋭い瞳には、怜悧《れいり》な輝きが宿っていた。

「あの……随分、お顔の色が……よくなっていると思います」

リリーは、ベルナクスと一緒に湯船に浸《つ》かっていることも忘れ、言葉を選んで言う。

本心では、凛々《りり》しく美しく変わったと思っていたが、なぜかそのまま口に出せなかった。

「確かに、よく眠った気はするが……」

ベルナクスは自分の頬に手をやって撫《な》でたけれど、特に変化を感じない様子だ。だが、ユージスがいまの彼の姿を見たら驚くに違いない。それほど劇的に変化している。

この変化は、リリーがもたらしたものなのだろうか？

『運命の乙女』という存在に、リリーはいままで半信半疑だった。しかし、これまでのことと、このベルナクスの変わり方を思い返すと、もしかして、という気持ちが湧いてくる。

すっかり考え込んでしまったリリーの気を引き戻すように、ベルナクスは言った。

「おまえこそ、目はどうした」

「あ、はい。もう……大丈夫……です……」

そこでリリーはあらためて、自分の置かれている状況に気づいた。そして、さっと血の気が引きそうになる。

　ほとんど事故とはいえ、あろうことか、ベルナクスと一緒に湯船に浸かってしまっている。気づいたからには、このままでいるわけにはいかないが、あまりのことに動けずにいた。

「ついでに、おまえも湯を使えばどうだ？」

　と言うなり、ベルナクスは水差しでリリーに頭から湯をかける。

「きゃ……や、やめ……っ」

「遠慮するな。昨日はさすがに無理をさせたと思ってな」

　リリーを気遣うような言葉に、どきりとする。やはりベルナクスはなにかが変わってきている気がした。だが、そんな考えを遮《さえぎ》る如《ごと》く、また頭から湯をかけられる。

「へ……陛下っ」

「なんだ、気持ちがいいだろう？」

　揶揄《やゆ》しているらしきベルナクスの口ぶりに、リリーは、ずぶ濡《ぬ》れになった犬のように頭を振った。

「こ、困ります！　わたしは軍服の替えが支給されていないのですから！」

　実際、軍服をびしょ濡れにしてしまったのはまずい。リリーはこれ以外の軍服を渡されていないのだ。

「軍服など、汚れても仕方のないものだと思っておけ。戦場では気にしている暇などないぞ」

「前線の兵士はそうでしょうけど……」

リリーは王の侍従《じじゅう》だ。そういうわけにはいかない。あちこち連れ回されて、人目に晒《さら》される機会も多い。軍服のことを気にするのは当然だ。

「……だったら、早く乾くようにいまから絞ってやろう」

「え？」

そう言ったベルナクスは、リリーが呆然としている間に、軍服に手をかけてきた。

「なにを？　そんな……っ、結構です。自分で……きゃあっ！」

リリーは身をすくめて抵抗したが、狭い湯船の中では動くこともままならない。あっという間に、胸のふくらみを押さえるために巻いている布共々、軍服を剥《は》ぎ取られてしまう。肌を隠すものがなくなったリリーは、胸元を腕で隠しながら、慌てて湯の中に身体を沈めた。

そんなリリーの様子をまったく気にも留めず、ベルナクスは軍服を絞っている。

そして、ねじれて棒のように纏《まと》まった軍服を、リリーに、ほらと無造作に投げて寄越した。

「あ……っ！」

咄嗟《とっさ》に、リリーは受け止めるため手を伸ばす。なんとか掴んでほっとしていると、ベルナクスの視線に気づいた。

「？」

なぜ、真顔でこちらを見ているのだろうか。そう思い、リリーは彼の視線の先を追ってはっとした。リリーは軍服をまた濡《ぬ》らさないことだけを気にしていて、上半身をすっかり湯から出していたのだ。

泡にところどころ覆《おお》われているとはいえ、先端が淡く色づいたふたつの胸のふくらみが、ベルナクスの目に晒されている。

「……っ！」

狼狽《ろうばい》して屈み込むと、手にしていた軍服が湯の中にゆらゆらと広がっていく。リリーは、それをなんとか胸の周りに巻き付けた。胸を隠していた布は、湯船の外に落としてしまった。

「それで隠したつもりか？」

「え？」

おそるおそる下を向いたところ、薄いクリーム色の軍服は濡《ぬ》れて肌に張り付き、胸の形どころか、うっすらと色づいた先端まで透けて見えている。

「きゃ……っ」

リリーは身体を折り曲げるようにして屈み込んだ。恥ずかしさのあまり、つい叫んでしまう。

「下級兵士の軍服は、う、薄すぎると思います！」

「もっと厚い生地のものが着たかったら、それなりの地位まで這《は》い上がるんだな」

「わ、わたしでも出世できるんですか……？」

そうすれば、こんな目に遭《あ》わずに済むのだろうか？

「正式に兵として徴用されているのだ。働きがよければ不可能ではないぞ」

「……そう言われましても……どうすれば……」

「手っ取り早く、と言うなら上官の歓心を買うんだな」

「上官の……？」

リリーは顔を上げて、ベルナクスを見た。

「そうだ。……たとえば、その服を下ろしてみる、とかな」

「……は？」

戯《たわむ》れのような口ぶりだが、ベルナクスの顔に、ふざけている様子はまったくない。

「そ……そんなこと……」

リリーは狼狽《うろた》えて、胸元を隠す手にますます力をこめた。だが――

「下ろせ」

はっきりと命令され、リリーは息をのんだ。

「で……ですが……」

歓心を買いたいわけでも、出世したいわけでもない。それなのに、ベルナクスの声には、逆らうことを許さない緊迫感があった。

リリーの手は、心の奥の悲鳴とは裏腹に、力をなくしていく。

ぱしゃりとかすかな水音を響かせ、リリーは胸元を隠していた手を下ろした。リリーの裸身が湯気《ゆげ》の中に浮かび上がり、ベルナクスの目に晒《さら》される。

「なるほど」

いつもと変わらぬ王の声音に、ますます羞恥《しゅうち》がかきたてられてしまう。身体が震え、肌にまとわりついていた泡がゆっくりと流れ落ちる。泡にも劣らぬ白い肌が上気し、薔《ば》薇《ら》色に染まっていく。

「な、なにか言ってください、こんな……」

「褒められたいのか?」

揶揄《やゆ》するように言われ、リリーは狼狽《うろた》えて目を泳がせた。

「ちが……そういうわけではなくて……」

恥じらいに震える姿を、ただ見つめられることが耐えられなかった。ベルナクスはなぜこんなにも平然としていられるのか、わからない。

「褒められたいわけではないのなら、どうしてほしい? なにが望みだ?」

「な、なにも……」

なにも望んでいない。そう言いたかったが、リリーの胸は息をするのも苦しいほど高鳴り、言葉が続かない。

「なにも? そうは見えないが……」

リリーはベルナクスの発言に驚き、彼の視線を辿った。すると、触れられてもいないのに、胸のふくらみの先端が小さく固くなっている。

「おまえの身体は触れられたいように見えるな」

「ち、違います」

すぐに目を逸《そ》らし、なにか反論しなければと考えを巡らせるが、なにも言い訳できない。あまりの羞恥《しゅうち》に、泣きたくなってしまう。どうしていいかわからず呆然とするリリーに、ベルナクスが短く言った。

「こっちへこい」

リリーは命じられるまま、ベルナクスに近づいた。狭い湯船の中、すぐに身体が触れ合う。お互いの素肌の感触に、目眩《めまい》がしそうだ。

「あ、あの……」

俯《うつむ》き、これからどうすればいいのかと震えていると、ベルナクスに顎《あご》を掴まれ顔を上げさせられた。

「……なぜ、手を下ろし、私の言葉に従った？」

「な、なぜって……ご自分で命じておいて……」

リリーは命令に従っただけだ。そう思いたい。

「逆らえば、無理矢理抱こうと思っていたが……毒気を抜かれるとは、まさにこのことだな」

とんでもないセリフをさらっと漏《も》らしたベルナクスに、リリーはぎょっとした。しかも、その口調と眼差しには、まだどこか迷っている様子がある。このままこうしていては、リリーの身がどうなってしまうかわからない。

「……だが、残念なことに、遊んでいる時間はあまりないようだ」

そう言いつつも、ベルナクスは海綿《かいめん》で泡を立てている。リリーは注意が逸《そ》れたと思い、そろそろと身体を湯に沈めようとして、腕を掴まれた。

「きゃ……っ」

「階級を上げるほどではないが、褒美《ほうび》をとらそう」

そう言って、ベルナクスは石けんの泡を手にとり、リリーの身体を洗いはじめる。

「な、なにを……きゃあ！」

ベルナクスの手は、ためらいなくリリーの身体を泡で洗っていく。首筋から肩、そして胸も。なめらかな泡の感触と、無遠慮な手の動きに、リリーは気が動転してしまう。

「け、結構です。陛下、おやめください……っ」

「暴れても無駄だ。甘んじて受けろ」

ベルナクスはもがくリリーを背中から抱き寄せ、片手で押さえつけながら、強引にズボンを足から引き抜いてしまう。ついにリリーはなにもかも剥《は》ぎ取られ、一糸纏《いっしまと》わぬ姿でベルナクスに抱き寄せられる。

「さっきも言っただろう。逆らえばどうなるか……」

「そ……そんな……」

すでにかなりのことをされている気がしたが、リリーはあきらめて、おそるおそるべルナクスの腕に身体を預けた。

「それでいい」

ベルナクスの手が、リリーの腕を持ち上げる。そのまま片手で固定して、何度も指先から肩までなぞるように洗っていく。両腕を洗い終わると、ベルナクスの手は胸元に伸びてきた。リリーに顎《あご》を上げさせ、首から下ろした手で豊かなふくらみに触れる。

「……っ」

びくりと身体を震わせ、リリーは息をのんだ。だが、ベルナクスの手はかまわずふたつのふくらみを弄《もてあそ》ぶ如《ごと》く揺らす。

「や……っ」

きつく目を閉じても、手の感触から逃《のが》れられるわけではない。それどころか、余計に敏感になってしまったらしく、固くなった胸の突起に手が触れるたび、リリーは思わず声を漏《も》らしそうになる。

ベルナクスの手は足だけではなく、その間にも伸びていく。

「や……やめ……っ」

リリーは懸命に足を閉じようとするが、無駄な抵抗だった。太ももの内側を滑り、足の間に指が這《は》う。

まさかと思ったが、ベルナクスの指先は無造作に、リリーのひっそりと閉じる肉の間をなぞった。そして、恥じらいに小さくなっている花芽《かが》にも、掠《かす》めるみたいに触れる。

「ひぁ……っ！」

ぬるりとした泡の感触とともに、身体の奥を疼《うず》かせる刺激が溢《あふ》れ、リリーの頭の中は真っ白になってしまう。

「あ……だ、だめ……ぇ」

弱々しい声がリリーの口をついて出る。かたく目を閉じ仰《の》け反《ぞ》らせた顔を、ベルナクスが見つめている気がした。

太ももから足の間を何度も往復する手に阻《はば》まれ、膝を閉じることができない。リリーは誰にも触れられたことのない秘所を擦《こす》り上げられ、もう悲鳴を上げることも叶わなかった。

翻弄《ほんろう》されていると、仕上げとばかりに頭から湯をかけられ、解放される。

リリーが湯に沈みそうになっていたところ、ベルナクスが湯船から立ち上がった。今度こそ、リリーは悲鳴を上げる。

「きゅ、急に、立ち上がらないでください」

手で顔を覆《おお》うリリーに、ベルナクスは、

「知ったことか」

と平然と言い、そのまま湯船から出て行き、衝立《ついたて》の向こうへ消えた。

なにかとんでもないものが目に映った気がするが、リリーは思い出すまいと脳裏の残像を追い払う。

ベルナクスがいなくなると、湯船からは湯がかなり減ってしまい、リリーはさらに姿勢を低くして湯に浸《つ》かった。

「褒美《ほうび》の続きだ。髪でも洗うがいい」

軍服を肩にかけただけの姿でベルナクスは衝立から出てきた。

「で、ですが……」

侍従《じじゅう》が王の居室でのんびり湯を使うなんてとんでもない、とリリーは思う。それを察したのか、ベルナクスが肩越しに振り返って言った。

「いいな。これは命令だ」

ベルナクスが部屋から出て行くのを見送り、リリーはため息をついた。湯船には、リリーの軍服がぷかぷかと浮いている。

「どうしよう……」

新しい軍服を支給してもらうにしても、ユージスに事情を話さなければならない。そもそも、この状態でどうやって隣の部屋へ戻ればいいのか。最初にブーツを脱がされたことは幸いだったが、それだけ無事でも、どうしようもできない。

リリーが湯船に浸かりながらしばらく途方に暮れていると、扉を叩く音が響く。

「失礼します、リリーさま。陛下のお申し付けで着替えをお持ちしましたよ」

扉を開けたのはウィルだった。

「ウィル……」

一瞬、呆然としてしまったが、リリーは慌てて湯船の中で身体をすくめた。ウィルは言葉通り、手に着替えらしきものを抱えている。そして、入浴中のリリーを見ても、まったく動じていないようだ。

「ちょ、ちょっと、ウィル！　わたし……」

リリーは、湯船に浮いていた自分の軍服で胸元を隠すのが精一杯だった。だが、ウィルは目を逸《そ》らすでもなく、にっこり微笑んだ。

「ああ、どうぞお気になさらず。女性のご主人さまにお仕えするのは、めずらしいことじゃないんで。身の回りのお世話にも慣れてますから」

リリーはどきりとした。

「え……それって、王のお傍《そば》に女性がいたってこと？」

ベルナクスはまだ妃《きさき》を迎えておらず、弟王子とその母親である王妃はすでに亡くなっている。ナバルの王城には、女性の王族はいないのではなかったか。

「……あれ？　気になるんですか？」

ウィルが人の悪い笑みを浮かべている。リリーは、はっとした。

「べ、別に、ただ聞いてみただけよ。少年侍従《じじゅう》に身の回りの世話をさせる女性がいるなんて信じられなくて驚いたの。本当に、それだけだわ」

「ああ、そうですよね。陛下のお傍にいた方になんて、興味があるわけないですよね」

もっともだとウィルが頷《うなず》くのに、リリーはがっかりして黙り込んでしまった。その様子を見かねたのか、ウィルが言葉を続ける。

「……冗談ですよ。僕がお仕えしていた女主人は、ナバルの貴族のご婦人ですから、安心してください」

「そう……そうなの」

リリーは、ほっとしたことがなるべく顔に出ないように気をつけた。

「それより、のんびりしていたらせっかくのお湯が冷めてしまいますよ。よかったら、お手伝いしましょうか？」

「結構よ、自分でできるわ」

「僕は、ご婦人の髪を洗うのがとても上手ですよ？」

「いいから、着替えを置いて出ていって！」

リリーが叫ぶと、ウィルは傍《そば》にあった椅子に着替えを置いて、やっと出ていった。ようやくひとりになれてリリーは安堵《あんど》したが、ウィルの言う通り、お湯が冷めてしまいそうだ。それに、支度に時間がかかりすぎている。

リリーは急いで湯を使うことにした。ここに来る前は、リリーも毎日それなりに身だしなみに気をつかっていたのだ。湯には薔薇《ばら》のオイルを加え、身体の隅々《すみずみ》まで手入れをしていた。だが、おかしなもので、いまや軍服を着て、髪を梳《と》かすことも忘れる日々だ。

湯から上がり、リリーはウィルが持ってきてくれた新しい軍服に着替え、居間へ向かう。すると、ベルナクスはすっかり朝の支度を終えていた。

「す、すみません。お手伝いもせずに……」

「かまわぬ」

随分待たせてしまったと思うが、ベルナクスはちっとも苛々していない様子だ。リリーは驚いた。

やはり、ベルナクスは少しずつ変化を見せている。これが本来のベルナクスの姿なのかもしれない……

軍服をかっちりと着込んだベルナクスには、もはや『狂王』の面影《おもかげ》はない。精悍《せいかん》で、目を奪《うば》われるような美しい青年だ。

呪いに侵《おか》され、狂気に囚われた王が、徐々に自分を取り戻している……

リリーは、自分になにか特別な力があるなどという実感はない。だが、リリーが傍にいることによって、ベルナクスに良い変化が訪れている。その変化は、すぐに誰の目にも明らかになるだろう。

だとすれば、リリーは真実、ベルナクスの『運命の乙女』ということになってしまう。また、リリーにとってもベルナクスは『運命の相手』だということになる。だが、ベルナクスとリリーがお互い運命の相手だとして、その先になにが待っているのか……

「どうした」

立ちつくしているリリーに、ベルナクスが声をかけてきた。

「い、いえ。なんでもありません」

リリーは急いでマントを手にし、ベルナクスに纏《まと》わせる。少しでも侍従《じじゅう》らしく仕事をしなくてはと思ったが、いつもはすんなり留められるボタンにもたついてしまう。

昨日までは、少しでもリリーがもたつくと、ベルナクスは苛立ちを隠そうともしなかった。しかし、いまは違う。そして、そのことがまたリリーの心を追いつめるのだ。

「も、申し訳ありません……」

手間取っていることを謝っても、王はなにも言わない。ふいに、ベルナクスの身体からシャボンの香りがして、リリーは戸惑った。なぜなら、リリーの身体も同じ香りがしているからだ。

やっとすべてのボタンを留め終えて、リリーはベルナクスから離れようとする。だが、リリーの袖の返しが、ベルナクスの胸のボタンにひっかかってしまった。

「あ……っ」

リリーはよろけて、ベルナクスの胸に倒れ込みそうになる。

なんとか踏みとどまろうとしたリリーの腕を、ベルナクスが引き寄せた。そして、リリーはそのままベルナクスの腕の中に収まる。それはあまりにも自然な流れで、リリーは逆らいもせずにぼうっとしていた。ベルナクスも黙り込んでいる。

不思議な時間が、しばしふたりの間に流れた。

一体、どうしてしまったのだろう。リリーの胸の鼓動が速くなる。

「あの、陛下……」

リリーは、侍従《じじゅう》として朝議に出るよう促《うなが》さなくてはと思い、顔を上げた。

いつもより支度に時間がかかっている。朝議の席では、側近たちが顔を揃えベルナクスを待っているはずだ。

「お時間は、よろしいのですか……?」

「……ああ」

リリーを見下ろしたベルナクスは、我に返った様子で頷《うなず》く。

「行くぞ」

「は、はい」

リリーは昨日と同様に、ベルナクスの後を追い、最上階のサンルームへ急ぐ。

朝議のテーブルにつくと、さすがに側近たちもベルナクスの姿に驚いたようだ。

「陛下、今朝は随分お顔の色がよろしいご様子で」

ユージスは大げさに驚く真似はしなかったが、事情を探るつもりか、慎重な声だった。

「ああ、そのようだな」

ベルナクスが機嫌よく答えると、ユージスが満足そうにリリーを見た。本意ではないとはいえ、リリーはユージスの希望に添った働きをし、成果を上げている。

このまま、自分は一体どうなってしまうのだろう……。

席に着いたものの、リリーは目の前の食事にも、会議にも集中できなかった。ぼんやりと俯《うつむ》いて座っていたところ、急に、テーブルについていた者たちが一斉に立ち上がる。

「……！」

リリーがひとり驚いた顔をしていたら、ベルナクスが言う。

「なにをしている、行くぞ」

「は、はい」

リリーは慌てて立ち上がった。ベルナクスの後を追うと、さらにその後から、側近たちもぞろぞろとついてくる。いつもと様子が違う。

「あの、どちらへ行かれるのですか？」

リリーはベルナクスの歩調に合わせるため、小走りになっていた。

「リーシェンの王宮だ」

思わず足が止まってしまう。それに気づいたベルナクスが振り返る。

「なんだ？」

「いえ、すみません」

リリーはまた小走りでベルナクスの後を追う。後を追いながらも、自分も王宮に行かなくてはいけないのだろうかと不安になった。できれば王宮へは行きたくない。このような姿でナバル王の傍《そば》にいるところを顔見知りにでも見られたら、なんと思われるかわからないからだ。

そんな風に考え、上の空でベルナクスの後を追いかけていると――

「陛下！」

突然、廊下の横から人影がリリーの前に出てくる。

「!?」

リリーが驚いて足を止めれば、初老の男がベルナクスの前に跪《ひざまず》くところだった。

「陛下、突然のご無礼申し訳ございません」

「……ジレッドか？　どうした、こんなところに」

ベルナクスは驚いた顔で足を止めて、男を見下ろしている。ジレッドと呼ばれた男が、うれしそうに顔を上げた。

「陛下の御恩に報《むく》いるために、遅ればせながら参りました」

「なにを言う。おまえは十分国に尽くしてくれた。もういい。ゆっくり休んでいろ」

ですが、とジレッドが食い下がる。

「……国にいても、私にはもう家族もありませんから」

ベルナクスは黙ったまま、ジレッドを見つめている。リリーには、なにを話しているのかはわからなかったが、かなり深刻な雰囲気であることだけは感じた。

「陛下のお役に立ちたい一心で参ったのです。どうか……」

ジレッドはまた深々と頭を下げた。ベルナクスが小さく息をつく。

「前線には連れていかぬぞ。それでもいいなら好きにしろ」

そう言い捨て、彼は再び歩きはじめる。

「は、必ずやお役に立ちます」

リリーは、立ち去っていいものか迷った。ジレッドは頭を下げたままで、ベルナクスは振り返らず足早に廊下を進んでいく。

「し、失礼します」

リリーもぺこりと頭を下げ、ベルナクスの後を追う。一度振り返ると、ジレッドは膝をついた姿勢で頭を上げて、ずっとこちらを見送っている。

リリーは、なぜか彼のことが気になった。ナバル人であることは間違いなさそうだが、どこか不思議な印象を受ける人だ。衣服も変わっていて、長いローブのようなものを纏《まと》っている。前線には連れていかないとベルナクスは言っていたが、もしかして兵士なのだろうか。とてもそうは見えないけれど……

「おい」

「は、はい？」

呼ばれて辺りを見回すと、リリーはすでに離宮の出口に立っていて、ベルナクスが馬上から手を差し伸べていた。

「え？　わたしも？」

驚いて後ずさろうとしたが、彼に無理矢理腕を掴まれ、馬上に引き上げられる。悲鳴を上げる暇もなかった。くらくらと目眩《めまい》がして、リリーはしばし呆然とする。

「しっかり掴まっていろ」

そう言うなり、ベルナクスは馬の手綱《たづな》を引く。彼の愛馬は、あまり穏やかな性質ではないようで、主の気迫に呼応したのか高らかにいないて前脚を上げた。

「……！」

揺れた反動で、リリーはベルナクスに抱きつく格好になってしまう。慌てて身体を離そうとして、リリーは思いとどまった。人の目に気づいたのだ。広場には、王宮へ向かうための馬と兵士たちが集まり、その中央にはベルナクスがいる。

そして、離宮の周りには、多くの市民がつめかけていた。

誰もが狂王の姿を一目見ようと、人垣から首を伸ばしている。ベルナクスに抱かれて馬に乗っているリリーも、彼らの目に留まってしまうに違いない。しかも、軍服を着た女だ。かなり奇異に映るだろう。

リリーは、なるべく顔を隠すようにベルナクスに寄り添った。

「もっとしっかり掴まっていろ」

「は、はい」

だが、どこに掴まっていろと言うのか。あらためて見たところ、ベルナクスの騎馬の鞍《くら》には、ホーンと呼ばれる持ち手がない。

「早くしろ。御しやすい馬ではない。さすがに私も、片手で手綱《たづな》をとるのはむずかしい」

いまはベルナクスに抱き寄せられ、彼の左手が腰に回されているが、それだけでは確かに不安定だった。

「でも、あの、どこを」

リリーがどこを掴んでいいかおろおろしていると、ついに怒鳴られた。

「私の身体に腕を回すしかないだろう！」

「は、はい！」

リリーは慌てて、しがみつくようにベルナクスの胴に腕を回す。さっきまでその胸に寄り添っていたというのに、あらためて自分から抱きつく姿勢になると、どうしても意識してしまう。

「もっと、ちゃんと掴まれ」

「わ、わかりました」

リリーは意を決して、力を込めベルナクスの身体にぎゅっと腕を回した。だが――

「まだだ」

と言われ、困惑する。

すでに、リリーの身体はこれ以上ないほど、ベルナクスに密着している。すると、ベルナクスがまた手綱から片手を離し、リリーを抱き寄せて自分の胸に強く押しつけた。

「や……んっ」

きつく目を閉じ、リリーの身体はベルナクスの胸に頬を寄せる。リリーが両腕を回して、かろうじて指先が触れるくらいに、ベルナクスの身体は逞《たくま》しい。

引き締まった体躯《たいく》に、力強い腕。彼の腕の中にいると、リリーは自分の身体を小さく頼りなく感じて、不安になる。

このままベルナクスに身を預け、すべてをゆだねたら、どうなるのだろう……？

猛々《たけだけ》しく打つベルナクスの鼓動に耳をあて、リリーは苦しげに眉を寄せた。

しばらく馬を走らせると、リーシェン王宮がすぐそこに見えてくる。

リーシェンの王宮は、ナバル軍が駐留している市街地中心の離宮から、少し離れた山の中腹にある。

街を見下ろせる位置に建てられた王宮は、飛び立つ白鳥のような姿をした、美しい白《はく》亜《あ》の建物だ。

現在王宮には、主であるリーシェン王はもちろんのこと、アルバ、ネイスと三国の王が揃っているとのことだった。ベルナクスが王宮で会談を設《もう》けたいと提案したからだそうだ。

本来ならば、敗戦国である三国の王たちがベルナクスのもとへ足を運ぶもの。だが、離宮の警備が面倒になるとの理由で、リーシェン王宮で行われることになったという。慣習に囚われない質実剛健《しつじつごうけん》なベルナクスらしい提案だ。

王宮の大玄関では、リーシェン国王をはじめ、三国の王がベルナクスの到着を待っていた。多くの臣下を引き連れての、大げさな出迎えだ。

馬を降りたベルナクスは彼らに素っ気なく挨拶《あいさつ》をし、自分の臣下も連れ王宮に足を踏み入れた。リリーは、やはり自分もついていかなくてはいけないのだろうか、とはらはらする。その間にベルナクスはさっさと前へ進み出て、三国の王たちと共に行ってしまった。

複雑な想いを抱きながらリリーがベルナクスの背中を見送っていると、後ろから声がかかる。

「リリーさま」

　驚いて振り返ったところ、そこにはウィルが立っていた。

「ウィル？　あなたもきていたの？」

「ええ、ユージスさまのご命令で。リリーさまについているようにと」

「よかったわ。会談が終わるまでどうしていればいいか、困っていたの」

「あちらの従者用の控え室を貸し切りました。ナバルの兵たちの控え室とは別にしてもらいましたから」

　王宮内はものものしい警備だったが、ウィルのおかげで、リリーは難なく控え室につ いた。はじめてきた場所でこんなにも手際よく目的を果たすウィルは、本当にそつのない侍従《じじゅう》だ。

　控え室の扉を閉めると、リリーは窓から見える中庭に目を向けた。

「リリーさまは、この王宮にはよくこられていたのですか？」

　懐かしそうな顔をしていたことに気づいたのだろう、ウィルが控え室に用意されていたお茶をいれながら聞いてきた。

「……ええ、お父さまが生きてらした頃は宮廷に出仕されていたから、わたしもたまに遊びにきてたの。まだ子どもだったし、舞踏会にはあまり出たことがないのだけれど」

子どもの頃、父を訪ねてきたリリーとニールは、この中庭で白鳥を追いかけて、叱《しか》られたことがある。あの頃は、華やかな思い出しかない。だが、父が亡くなってからは王宮に足を運ぶことはなくなり、舞踏会もリリーには縁遠い場所だった。

「リリーさまのお年で舞踏会にそんなに出たことがないって、お父上が亡くなられて、お家の権勢がなくなったんですか？」

少々不躾《ぶしつけ》なウィルの質問に、リリーは胸が痛んだ。だが、怒りは感じなかった。それは本当のことで、見栄を張ったところで虚《むな》しいだけだ。

「……ええ、実はそうなの。お父さまが亡くなられた時、お兄さまは騎士としては見習いで、わが家は表舞台から降ろされてしまった……」

そして、やっと権勢を取り戻そうとした矢先、兄は命を落とした。次の当主となる弟のニールは、まだ幼い。その上、彼は大きな過《あやま》ちを犯してしまった。敵国の王の暗殺など無謀《むぼう》極まりないが、ニールも彼なりに家のことを案じ、功を焦ったに違いない。

リリーがつい黙り込むと、ウィルがお茶をすすめてくれた。それからは気を取り直して、ふたりはとりとめのないお喋《しゃべ》りをして過ごす。

やがて、控え室の外が騒がしくなったことで会談が終わりに近づいた雰囲気を感じ、リリーは大広間でベルナクスがくるのを待つことにした。

大広間ではすでに、ナバル兵が整然と並んで王が戻るのを待っている。リリーはこっそりと、広間の円柱の陰に立っていた。ウィルが他の用事のため、傍《そば》にいてくれないのは不安だったが、王宮はまったく知らない場所でもない。しかも、案じていたように、王宮で知人に会うことはなかった。

考えてみれば、これほど重要な会談のある日に、重臣でもない貴族がうろうろしているはずがない。

余計な心配だったとリリーは安堵《あんど》していた。その時――

「リリー？」

突然、後ろから呼びかけられてリリーは飛び上がってしまう。この声を知っている。

「ト、トビアス？」

そこには、兄の友人であり、リリーにとっても幼なじみのトビアスが、驚いた顔で立っていた。

「リリー、本当に君だ！　信じられないよ。いままで一体どうしていたんだ。そして、ここでなにをしている？　その軍服は……？」

トビアスが矢継《やつ》ぎ早《ばや》に質問を浴びせてくるのも、無理はない。

説明するにしてもなんと言っていいものか、リリーは思いつかなかった。ためらっていると、トビアスに両肩を掴まれる。

「話には聞いていたよ。弟のニールが、ナバルの狂王を暗殺しようとして失敗したと……」

トビアスは声をひそめた。

「それで、止めに入った君も、一緒にナバル軍に連れて行かれたんだろう？　処刑されたとは聞かなかったし、捕らえられているものとばかり……いまどうしているんだ？　人質になっているなら、国王陛下に身代金との交換を申し込んでもらえるように、僕からも陳情しよう」

「待って、トビアス。これには事情があるの。だから……」

「事情？　まさか君はナバルの間諜《かんちょう》となったのか？」

トビアスの言葉に、リリーは驚く。

「間諜？　わたしがこの国の詳しい内情なんて知ってるわけないじゃない。それに、機密を知る手だてもないわ。この軍服には、ちょっと、その、事情があるの。でも、わたしはこの国を裏切ってなんかいない」

だが、トビアスは疑わしそうな表情のままだ。仕方がないとは思うが、もどかしい。

「それよりトビアス、お願いがあるの」

リリーは必死で、ついトビアスの手をとり引き寄せた。彼はリリーの手を強く握りかえす。そのことに違和感を覚えたが、いまは時間がない。

「君になにか頼まれるなんてはじめてだな。もちろん、君と僕の仲だ、よろこんで引き受けよう」

リリーは、母に自分とニールの現状を伝えてもらおうと思っただけだ。そんな大げさに言われると困ってしまう。

「トビアス……」

彼に、誤解のないように伝えなくては、とリリーが少し思案していると――

「あ……っ」

突然、トビアスが声を上げてリリーの背後を見る。

「え？」

トビアスの視線を追ってリリーが振り返ると、そこにはベルナクスが立っていた。

「……！」

リリーは絶句して立ちすくんだ。今朝、ベルナクスは変わったと思ったばかりだった。だが、目の前に立つベルナクスは、狂王と呼ばれるにふさわしい威圧感を纏《まと》っている。リリーは後ろめたいことなどないはずだが、そのあまりの迫力に、言葉が出てこない。ベルナクスはなにも言わずにそんな彼女をしばらく見つめた後、身を翻《ひるがえ》した。

「お、お待ちください」

リリーは後を追おうとしたものの、トビアスに手を掴まれる。

「待ってくれ、リリー。もう少し話を――」

「お願い、放して！　トビアス」

リリーはトビアスの手をなんとか振り払い、ベルナクスの後を追った。追いついてどうするかは考えていないが、ただ、追わなくては、と思ったのだ。王宮の広間は広く、ベルナクスがさらに遠く感じられる。

そんな中、どこからか声が響いた。

「お待ちください、ベルナクスさま」

凛《りん》として澄んだ美しい声。それに、命令することに慣れた強さと張りがある。リリーは思わず声のした方を振り返った。ベルナクスも足を止めている。

階段の上に、豪華なドレスに身を包んだ美しい女性が立っていた。柔らかく背中に流した髪は蜂蜜《はちみつ》色。薔薇《ばら》色の頬はつややかで、繊細な輪郭を持ち、青い宝石のような大きな目が潤《うる》んでいる。誰もが目を奪《うば》われるほどの美貌の持ち主だ。一体誰かとリリーが思っていると、背後で呆然と呟くトビアスの声が聞こえた。

「アルバのアンゼリーナ姫……」

「アンゼリーナ姫？」

リリーも聞いたことのある名前だ。確か、アルバ王国の第一王女である。国王と一緒にこのリーシェンに来ていたのだろう。ただ、いまは王女が着飾って訪ねてこられるほどのどかな情勢ではない。

彼女はなぜこんなところにいるのだろう？　リリーが首をかしげていたところ、アンゼリーナ王女はあでやかに微笑んだ。

「わたくしも一緒にお連れくださいませ」

微笑を浮かべ、大広間中の視線を集めながら、アンゼリーナ王女がゆっくりと階段を降りてくる。

ベルナクスは手を差し伸べなかったが、立ち去ることもしない。リリーは一体どういうことなのかと不安になった。

アンゼリーナは、ベルナクスが手を貸さなかったことに、少なからず落胆《らくたん》した様子だ。しかし、そんな表情も人目を引きつける。彼女は気を取り直したように、ベルナクスを見つめたまま、また微笑んだ。

「離宮へお戻りになるのでしょう？　わたくしも今日から離宮へ参ります」

「……それは」

ベルナクスはようやく口を開いた。だが、アンゼリーナがそれを遮《さえぎ》る。

「もう決めましたの。わたくし、少しでもベルナクスさまのことが知りたいのですわ。だって、わたくしたちは夫婦となるのですから」

大広間に、一瞬どよめきが起こった。ナバル軍の兵士たちは皆、顔を見合わせている。

リリーも愕然《がくぜん》として、ただふたりを見つめていた。

「離宮はナバル軍の駐留地として使っている。侍女なども連れてきていないゆえ、いまはとても王女を迎えられる場所ではない」

ベルナクスは苦々しそうな表情を取り繕《つくろ》おうともしない。だが、アンゼリーナ姫は屈託なく答えた。

「あら、かまいませんわ。わたくしの侍女たちを連れていきますもの」

「いや、申し訳ないが遠慮していただこう。他国の者たちを、うろうろさせていい場所ではない」

「他国だなんて」

アンゼリーナはあくまで冗談だと受け止めているようだ。見かけによらぬ、剛胆《ごうたん》な心の持ち主なのかもしれない。リリーが感心していると、横から強く腕を取られた。

「なにをぼんやり突っ立っているんです」

ユージスが、いつになく厳しい顔をして立っている。リリーは彼に掴まれている腕が痛くて、少し身をよじった。だが、ユージスは力をゆるめることなく、それどころか腕をひいて歩き出した。

「ユ、ユージスさま？」

リリーは強い力でどんどんひっぱられていく。ユージスは素早く広間を抜け、正面玄関へ向かっている。一体どうしたのかと思ったが、リリーは黙ってついて行くことにした。

正面玄関にユージスが姿を現すと、すぐに彼の馬が連れられてくる。ユージスはリリーを抱え上げ、その馬に乗せた。

「困ったことになりました。急いで離宮に戻ります」

なにが、と問わずとも、アンゼリーナ王女のことに違いない。ユージスがこれほど焦っているところを見るのは、はじめてだ。

ユージスは自分も馬に乗ると、すぐに離宮に向かった。そして、到着するやいなや、リリーを王妃の間ではなく、最初に連れてこられた日に入った、階下の部屋へ押し込める。

「申し訳ないですが、あなたにはまたこの部屋にいてもらいます。アンゼリーナ王女が離宮にくるのなら、陛下の傍《そば》に他の女性がいるのはまずい」

「……っ！」

リリーは、ユージスに掴まれていた腕を力まかせに振り払った。

「な……っ」

虚を突かれたように、ユージスがリリーを見る。

「さんざん振り回しておいて、随分勝手なことを言うのね」

隠さず怒りを向けてきたリリーに、ユージスが鼻白む。

「……あなたになんと思われようとかまいませんね。私が第一に考えるのは陛下のことだけです。所詮《しょせん》、あなたなど私の駒《こま》のひとつに過ぎない」

はっきりと言われ、リリーはたじろいだ。

「これまでも私は陛下の御為《おんため》に、多くのものを犠牲《ぎせい》にしてきました。すべては陛下が守られてきた国王という地位と、ナバルのためです」

ユージスが言葉を続ける。

「私は陛下をお助けし、数々の危機を乗り越えてきました。いま、ナバルは大きな岐路《きろ》に立っている。西方小三国と渡り合い、ジャイファを退けるには、残念なことにあまり方法がないのです」

リーシェンは降伏し、多くの条件をのんだものの、ナバル軍に兵を出すことは渋っている。アルバがジャイファと手を組み、ナバルを攻めるとすれば、かなりの苦戦が予想された。

「もちろん、あなたを手放すつもりはありませんよ。アルバと正式に婚姻《こんいん》が成立すれば、アンゼリーナ王女があなたの存在に気づいてももう遅い。王に婚前からの愛妾《あいしょう》がいるなど、めずらしいことではありませんからね」

リリーは息をのんだ。わなわなと身体が震える。ユージスは、アルバとの政略結婚が成立するまでリリーの存在を隠し、婚姻による同盟を急ごうとしているのだ。

「なんて人なの……」

それでは、王妃となったアンゼリーナも不幸になりかねない。

「言ったでしょう。あなたが私の駒のひとつなら、アンゼリーナ王女も同じこと。政略結婚など嘘の固まりです。王女ともなれば、生まれた時からそんなことは承知ですよ」

あなたの存在を、アンゼリーナ王女に決して気取られないでください――そう言い残して、ユージスは部屋に外から鍵をかけて行ってしまう。

そうして、リリーはひとり部屋に取り残された。静まりかえった部屋で、力が抜けたように椅子に座り込み、ぼんやりと、先ほどの王宮の広間でのことを思い返す。

きらめくばかりに美しい、アンゼリーナ王女。

彼女は頬を薔薇《ばら》色に染め、目を輝かせてベルナクスを見上げていた。アンゼリーナは、ベルナクスと結婚することに前向きな様子だ。

「信じられないけど……」

ベルナクスがアンゼリーナと結婚すれば、自分はどうなるのだろうか。

ユージスは、ベルナクスの傍《そば》に他の女性がいるのはまずいと言っていた。ベルナクスとアンゼリーナ王女の婚姻が正式に成立するまで、リリーの存在は隠されるのだ。

『運命の乙女』など、正妃はそのような存在を納得できないだろうし、知れば結婚を受け入れないはず。

そもそも、リリーが傍にいることでベルナクスが変わったというのも、単なる偶然の可能性がある。もしかしたら、アンゼリーナ王女が傍にいても、ベルナクスは安らぎを覚えるかもしれない。なにしろ、王女は圧倒的に美しい。

さらに、これが一番重要だが、アンゼリーナを妻に迎えることで、アルバとの和平が成るのだ。そうなれば、アルバとの同盟を結び損ねるジャイファは不利になり、ナバルとの戦いをあきらめる。つまり、これ以上、大陸に戦火は広がらない。

それはリリーも望んでいたことだ。

その上、国王の結婚ともなれば、ニールは恩赦《おんしゃ》で罪が軽くなる可能性が高い。

リリーは、自分の役目が終わるのをぼんやりと感じた。

「……それなのに、どうして」

こんなにも気が晴れないのだろう?

リリーは、ぽつりと呟く。

そのままなにをするでもなく椅子に座っていると、ふいに窓の外が騒がしくなってきた。

ベルナクスが戻ってきたに違いない。

リリーは、確かめるために慌てて窓辺に駆け寄った。そして、自分の行動にはっとする。

自分は、なにを気にしているのだろう。

ベルナクスがアンゼリーナを連れて戻ったのかどうかなど……

リリーは窓に背を向けた。ベルナクスが誰を連れて戻ったとしても関係ない。

そう、自分に言い聞かせながら。

その夜、随分遅い時間になってからウィルがリリーのもとを訪れた。

「申し訳ありませんでした。こんな遅くまでリリーさまをひとりにして」

ウィルはそう言って詫びるが、謝られることではない。

リリーはウィルの顔を見ると安堵《あんど》した。

「いいのよ、わたしなら大丈夫。それより疲れているみたいね、ウィル」

「ええ、あれから大変でしたよ」

あれからとは、リリーがユージスと一足先に王宮を後にしてからのことだろう。ウィルが語ったところによると、やはりアンゼリーナは、ベルナクスと一緒にこの離宮へ来たそうだ。どうやってアンゼリーナが離宮まで来たかは語られず、リリーはやきもきした。まさか、ベルナクスは行きでリリーにしたように、アンゼリーナを抱いて馬に乗せたのだろうか？　そう思うと、なぜか胸が苦しくなる。どうしてそんなことが気になるのか、その先は考えたくなかった。

リリーの複雑な胸中を察することなく、ウィルの話は続く。

「アンゼリーナ王女は、本当に侍女をひとりも連れずにやってきたんですよ！　大した覚悟だと思ったら、自分のことが全然できないんですからね。まあ、王女さまなんてそんなものかもしれませんけど。結局、僕が呼ばれてさんざんお世話をして……本当に大変でしたよ」

ほとほと疲れた、という仕草でウィルは両手を上げた。いろいろな貴族の屋敷で働いてきたウィルがそこまで言うのだ。よほど手を焼いたのだろう。

「それに王女は、陛下の隣の部屋は王妃の部屋なのだから、そこに自分が入るのは当然だとおっしゃって……ユージスさまがなんとかなだめて、他の客間にご案内しましたけどね」

「どうして王妃の間はだめなの？」

いずれアンゼリーナが王妃になる。そのためにこの離宮までついてきたはずだ。

「いやいや、まだ王妃さまじゃないからに決まってるじゃないですか。それに、陛下もそんなつもりはないようですし」

「そう……なの？」

リリーは、自分の声がうわずっていることを感じた。だが、抑えたくとも胸の動悸《どうき》が落ち着かない。

「まあ、いまはですよ、いまは。なにしろアンゼリーナ王女は、あの可憐《かれん》な見かけからは想像がつかないほど押しが強い方ですからねぇ。一緒にいる間に、陛下も根負けしちゃうかもしれませんよ」

ウィルは、アンゼリーナの相手は骨が折れたとばかりに、自分で自分の肩を揉《も》んでいる。

確かに、ひとりで離宮についてきた気概《きがい》といい、アンゼリーナは見た目ほどたおやかな王女ではないのだろう。

「じゃあ、アンゼリーナ王女は結婚に乗り気なのね。……いままで争っていた相手なのに」

信じられない、とリリーは続けた。しかし、ウィルは苦笑を浮かべる。

「そりゃ、リリーさまみたいな方には信じられないでしょうね。でも、すでにベルナクス陛下はこの大陸の半分を手中に収められたと言っても過言じゃないです。その王妃になれるのならどんなことだってするって女性は、少なくないと思うなあ」

父王からの命令もあるでしょうが、王女自身も結構したたかなようだと、ウィルはアンゼリーナの印象を口にした。

「……ウィル。疲れたのでしょう？　わたしは大丈夫だから、今夜はもう休むといいわ」

「え？　いいんですか？」

「もちろんよ。わたしも今日は疲れたから休もうと思うの」

ウィルはリリーの言葉を素直に受け取り、部屋を後にする。

本当は、リリーはもっとベルナクスとアンゼリーナの話が聞きたかった。だが、これ以上聞いてもどうしようもないと思ったのだ。

もう、リリーには関係のない話である。

ウィルが出て行った後、のろのろと部屋のろうそくを消して回り、リリーは寝台に横になった。

――疲れた。

感じるのはそれだけだ。そのまま、リリーは浅い眠りに落ちていった。


「……リリー、リリー」

眠りの最中、ふいに身体を揺さぶられて、リリーは目を覚ました。

「だ、誰？」

驚いたリリーが上げた声を、誰かが鋭く制する。

「声を立ててはいけないよ、私は怪しい者ではない」

暗闇の中目をこらしても、誰だかよくわからない。しかも、聞き覚えのない初老の男の声だ。

夜更《ふ》けに無断で寝入っている女性のもとに訪ねてくるなど、怪しいにも程がある。しかし、声や雰囲気は穏やかで、リリーはそれほど恐怖を感じなかった。それに、ここで騒いだ方が危険だろう。そう思ったリリーは、おとなしくその言葉に従った。

「……わかりました」

リリーが素直に起き上がったことで、相手は少し離れたところで姿勢を正す。すると、背後でもうひとつ影が動き、さっと携帯用の小さな手燭《てしょく》をかかげた。

「トビアス！」

手燭をかかげていたのはトビアスだ。リリーはどうして彼がここにいるのか、問いただそうと身を乗り出す。だが、緊張した面持ちのトビアスが、それを目で制した。

「リリー、目が覚めたかね？」

初老の男がリリーに声をかけた。どこかで見たことがある、そう思い、リリーが男の顔をまじまじ見ていると、トビアスが遠慮がちに言った。

「リリー、この方はリーシェン国王、ドリューさまだ」

「！」

リリーはすぐさま寝台から降りようとして、リーシェン王に止められた。

「よいよい、突然訪ねてきたのは私の方だ。そのまま聞きなさい」

「も、申し訳ありません、国王陛下。まさか、直々《じきじき》においでになるとは思わず……」

どうりで見覚えがあるはずだ。だが、目の前にいるのが国王その人など、夢にも思うはずがない。

「驚かせたくはなかったが、このように忍んでくるしかなかったのでな」

そう言われれば、国王は一体どうやって、この部屋に入ってくることができたのだろう？　ここはリーシェン国王の離宮とはいえ、いまはナバル軍が駐留しているのだ。

リリーの怪訝《けげん》そうな顔に気づいたのか、王がまた口を開く。

「それほど不思議な話でもあるまい。ここは私の離宮だ。私しか知らぬ通路というものが、いくつもあるのだよ。扉の鍵を開ける方法も、だ」

すべては、王族の身を守るための仕掛けだという。

「私しか知らぬ秘密の仕掛けゆえ、他のものに伝えるわけにはいかぬのでな。よって、このように自ら参ったというわけだ。さすがにひとりは供をというので、このトビアスを連れてきたがな。ふたりは昔なじみであったか？」

「は、はい」

確かに、リリーはトビアスと幼なじみだ。だが、まさかリーシェン王は、リリーとトビアスを会わせるために来たのではあるまい。他にも理由があるはずだ。

「アスベルク家のリリーよ。私が自ら危険を冒《おか》してここに来たのは他でもない。ナバル王の寵《ちょう》を、アルバの王女に渡してはならぬ」

「え……っ」

唐突に切り出された話を、リリーは一瞬理解できなかった。

「当然知っておるだろうが、我が国にはいま、ベルナクス王と結婚できる王女がいない。海の向こうの国に嫁《とつ》いでいるマリエル王女を離縁させて、連れ戻そうかと思っていたところ、このトビアスからそなたの話を聞いたのだ」

やはり、とリリーはトビアスを見た。得意げに笑みを返すトビアスに怒りを覚える。王宮で彼に見つかったのは失敗だった。リーシェンも、アルバと同じ思惑《おもわく》を持っているということだ。

リーシェンはアルバと違い、ジャイファと通じるには地の利がない。それならばナバルについた方が得られるものが多いと踏んでいるのだろう。そして、アルバと同じように、婚姻《こんいん》による結びつきを思いついたというわけだ。

リリーはなんと言っていいかわからなかった。だが、目の前にいるのは、この場しのぎの言い逃《のが》れができる相手ではない。

「国王陛下……わたしは」

「リリー、私は危険を冒してここに参ったのだ、その上、時間がないのはそなたもわかるであろう。よいか、いまリーシェンの者でベルナクス王の一番近くにいるのは、そなただ。きっかけは弟のベルナクス王暗殺未遂事件に端《たん》を発しているのだろうが、この離宮に留め置かれていることには、なにか理由があるのであろう。よって、どんなことをしても彼の王の心を掴むのだ。よいか、これは王命である」

つまり、リリーに念を押すために、国王自ら訪れたのだ。リリーは愕然《がくぜん》として、なにも言葉が出てこなかった。それを了承ととったのか、国王は頷《うなず》き、トビアスに帰途を促《うなが》す。

「ト、トビアス！」

リリーは、思わずトビアスを呼び止めた。文句の一言でも言いたかったが、国王が厳しい顔で振り返ったのを見て、ひるんでしまう。トビアスも困惑した顔をしている。こんなところで国王の不興を買いたくないのだろう。

「あの……トビアス。できれば母の様子を見にいってほしいの」

リリーは、彼に対する怒りを抑えて言った。すると、トビアスではなく国王が頷く。

「いいだろう。リリー、母君のことは私が請け負おう。すべてが成功すれば、母君を安心させることができるのだ。伯爵家の前途も含めてな」

そう言うと、国王は今度こそ背を向け、ふたりの気配が消える。

リリーはしばらく暗闇を見つめたまま動けなかった。

――ベルナクスの寵愛《ちょうあい》を得る。

それが、新たにリリーに課せられた使命だ。

結局、リリーにははじめから、その道しかなかったように思える。できれば、違った立場でベルナクスの傍《そば》にいることを選びたかった。

だが、いまやアンゼリーナの登場で、ベルナクスとの縁は遠ざかっている。

リリーはいつまでも、寝台の上でひとり膝を抱えていた。


それから三日間。リリーを訪ねてきたのは、ウィルだけだった。

彼はアンゼリーナの世話で忙しいらしく、息抜きのようにリリーのもとにやってきていた。

そして、アンゼリーナのわがままに手を焼いていると、さんざん愚痴《ぐち》を言って帰っていくのだ。

ウィルは一日に一度、短い時間でもリリーに顔を見せにくるが、ユージスは一度も訪ねてこなかった。彼は、アルバと婚姻《こんいん》による同盟を結ぶか否か画策しているに違いない。

ベルナクスは、どうしているのだろう。

あれ以来、リリーは王のことはなるべく考えないようにしているのに、ふとした瞬間、胸に浮かんできてしまう。

夜は、眠れているのだろうか？

以前見た、苦悶《くもん》の表情を浮かべたベルナクスの寝顔が思い出される。あれは本当につらそうだった。

今夜も、穏やかに眠っているといいのだが……

リリーは窓辺に立って夜空を見上げた。月は中天に差しかかろうとしている。

ベルナクスは、いつもこれくらいの時間まで部屋へ戻ってこなかった。そういえば、ウィルからもベルナクスの話は聞かない。リリーがいないとなると、一体誰が彼の身の回りの世話をしているのだろう？

まさかアンゼリーナがと思ったけれど、ウィルの話では自分の面倒も見られない様子なので、違うはず。そう思うと、少しほっとしてしまった。そして、そんな自分に苦笑が漏《も》れる。

敵国の王、兄の仇《かたき》。

大陸を脅《おびや》かす狂気の王。

そんなベルナクスのことを思うと、胸に焼きつくような痛みが走る。

しばらく月を眺めた後、リリーは早めに休むことにした。皮肉なことに、いまのリリーにとっても、眠りだけが救いだった。


「ん……」

寝返りを打とうとして、リリーは身体が動かないことに気がついた。

それに、どうしたことかやさしいあたたかさに包まれている。

不思議に思い、リリーはうっすらと目を開く。すると、穏やかに眠るベルナクスの寝顔があった。さらに、リリーの身体には王の腕が回されている。

「……っ!」

驚いたリリーが身じろぎしたところ、掠《かす》れた低い声でベルナクスがささやいた。

「……まだ起きるな」

リリーは、ベルナクスの胸に顔を埋《うず》めるような形で抱き寄せられる。

「陛下……どうして……」

いつの間に寝台に潜《もぐ》り込んできたのだろう？　まったく気づかなかった。

「起きるなと……言っているだろう」

　眠たげな声でそう言い、ベルナクスはまた寝入ってしまったらしい。リリーの身体に回されている腕が重くなる。まだ起きるなと言われても、こんな状態で眠れるわけがない。リリーは、ついもぞもぞしてしまう。

「……まったく、まだ起きるなというのに」

　ベルナクスが少し身体を起こし、リリーの顔を見た。

「陛下……」

　ベルナクスは眠そうな顔をしている。しかも、やや顔色が悪い。リリーは無意識に手を伸ばし、ベルナクスの頬に触れていた。

「お顔の色が悪いようですわ……」

　頬は思ったよりもあたたかい。そのぬくもりに、リリーはなぜか胸がいっぱいになる。

「おまえが傍《そば》にいないからだろう」

　リリーははっとして、ベルナクスの頬に触れていた手を離した。

「わたしは、もう……」

　リリーの脳裏に、アンゼリーナの姿が思い浮かんだ。行き場をなくした手を、ベルナクスが掴む。

「ユージスがなにを言ったか知らぬが……」

ベルナクスはリリーの手を引き寄せ、自らの頬に添えた。

「私はおまえを罷免《ひめん》するつもりはないぞ」

ベルナクスの言葉に、リリーの胸は震える。その胸の奥から、なにかがこみ上げてきた。切なくて苦しい、なのに、あたたかい。

「陛下……」

「以前、おまえに言ったな。いまさら安らぎも癒《いや》しもいらぬと。そんなものを得れば、失うことが恐ろしくなると思っていた。なぜなら、私が向かっているのは破滅への道だからだ」

父王の死による、肉親との壮絶《そうぜつ》な後継争いや、絶望的とも言える蛮族《ばんぞく》との死闘。疲弊《ひへい》した国と、それを狙う周辺国との攻防。

「恐怖に囚われたら、私はまことの狂人となってしまう。だから……」

ベルナクスが、リリーの身体に覆《おお》い被《かぶ》さるように身を乗り出す。真摯《しんし》に自分を見つめるベルナクスから、リリーは目が逸《そ》らせなくなる。見つめ合ったまま、ベルナクスが頬を寄せてきた。その意図を察して、リリーは身構える。拒《こば》まなくては、そう思ったが、思いとは裏腹に引き寄せられてしまう。

「だ、だめ……」

言葉だけの拒絶ごと包み込むように、くちびるが重ねられた。

ゆっくりと解きほぐすくちづけに、リリーの身体から力が抜けていく。ベルナクスに掴まれていた腕が、寝台へと押しつけられる。くちづけは深くなり、ベルナクスの舌がリリーの口腔《こうこう》に差し入れられた。

「ん……っ」

いつものように、リリーの舌はすぐに捉えられてしまう。舌を絡《から》められ、吸い上げられると、リリーの身体は震えた。舌先を擦《こす》り合わされ、痺《しび》れに似た感覚が全身に走る。

「は……ぁ」

リリーはたまらず喘《あえ》いだ。くちづけの合間の吐息は熱く、甘く掠《かす》れた声が漏《も》れる。

リリーの上気した頬に、涙が一筋流れた。

「……なぜ、泣く？」

涙に気づいたベルナクスが、顔を上げてリリーを見つめる。

「……わかりません」

潤《うる》んだ目から、また涙がこぼれる。それを、ベルナクスが指先で拭《ぬぐ》った。

「おまえは、わからないばかりだな」

言いながら、ベルナクスがふっと微笑んだ。

はじめて見る笑顔かもしれない。そう思うと、リリーの胸は切なくときめいた。

「だが、正直なところ私もよくわからない。なぜ、こんなことをしているのか……」

リリーだけでなく、ベルナクスも戸惑っているのだ。

――この感情に。

ベルナクスはなにかを振り切るように、またリリーのくちびるを奪《うば》った。息もできないほど荒々しく、目眩《めまい》がするほどで、リリーはベルナクスの背に腕を回してすがる。激しいくちづけを繰り返しながら、ベルナクスがうわごとのように呟く。

「これが……運命だというのか……?」

リリーにも、わからなかった。

ただ、目には見えない大きな流れに巻き込まれ、ここにいるのだと感じている。あの日、ニールを庇《かば》い、ベルナクスの前に立ちはだかった時から、すべてははじまった。そして、恨みや反発を越えて、リリーはいまこうしている。

「……ふぁ」

ベルナクスが、リリーの舌を強く吸い上げた。舌先が溶け合ってしまいそうなほど熱い。熱から逃げたくて身をよじると、ベルナクスがリリーの身体に腕を強く回した。

「……んっ」

リリーが身体を仰《の》け反《ぞ》らせたところ、首筋にベルナクスのくちびるが落ちる。時折小さな音を立て、くちびるは喉元《のどもと》の曲線を、撫《な》でるようにやさしく、ゆっくり滑っていく。そして、寝衣の胸元に彼の手が伸び、布越しに柔らかいふくらみを包んだ。

「……っ！」

リリーの身体がびくりとすくむ。寝衣が薄いので、ベルナクスの手の感触が生々しく肌に伝わってくる。

いまリリーが身につけている寝衣の生地はなめらかで、身体が興奮に変化するのを隠せない。

きゅっと胸のふくらみの先端が固くなったことに、リリーは恥じらいを感じた。ベルナクスに気づかれてしまうと思うと、さらに動悸《どうき》が速くなる。

ベルナクスが手で包み込んだふくらみを、確かめるみたいにすくい上げる。リリーは、声を出したくなくて息をのんだ。だが、小さく凝《こ》り固まったふくらみの先端は敏感で、悩ましい反応を返す。

「や……ぁ」

リリーは、自分の身体が変わっていくことへの羞恥《しゅうち》に、震えながら耐えた。どうかべルナクスに気づかれないように、と必死で願っている。だが、そんな願いも空《むな》しく、ベルナクスの指先は、敏感な突起を探り当ててしまう。

「あっ……」

リリーの身体が大きく震えた。寝衣の下で、乳首は明らかに小さく固くなっている。触れずとも、布地がかすかに盛り上がり、見た目にも隠しようがなくなっていた。

「ち、違うんです……これは……っ」

リリーは慌てて言う。

「……違う？　なにが違うというのだ？」

ベルナクスが顔を上げ、リリーを見た。そうしている間も王は試すように、さぐりあてた小さな突起を、ゆっくりなぞり上げては転がしている。その動きから生み出される心地よさに、リリーは心を奪《うば》われかけてしまう。王の質問に応えたくても、口を開けば喘《あえ》ぎが漏《も》れそうだ。

「そ……それ……は……」

もちろん、なにが違うかなど、リリーにもわからない。ただ、恥ずかしさを誤魔化《ごまか》したかっただけだ。ベルナクスは、そんなことは心得ているのか、リリーの初心《うぶ》な反応を見て楽しんでいる。

「意地を張っても無駄だぞ」

もう隠しようがないことだと言いながら、ベルナクスはついにきゅっと強く乳首を摘《つ》まむ。リリーの身体が、小さく跳ねる。

「ひぁ……っ」

思わず大きな声を上げてしまい、リリーははっとして口を押さえた。そんなリリーを、
ベルナクスが目を細めて見ている。

「な……っ」

見つめられては、恥ずかしさにいたたまれなくなってしまう。

リリーは、さらに頬が熱くなるのを感じた。

「……そんなに……見ないで、ください」

真夜中ならまだいいが、すでに夜は白々と明けはじめている。

「なぜ、見ていると思う？」

顔を背《そむ》けたリリーの耳元で、ベルナクスは低い声でささやく。

「なぜ……？」

リリーは、困惑しつつベルナクスを見た。

「見ると……目が離せなくなるからだ。おまえのよく変わる表情を、いつまでも見てい

たくなってしまう」

そう言いながら、ベルナクスは指の腹で焦《じ》らすようにゆっくりと、リリーの乳首を布越しにこね上げる。

「は……ぁ……」

噛み殺そうとしても、声が漏《も》れてしまう。その間も、ベルナクスはリリーを見つめている。

「や……やめ……」

リリーは、ベルナクスの胸を押し返そうとした。しかし、手に力を込めることができない。

「はじめは、不安と恐怖……それに怒りが混ざり合った表情しか見せなかったな。だが……」

ベルナクスが言葉を続ける。

「おまえは、変わった」

リリーは、はっとして目を見開き、ベルナクスを見た。すると、待ちかまえていたように くちびるが奪《うば》われる。

「ん……う……っ」

変わったのは、ベルナクスだけではない。リリーも変わってしまったのだ。

そして、このままだと、もっと……身も心も変わってしまう。

リリーはすでに、ベルナクスのくちづけに震え、彼の愛撫《あいぶ》に声を上げている。これ以上触れられたらどうなってしまうか、わからない。

「もっと触れると、どうなるか……」

「んん……っ」

狂おしいくちづけが繰り返され、リリーはなにも考えられなくなっている。それほどベルナクスは巧みに、リリーを翻弄《ほんろう》するのだ。

「おまえを……変えてみたくなる」

ベルナクスの手が、リリーの肌に直接触れる。寝衣の中にするりと入り込んだ手は、素肌の感触を撫《な》でて確かめ、柔らかいふくらみにたどり着いた。

「は……あ……」

直接触れられて、布越しのもどかしさとは違う鮮烈な感覚がリリーを襲う。

「や……」

リリーは自分の胸の高まりにためらい、大きく開いた寝衣の胸元を掻き合わせようとする。けれど、ベルナクスに阻《はば》まれた。

「陛下……」

これ以上はだめだと言わなくてはならないのに、ベルナクスに見つめられると言葉がでてこない。リリーの腕から力が失われると、ベルナクスが寝衣の胸元に手をかける。そのままゆっくりと引き下ろされ、白いゆたかなふくらみが、露《あら》わになった。薔薇《ばら》のつぼみのように可憐《かれん》に色づいた先端は、くちづけられるのを待ち望むみたいにふるりと震え、きゅっと上を向いている。

「あ……」

リリーがきつく目を閉じると、ベルナクスの手が、肩にかろうじてかかっていた寝衣を取り払った。

ひやりとした朝の空気に胸を晒《さら》され、戸惑いに顔を背《そむ》けたリリーの頬に、ベルナクスの吐息がかかる。

「……そんな顔をしているのは、誘っているようなものだぞ……この身体も……」

耳朶《じだ》に軽くくちづけられ、リリーはびくりと震えた。ベルナクスの目にいまの自分がどう映っているのか、考えただけで頬が熱くなる。

「……あっ」

ベルナクスの手が、そっとふくらみに触れた。以前、湯船で無造作に触れられた時とはまったく違う。その違いが、リリーの胸の奥を苦しくした。

柔らかさを確かめるように手が動き、リリーの息はためらいとは裏腹に、次第に熱く乱れる。乾いた手の中に収められ、ゆっくりと揉《も》みしだかれると、甘えた声が漏《も》れた。

「ふぁ……っ」

首筋を辿っていたベルナクスのくちびるが、胸元に下りてくる。リリーが息をのむと、すくい上げたふくらみの先端が口に含まれてしまう。ちゅっと吸い上げる音が耳をくすぐり、リリーは恥ずかしさに狼狽《うろた》えた。

「や……」

聞こえてくる音が信じられなかった。そして、思わず漏れる甘く掠《かす》れた声も。そんなつもりはないのに、よろこびが滲《にじ》んでしまっている。

「あ……ん」

固くなった乳首を舌で転がされ、少しきつく吸われた途端、はじめての感覚に高い声を上げ、リリーは喉《のど》を震わせた。たったこれだけの愛撫《あいぶ》で、身体が溶けてしまいそうに熱い。それなのに、ベルナクスの手は、隠された場所をもっとさぐろうとしている。身体が熱を持った証《あかし》を求めて彷徨《さまよ》うように、なめらかな太ももを辿り、寝衣の裾《すそ》をたくし上げていく。その手は、これまでとはうってかわって性急にリリーの膝を割り、足を開かせた。寝衣の奥で息づいている秘所が無防備に晒《さら》され、膝が震えた。

「陛下……」

これ以上触れられるのがこわい。だが、身体の奥は、もっと触れてほしいと期待に震えている。

武骨な手がリリーの柔らかい下腹に触れたその時、ドアの開く音がした。

「！」

リリーが驚いて身体を硬くすると、ベルナクスも動きを止める。

やがて、小さな声が聞こえてきた。

「陛下……お取り込み中失礼します」

声の主は、どうやらウィルのようだ。

「どうしてウィルが……」

リリーが思わず呟くと、ベルナクスが気まずそうに言った。

「私がウィルを問いつめておまえの居場所を聞き出し、この部屋へ手引きさせたからだ」

「そんな……」

ふたりでこそこそと話しているのが聞こえたのだろう。ウィルの声が大きくなった。

「あの……陛下、もう朝ですし……ユージスさまが、さがされています」

「……くそ」

悪態をつきながら、ベルナクスは渋々身体を起こした。リリーも慌てて服を胸元で掻き合わせて起き上がる。頬が上気し、身体が熱い。

リリーは寝台の上で髪の乱れを整えた。

「なにをしている、早くしろ」

「え？」

ベルナクスの言葉に、リリーは顔を上げる。ベルナクスだけが部屋を出て行くと思っていたら、そうではないらしい。

「もたもたするな、行くぞ」

「わ、わたしもですか？」

リリーは、まさか自分もベルナクスと一緒に行くことになるとは、思っていなかった。ユージスに言われたように、アンゼリーナ王女にリリーの存在が知られるとまずいのだ。リリーとしても、なるべくユージスの不興を買うのは避けたい。なぜなら、彼がニールの身柄を拘束《こうそく》しているからだ。

「でも……」

リリーがためらっていると、ベルナクスに腕を掴まれた。

「おまえの仕事はなんだ？　私の傍《そば》にいることだろう？」

リリーの胸が鋭く痛んだ。再び軍服を着てベルナクスの傍にいられることになるとは、思ってもみなかった。

「は、はい」

リリーは寝台から降りて、素早く衝立《ついたて》の陰で着替える。そして、ベルナクスとともに隣の居間へ向かう。

居間に入ったところ、ウィルが安堵《あんど》の顔でふたりを迎えた。だが、その顔がすぐに曇《くも》る。

「あの、陛下がリリーさまのもとにいることがユージスさまに……その……ばれたようです」

「だからなんだというのだ」

ベルナクスは素っ気なく答えた。王であるベルナクスにとってユージスは臣下だが、ウィルにとっては上司だ。その顔色を気にするのは当然だった。らしくなく落ち着きを失ったウィルの様子をリリーが気にしていると、ベルナクスが言う。

「おまえに迷惑をかけたりはせぬ。心配するな」

ウィルがほっとしているのを見て、リリーも安心した。ここまで尽くしてくれた彼に、迷惑はかけられない。

「行くぞ」

ベルナクスは、リリーとウィルを連れて部屋を出る。ついて行くことにはしたが、リリーは不安だった。ユージスは、リリーがベルナクスと一緒にいることをよく思わないに違いない。おかしなもので、彼には、なんとしてもベルナクスの傍《そば》へ行けと言われたり、引き離されたりしている。ユージスからの要望だけではない。いまやベルナクスの傍にいることは、リーシェン国王からの王命でもあった。

命令を受けた身であることが、リリーには後ろめたい。

なぜなら——

ベルナクスが居室に使っている王の間の前にきたところで、ふいに声がかかり、リリーは我に返る。

「まあ、ベルナクスさま、こんなところにいらしたのですね」

王妃の間から、アンゼリーナが出てきた。王妃の間は、彼女に与えないはずではなかったのか。リリーは表情に出さないよう努めたが、内心激しく動揺した。

ウィルが、立ちつくしていたリリーをさりげなく背中に庇《かば》おうと動く。

だが、それが逆にアンゼリーナの目に留まったようだ。

「あら、随分とかわいらしい兵士もいるのですね、ナバル軍には」

リリーの顔を確かめるためだろう、アンゼリーナが進み出る。リリーはなにも言わず控えめに礼をした。

「ちょうどよかったですわ、ベルナクスさま。わたくし、侍女を連れてきませんでしたでしょう？　自分で申し出たこととはいえ、少し不自由していたところですの。やはり身の回りの世話は、少年侍従《じじゅう》では行き届きませんから」

ウィルの肩がぴくりと動いた。彼は女主人の世話に慣れているし、アンゼリーナが言うように気の回らない侍従ではない。しかも、主《あるじ》であるベルナクスの前でこんなことを言われては、ウィルの評価にかかわる。リリーは息をのんだ。ウィルの名誉を守りたくても、ここで余計な口出しをしては、彼の足を引っ張ってしまうかもしれないのだ。そう思うとなにも言えず、きつくくちびるを噛《か》みしめることしかできない。

だが、リリーはウィルの心配をしている場合ではなかった。アンゼリーナはにっこりと微笑んで言う。

「ですから、この女兵士をわたくしの世話係として、しばらくお貸しくださいませ」

リリーは驚愕《きょうがく》に目を見開いた。そして、正面からアンゼリーナを見つめ返してしまう。

王女の顔には、無邪気な笑みが浮かんでいた。

ウィルが不安そうにリリーの方を窺《うかが》っている。自分は一兵士に過ぎず、勝手に返答するわけにはいかない。どうなるかはベルナクス次第だ。

リリーが息を詰めて見守る中、ベルナクスが、アンゼリーナに向き直った。

「この者は、私専属の任務がある。誰であっても貸すことはできない」

「まあ。専属とは、どういう任務ですの？」

アンゼリーナはベルナクスではなく、リリーへ問いかけた。だが、リリーに答えられるわけがない。

「あなたに説明する必要はない」

ベルナクスが、横から突き放すように言った。その声と表情が険《けわ》しいにもかかわらず、アンゼリーナは少しもひるんでいない様子だ。

「ベルナクスさまったら、厳しいんですのね」

うふふ、とアンゼリーナは屈託のない笑いを漏《も》らした。

「でも、その任務というのは一日中というわけではありませんでしょう？　わたくしも、ずっと傍《そば》において世話をさせようとは思っていませんわ。ほんの少しの間でいいのです。彼女の手が空いたら、わたくしのところへ寄越してくださいませ」

それくらいならよろしいでしょう？　とアンゼリーナは小首をかしげる。しかし、ベルナクスは取り付く島もない。

「いや、そんな暇はない」

これには、さすがのアンゼリーナ王女も目を丸くした。

「侍女が必要ならば、気兼ねなく王宮に戻られるとよいだろう」

そう言って、ベルナクスはアンゼリーナに背を向ける。リリーとウィルも、慌ててその後を追う。ただ、リリーはふとアンゼリーナを振り返った。彼女は悠然《ゆうぜん》とした笑みを浮かべて、じっとこちらを見ている。リリーはなぜか、その様子に得体の知れない恐ろしさを感じ、足を速めてその場を立ち去った。

王の間に戻ると、案の定、ユージスが苛立った様子で待っていた。

「……やはり彼女のもとにいたのですね」

「だったらどうだというのだ」

ベルナクスはにべもない。おかげで、ユージスの矛先がリリーに向いてしまう。

「あなたも、なにをのこのこついてきているのです？　部屋にいるように言ったはずですよ」

「わ、わたしは、自分の仕事をしようとしただけです」

ベルナクスの傍《そば》にいるのは、元はといえばユージスに脅《おど》されたからだ。だが、部下として仕えることにしたのは、リリーが自分で決めたこと。ユージスに逆らうことは避けたいけれど、言いなりになっていては、またベルナクスと引き離されてしまう。そうなれば、リーシェン国王の命令にも沿えない。

ユージスは黙ったまま、リリーをじっと見つめている。その視線に無言の圧力を感じるが、リリーは目を逸《そ》らさずに立つ。

「……でしたら、アンゼリーナ王女を妃《きさき》に迎える以外に、なにか妙案がおありなのですか?」

そう言って、ユージスは再びベルナクスに向き直った。

「アルバと婚姻《こんいん》による同盟を結ぶことが、ジャイファに対して一番の抑止力になります。これで、この大陸の半分はすべて抑えたことになるのですから」

ベルナクスは鼻で軽く笑う。

「あの王女を妻にしたところで、アルバの王がおとなしく従うとは思えんな。水面下ではジャイファと通じ、こちらの足下を掬《すく》おうと常に窺《うかが》うであろうよ」

「アルバの王は、アンゼリーナ王女を溺愛《できあい》しているということです。それはないかと」

嫁《か》した国が祖国と敵対した場合、見捨てられることもあるのが王族の宿命だ。アルバ王が娘を大事に思うなら、彼女が和平の懸《か》け橋になるだろうが……

「……果たしてそうかな？」

意味深に、ベルナクスが口の端を上げた。

その表情の意味を計りかねたように、ユージスはじっとベルナクスを見つめている。

「話は済んだな。いくぞ」

ベルナクスは、リリーを促《うなが》した。

「え……は、はい」

リリーの返事を待たずして、ベルナクスは扉に向かって歩きはじめる。それを見たリリーは、慌てて後を追う。部屋を出る直前、後ろを振り返ると、厳しい顔をしたユージスが立ちつくしていた。

そして、ベルナクスの傍での慌ただしい一日がはじまる。

今朝は側近たちとの会議はなく、ベルナクスは朝食もとらずに政務を執《と》る部屋へ向かった。午前中は、多くの伝令たちから届けられる報告書に目を通して過ごし、それが一通り済むと、さらに多くの者との謁見《えっけん》を次々とこなした。リリーは常に隣に立ち、報告書を纏《まと》めたり、ベルナクスに言われた通りにメモを書き留めたりと、雑用に追われ時間が過ぎていく。

そして、もうすぐ午《ひる》も間近という頃、リリーは中庭にいた。

ベルナクスが、ナバル兵たちの練兵の様子を視察したいと言いだした。今、彼は兵たちに声をかけ、彼らの上官たちと話をしている。リリーは、それを少し離れた木の陰から見ていた。手には紙の束や、丸めた羊皮紙《ようひし》を持たされている。

リリーはあくびを噛《か》み殺そうとした直後、はっとして身を屈め、低木の陰に隠れた。

トビアスの姿を見かけたからだ。

「どうしてこんなところにトビアスがいるの……」

他にも、リーシェン兵の姿が見える。ナバルとリーシェンは、すでに対立していない。なんらかの打ち合わせで、リーシェン兵がこの離宮を訪れても不思議ではないが、なぜよりによってトビアスが……

もしかして、リリーがリーシェン国王の密命を遂行するか、監視する目的で出入りしているのだろうか。

だがリリーは首を横に振り、その考えを否定した。あんなに堂々と、王の侍従《じじゅう》であるリリーの動向を探りにくる馬鹿はいない。リリーがベルナクス王のもとにいるとリーシエン国王に注進したことで、トビアスはなんらかの役目を得たというところだろう。

トビアスとは顔を合わせたくなかった。彼はいつも一生懸命だが、空回って失敗も多い。幼い頃から知っているだけに、この困難な状況でなにか問題を起こさないかと心配してしまう。

リリーは、しばらく木陰からトビアスを見つめていた。トビアスたちリーシェン兵は、ナバル軍に提供する物資の相談をしているようだ。

「なにをしている？」

頭上から声がかかり、リリーは慌てて立ち上がった。いつのまにか、ベルナクスが怪訝《けげん》そうな顔をしてリリーを見下ろしている。

「い、いえ。なにも。お戻りですか？」

「そうだ」

短くそれだけ答えると、ベルナクスはリリーの先に立って歩き出した。なんとかトビアスと顔を合わせずに済んだことにほっとしながら、リリーはその後をついて行く。中庭から離宮の中へと戻る扉を開けると、そこからは、長く広い廊下になっている。だが、行き交う人影はなく、静まりかえっていた。

廊下の所々に置かれている大きな彫像が少し不気味で、リリーはこの廊下のしつらえがあまり好きではない。しかも、ここは午後の日差しがあまり差し込まない位置にあり、薄暗いのだ。いまは、なおのこと彫像が不気味に見える。

そんな廊下を早く通り過ぎることだけを考えていたリリーは、一番大きな女神像の前にさしかかった時、突然ベルナクスに腕を取られた。

「え?」

驚く間もなく、彫像の陰に引き込まれる。

そして、抵抗する暇も与えられずくちびるを奪《うば》われた。

「ん……んん……っ」

思ってもみないベルナクスの振る舞いに、リリーは慌てて身をよじろうとする。けれど、その逞《たくま》しい胸に押しつけられるみたいに抱きしめられて、動きを封じられてしまう。

「な……っ」

抗議の声を上げようとしたリリーの口腔《こうこう》に、ぬるりと舌が差し入れられる。ベルナクスの舌先が、易々《やすやす》とリリーのそれをとらえた。

「は……う……」

くちづけはすぐに深くなり、舌を絡《から》められ、リリーは身体に力が入らなくなる。為《な》す術《すべ》もなく貪《むさぼ》られ、崩れ落ちそうになるリリーの身体を、ベルナクスがさらに抱き寄せた。

荒々しかったくちづけは、しだいに甘くやさしくなっていく。

「陛下……ん……」

絡められた舌に、声まで奪われてしまう。くすぐられるように舌を擦《こす》り合わされ、吸い上げられると、背筋にぞくぞくと痺《しび》れが走る。何度も角度を変え、リリーの思考を奪わんばかりの激しいくちづけに、気が遠くなりそうだった。

「ふ……う……」

リリーの身体から、ぐったりと力が抜けたことに気づいたのか、ベルナクスの腕がゆるむ。リリーがなんとか顔を背《そむ》けると、やっと解放された。

まだくちびるが触れ合いそうな距離で、ベルナクスがささやく。

「……あの男は、一体おまえのなんなのだ？」

「え？」

一瞬、リリーはベルナクスがなにを言い出したのかわからなかった。あの男と言われても、心当たりはない。

「とぼけるつもりか？　前にも、リーシェンの王宮で手を握り合っていただろう？」

「王宮で、て、手を？」

人聞きの悪い物言いに、リリーはぎょっとした。手を握り合うなど、そんな親密な真似をした覚えはない……そう思った時、トビアスの顔が浮かんだ。

「ま、まさか、トビアスのことですか？」

確か、王宮でトビアスといたところを、ベルナクスに見られていたのだった。

あの時、ほんのわずか目にしたトビアスの顔を、王は覚えていたのだ。さらに、そのトビアスが先ほど中庭にいたことにも気づいたのだろう。だが、以前トビアスの手を握ったのは、はずみのようなもので、他意などない。

「彼は、ただの幼なじみです」

「幼なじみだと？」

なぜか、ベルナクスの表情がさらに険《けわ》しくなる。

「……ナバルでは、貴族の娘は幼なじみの中から夫を選ぶものだ」

「え！」

リリーは驚愕《きょうがく》のあまり大きな声を上げてしまった。慌てて自分で自分の口を押さえ、あらためて小声で続ける。

「リーシェンでは――」

だが、そこで言葉は途切れてしまった。ベルナクスがリリーを再び抱き寄せ、耳にくちびるを寄せてきたからだ。熱い吐息が耳朶《じだ》をくすぐり、胸の動悸《どうき》が激しくなる。

「あ……」

リリーの無防備な首筋を、ベルナクスのくちびるが這《は》いはじめた。

「陛下、そ……そんな……ことはありません。少なくとも……あっ……わ、わたしは」

リリーは昔からトビアスが苦手で、男として意識したことなどない。勘違いされるのは迷惑だったが、ベルナクスはあまり納得していないようだ。国による習慣の違いというのは、そうすぐに受け入れられるものではないかもしれないが……

リリーはなんとか首をすくめ、ベルナクスのくちびるから逃《のが》れる。少し身体を離して彼に向き直った。

「でも……そもそも、どうして陛下がそんなことを気にされるのですか？」

その途端、ますますベルナクスの表情が険しくなり、リリーは目を見張る。すると、顎《あご》を掴まれ今度はゆっくりとくちびるが重ねられた。

「ふ……ぅ……」

誰が通りかかるかわからない廊下の、彫像の陰で抱き寄せられ、またくちづけられている。

しかも、今度も戯《たわむ》れとは言えないほど濃厚なものだ。

「ん……っ」

リリーは、ベルナクスの腕の中で震えていた。廊下は静まりかえっていて、舌を絡《から》め合う音が漏《も》れ聞こえてしまいそうだ。

すると、恐れていた通り、足音が近づいてくる。それも、ひとりではなく、複数だ。

リリーはびくりと身体を強ばらせた。だが、ベルナクスはかまわず、さらにリリーの方に身体を乗り出しくちづけを深くする。

「……っ」

このままでは見つかってしまう。

リリーが身をよじろうとしたところ、その足の間にベルナクスの足が差し込まれた。

リリーはまったく身動きがとれなくなる。そして、ベルナクスがリリーの腰を引き寄せ、身体の密着度をさらに高くした。

「……ん」

足音が近づいてくるにつれ、話し声も近づいてくる。

身体が震え、手に力が入らなくなってきたリリーは、抱えていた書類を一枚ひらりと落としてしまった。

「……っ！」

声を上げそうになったが、くちびるを塞《ふさ》がれているので言葉にならない。

書類は、リリーの足元にはらりと落ちただけで止まった。しかし、また落とせば、次は誰かの足元に滑《すべ》っていってしまうかもしれない。それでなくとも、突然彫像の陰からなにかが落ちてきたら、人目につくだろう。

だが、さいわいなことに、彫像は大きく、廊下は薄暗い。その上、ベルナクスがリリーを自分の身体の陰に隠すように抱きしめていたからか、誰も気づかずに通り過ぎていく。

足音が遠ざかり聞こえなくなると、くちびるが離され、リリーはぐったりとベルナクスの腕に身体を預けた。その目には、安堵《あんど》の涙が滲《にじ》んでいる。

「心臓が……止まるかと思いました……」

恨み言のひとつも言いたくなる。リリーが大きく息をついてすぐ、頬がベルナクスの手に包まれた。

「陛下……？」

そっとベルナクスに頬を撫《な》でられ、リリーは顔を上げる。

「今日は……日が暮れるまでに政務を切り上げる」

「ど……どうしてですか……？」

リリーはひそめた声で問い返した。ずっしりとした書類の束を抱え、仕事の量を把握しているリリーには、今日の政務が早めに切り上げられるとは、とても思えない。

だが、ベルナクスは、リリーの目を見据え、はっきりと告《つ》げた。

「おまえが欲しい」

「え……」

リリーは、今度こそ胸の鼓動が止まったかと思った。ぴくりとも身体が動かない。

「そ、それは……ど、どう……いう……」

混乱するリリーに、ベルナクスは率直に言い放つ。

「今夜おまえを抱いて、私のものにするということだ」

頬に添えられていた手が、リリーの顎《あご》を掴んだ。そして、ベルナクスの目が、狼狽《ろうばい》しているリリーの視線をしっかりと捉える。

「いいな？」

念を押されても、リリーはなにも言えなかった。

もちろん、拒《こば》む言葉も――

それから数刻後。ベルナクスが政務を執《と》るための机の上には、山のように書状が積まれていた。

ベルナクスは政務官を相手に、淡々と仕事をこなしている。

一方、日暮れが近づいてくるにしたがって、リリーは落ち着きがなくなってきているというのに。

そんな様子を見ていると、リリーには、あれは夢だったのではないかと思えて仕方がない。

『おまえが欲しい』

なんのてらいもなく告げられた言葉。

思い返すと、リリーは胸が苦しくなる。ベルナクスは本当に、リリーを今夜その腕に抱くつもりなのだろうか？

机に向かい、政務をこなすベルナクスを、リリーは横目で見つめた。

日が暮れる。

だが、ベルナクスの政務はとても終わりそうにない。そう思った時だった――

「今日はここまでだ」

「え？」

ベルナクスの言葉に、次の書状を読み上げようとしていた政務官が、口をぽかんと開けた。

「おそれながら、陛下。いまなんと仰《おお》せに……?」

政務官が聞き返す。彼が信じられないのも無理はない。ベルナクスは、いつも夜遅くまで執務に励むのが常なのだ。

「もう、今日の政務は終わりだと言ったのだ」

「え……ええ?」

政務官が目を丸くしている前で、ベルナクスは羽ペンを机の上に放りだした。そして、リリーを振り返って口を開く。

「部屋へ戻るぞ」

「は……はい……」

リリーは、ぎくしゃくと机の上の書類を片づけようとした。

「そんなものは明日でいい。行くぞ」

「はい……」

返事は、消え入りそうな声になってしまう。

「陛下」

立ち上がったベルナクスに、政務官が詰め寄った。

「まさかお身体の具合でも? いますぐ医者を呼びましょうか?」

少しむっとしたように、ベルナクスが政務官を見る。

「たまにはおまえも早く休むといい」

「は、はあ……？」

調子が狂うとばかりに、政務官は首をかしげた。

そして、リリーはベルナクスの後を追い、王の間へ戻った。扉が閉まると同時に、どうしたことか妙な沈黙がおりる。

リリーはベルナクスの顔が見られず、落ち着きなく距離をとってしまった。

だが、ベルナクスは特に変わった様子もなく、いくつかの書状に目を通しだした。自分が意識しすぎなのかと思いつつ、リリーは意味もなく花瓶に生けてある花を整えたり、掃除をしたりしてしまう。

「なにをしている？」

ベルナクスから声をかけられた時、リリーはせっせと書棚の本を並べ替えていた。

「え、あの、本の順番が乱れているので、整理を……」

「それは私の蔵書でもなんでもないぞ」

ベルナクスの言う通り、そもそもここはリーシェン国王の離宮であり、調度もすべてリーシェン国王のものだ。この書斎の壁一面を飾る本も、ベルナクスが揃えたわけではない。

「い、意外と、こういうのが気になる質《たち》なんです」

リリーは、ベルナクスに背を向けたまま、本を正しい順番に入れ替え続ける。どちらかと言うと、リリーは大ざっぱで、本の順番など気にならない性格だ。しかし、なにかしていなければどうしてもベルナクスを意識してしまう。

まったく、この部屋の執事はなにをしていたのだろう。こんな題名の本が、ここにあるなんて……

心の中で八つ当たりをしつつ、リリーがその本をあるべき場所に戻そうとすると、手からすっと奪《うば》われてしまった。

「あ……っ」

本を追って見上げると、すぐ傍《そば》にベルナクスの顔がある。

「陛下……」

リリーは狼狽《うろた》えて目を逸《そ》らし、ベルナクスが取り上げた本に手を伸ばした。リリーよりもはるかに背が高いベルナクスの手にあっては、ただ手を上げるだけでは届かない。

「こ、困ります。返して……ください」

リリーはなんとかつま先で立ち、腕を伸ばす。

「もう少しで終わりますから」

リリーが本を取り戻そうとした時、それが宙に放り投げられた。

「なっ！」

慌てて拾おうとしたリリーの目の前に、ベルナクスの腕が突き出され、行く手を阻《はば》んだ。仕方なく振り返ると、今度はもう片方の腕がリリーの目の前を遮《さえぎ》る。

「あ、あの……」

ベルナクスの両腕に囲まれたリリーは、逃げ場がなくなり本棚に背を預けた。

「わたしは……仕事を……」

批難しようとした声は、力なく消えてしまう。顔が上げられず、足元を見つめていたリリーの顔に影がかかる。ベルナクスの手が、リリーの顎《あご》をすくい上げた。

「……陛下」

リリーは震える声でベルナクスを呼び、おそるおそる視線を上げた。

「……午《ひる》に言っておいただろう。私は書棚の整理をさせるために、早めに政務を切り上げたのではないぞ」

顎に添えられていた手が、やさしく頬を撫《な》でる。

「それは……」

リリーにもわかっていた。頬が淡く朱色《しゅいろ》に染まっていくのを、熱として感じる。ベルナクスは目を細めて、リリーの反応を楽しんでいるように思えた。

そんなベルナクスに気まずさから向き合えず、リリーが身体をよじると、腕の中に引き寄せられ抱きしめられた。

「きゃ……」

驚いて顔を向けたところ、真摯《しんし》な表情のベルナクスと目が合う。

気恥ずかしさに耐えられなくなったリリーは、素直にベルナクスの胸に顔を埋《うず》めた。

髪にそっと指が絡《から》められ、くちづけが落とされる。思ってもみなかったやさしい扱いに、リリーは胸の動悸《どうき》が早くなり、息が苦しくなる。

「リリー……」

吐息まじりのささやきが耳に触れた。それは、リリーがはじめてベルナクスに名前を呼ばれた瞬間だった。

リリーはまさかと思い顔を上げる。だが、ベルナクスの表情を確かめる前に、くちびるが奪《うば》われた。

「ん……ぅ」

息ができないほど濃厚なくちづけに、為《な》す術《すべ》などない。リリーを翻弄《ほんろう》するみたいに強く、時にくすぐるようにベルナクスの舌が動く。

「ふぁ……」

一瞬くちびるが離れ、リリーはたまらず吐息を漏《も》らす。だが、それすらも奪われ、またくちびるが重ねられた。腰を引き寄せられ、ベルナクスと身体が触れ合えば、胸が熱くなる。熱に溺れ何度もくちづけを繰り返していると、リリーは全身が溶けてしまったように力が入らなくなり、足はがくがくと震え出した。

「わ、わたし……」

行き場のない熱が身体中を駆けめぐって、どうしようもなく胸が苦しい。そんなリリーを、ベルナクスは軽々と腕に抱え上げた。

「あっ」

小さく声を上げたリリーを、ベルナクスが見つめている。恥ずかしくなって顔を伏せると、そのままベルナクスは悠然《ゆうぜん》と寝室へ歩き出した。どんなに初心《うぶ》なリリーでも、このままふたりで寄り添って眠るだけではないとわかっている。胸が高鳴ると同時に、不安で締め付けられそうだ。

リリーは知らず身体を震わせていた。それに気づいたベルナクスが、ふと足を止める。

「なにをそんなに怯《おび》えている？　私が恐ろしいか？」

リリーは、はっとしてベルナクスの腕の中で身を起こした。これだけは誤解されたくない。もちろん、ベルナクスが恐ろしいのではなかった。これから自分の身の上に起こるであろう未知の行いに、不安があるだけだ。なにしろリリーは、親密なくちづけを交わしたのもベルナクスが初めてだったのだから。

「……っ」

リリーは勇気を振り絞り、おずおずと自分からベルナクスの首に腕を回した。その想いに応えるように、リリーの身体を抱き留めている彼の腕に力が入るのを感じる。ベルナクスは、それ以上はなにも言わずに寝台まで行き、リリーの身体をその上にそっと横たえさせた。

リリーが固く目を閉じていると、衣擦れの音がして、閉じた瞼《まぶた》にますます力が込もってしまう。胸の動悸《どうき》が激しくなり、身体が壊れそうに思えた。そして、ベルナクスが覆《おお》い被《かぶ》さってきたのか、寝台が軋《きし》む。

リリーが目を開けてベルナクスを見ると、彼は服を脱ぎ去ったわけではなく、胸元を少し寛《くつろ》げているだけだった。まさか、自分はとても恥ずかしい勘違いをしていたのだろうか。顔を赤らめるリリーに、ベルナクスが言う。

「……まだ非常時だからな、軍服を脱ぎ捨てるわけにはいかぬ」

だが、とベルナクスは言葉を続けた。

「もう我慢できぬようだ」

少し掠《かす》れた熱い声に、リリーは息をのみ、そっと瞼を閉じた。その震える瞼に、くちづけが降りる。ゆっくりと身体に重みがかけられ、リリーの柔らかい胸と、ベルナクスの逞《たくま》しく厚い胸板が触れあう。

くちづけが瞼から耳元へ降りて、ベルナクスの吐息が首筋にかかる。

「リリー……」

胸元に伸びてきた手が、ためらうことなくリリーの軍服のボタンを外していく。すべて外し終わると、ベルナクスはリリーに再びくちづける。舌を吸い上げながらシャツをはだけさせ、直に胸のふくらみを手で包んだ。

「……っ！」

リリーの身体がびくりと震える。驚きの声は、くちづけに甘く吸い取られてしまった。その間にも、少しかさついた手のひらが、柔らかさを確かめるように、ふくらみを揉《も》み上げる。

舌を絡《から》める動きと、胸を愛撫《あいぶ》する手の動きが、まったく違う律動を刻んでリリーの心の奥を掻き乱す。ふいに、絡められていた舌が解放されたと思うと、乳首をきゅっと摘まみ上げられる。

「あ……っ」

自分でも信じられないほど甘い声が漏《も》れた。恥ずかしさのあまり慌てて顔を背《そむ》ければ、指でゆっくりと乳首を転がされる。

「あんっ」

身体が大きく震え、声が出てしまう。リリーは顔を真っ赤にしながら、口元を押さえるために手を伸ばしたが、ベルナクスに押さえられた。

「や……っ」

リリーの手が力なく寝台の上に落ちると、彼の手が重ねられる。

「おまえの上げる声も、この耳も、すべて私のものだ」

ベルナクスがリリーの耳元でささやいた。まるでリリーの耳は、ベルナクスの声を聞くためだけにあるとでもいうように。

「……陛下」

リリーは潤《うる》んだ瞳でベルナクスを見上げた。ふっと、押さえつけられていた手の力がゆるむ。リリーはその手で、ベルナクスの頬に触れた。

「でしたら、ずっと塞《ふさ》いでおいてください……」

この、甘くはしたない声を上げてしまうくちびるを。

リリーは腕をベルナクスの首に回した。そっと目を閉じると、引き寄せる間もなく、望み通りくちびるが重ねられる。だが、それはすぐに離れた。

「逆らいがたい誘惑だが……」

ベルナクスの手が、リリーの胸元に伸びる。

「くちびるだけではもったいないな」

乳房がすくい上げられ、硬くなったその頂《いただき》を、ベルナクスがついばむように吸う。

「っ！」

リリーは必死で声を抑えた。羞恥《しゅうち》に、頬が燃えるみたいに熱くなる。しかし、心とは裏腹に、身体は与えられる快感に背を反らし、喉《のど》を甘く震えさせていた。ベルナクスの舌は、その変化を楽しむようにゆっくりと乳首をなぞり上げる。

「あっ……んん……」

激しくなったリリーの鼓動が、よろこびを全身に伝えようとしていた。

甘い響きが手足の先まで広がり、力を奪《うば》っていく。

もう、拒《こば》めないと思った。

このままリリーは、どんなことも受け入れてしまうだろう。

「陛下……」

これは、過《あやま》ちかもしれない。

そうどこかで思っていても、リリーの身も心も、ベルナクスを求めていた。その欲求は、もう抑えていられないところまできている。

リリーが喘《あえ》いで身をよじると、ベルナクスが突然膝を割り、その間に身体を滑《すべ》り込ませてきた。

そして、硬く張りつめたものを、布越しにリリーの足の間に押しつけてくる。

「きゃ……」

リリーは小さく悲鳴を上げた。ベルナクスはその存在を伝えるように、ゆっくりと腰を動かして言う。

「リリー、おまえが欲しくてたまらない……」

無理矢理にでも抱きたいくらいに、とベルナクスは己の欲望を漏《も》らした。

「陛下……」

切ない響きに、リリーの胸はいっぱいになった。そのまま大きく息をつき、身体の力を抜く。

「……でしたら、どうぞ陛下のお好きになさってください……」

ベルナクスは一瞬動きを止めたが、ふっと微笑みリリーにくちづけた。

「馬鹿を言うな……まだ早い」

そんな荒々しいことをすれば、おまえを傷つける、とベルナクスはリリーを抱きしめる。リリーはその背に腕を回し、そっとささやく。

「いいのです、あなたに奪われるのなら……」

リリーを抱きしめるベルナクスから、ためらう気配が伝わってきたが、すぐに消える。

ベルナクスは身体を起こし、リリーを見た。

「……本当にいいのか？」

「はい」

リリーの額《ひたい》にかかった髪が、やさしく払われる。

「泣いて懇願《こんがん》しても、やめぬぞ？」

リリーがなにも言わず、熱く潤《うる》んだ瞳で見上げると、ついにベルナクスは自分を抑えられなくなったらしい。剥《は》ぎ取られるように軍服を脱がされ、リリーの足が大きく開かれる。隔《へだ》てるものがなくなった無防備な秘所に、ベルナクスの硬くそそり立ったものがあてがわれた。

「は……っ」

すでにリリーの身体は熱く溶け出していて、ベルナクスを迎え入れる準備は整っていた。滲《にじ》む蜜が昂《たか》ぶったベルナクスの先端をぬるりと濡《ぬ》らし、内側に誘おうとしている。ベルナクスは、まだつぼみのように合わさっているリリーの肉体をそっと開く。

「あ……っ」

リリーの足が、ぴくりと震えた。

「この指の動きに集中しろ……」

ベルナクスの指先から激しい愉悦《ゆえつ》が湧き上がってきて、リリーはなにも考えられなくなってしまう。溢《あふ》れた蜜を敏感な肉の突起に塗りつけるように動かされると、羞恥《しゅうち》も吹き飛び、リリーは喘《あえ》いだ。

ぞくぞくとした痺《しび》れが、太ももの内側をざわめかせ、腰が浮き上がってしまう。

「ん……あっ、や……」

リリーは先を求めて身をよじる。

しっかりと、ベルナクスを自分の中に感じたかった。望み通り、ベルナクスの先端がリリーの中へ分け入ろうとしている。

「できるかぎり、身体の力を抜くんだ」

ぐっと、ベルナクスが体重をかける。

「……っ」

リリーはきつく目を閉じ、息をのんでその瞬間を待った。胸の動悸《どうき》が激しくなり涙が滲む。濡れて潤《うる》んだリリーの入り口は、なんとか太く硬い先端を迎え入れた。

「く……う……」

だが、そこから先は、身体が無理だと拒《こば》もうとしている。まだ誰も踏み込んだことのない聖域を守ろうとでもするように。

ベルナクスが身を起こし、リリーにくちづける。やさしくなだめるくちづけに、リリーは大きく息をつく。

「陛下……」

その一瞬を、ベルナクスは逃《のが》さなかった。すかさず腰を押しすすめ、リリーの身体をやや強引に開いていく。なにかがはじけるような衝撃に襲われ、リリーは、これまで守ってきた純潔がベルナクスによって散らされたことを身体で知った。

「――っ！」

苦痛とも歓喜ともとれぬ声が漏《も》れる。ベルナクスもまたきつく眉を寄せ、動きを止めている。

「リリー……力を抜け」

促《うなが》され、リリーは強ばる身体から力を抜こうとつとめた。やがて、ベルナクスがゆっくりとその昂《たか》ぶりでリリーを貫いていく。

「あ……あ……っ」

狭い内側を押し開かれる感覚は生々しく、胸がざわめき、肌が粟立《あわだ》った。そして——

「んん……っ」

ついに、リリーは身体の奥までベルナクスで満たされた。さらに、存在を主張するようにベルナクスがぐっと腰を押しつける。

「く……あ……ぅん……」

奥を突かれると、少し苦しいようなもどかしいような感触がせり上がってくる。リリーは高く喘《あえ》ぎ、自然とベルナクスを締めつけてしまう。

「……っ」

ベルナクスが息をのみ、リリーをやさしく抱きしめた。慣れないリリーの身体をいたわる振る舞いに、胸が切なくときめく。

「陛下……どうぞ……あなたの思うままに……」

奪《うば》ってほしい。

声にならない思いが伝わったのか、ベルナクスが少し身体を起こした。まずは試すように、ゆっくりと腰を揺らされる。

「……っ！」

すると、痛みだけではない甘い疼《うず》きが身体の奥から湧き上がってきて、リリーは羞恥《しゅうち》に息をのんだ。

「……大丈夫か？」

リリーがなんとか頷《うなず》くと、ベルナクスが今度は腰を引いた。身体を埋《うず》めていた昂ぶりがずるりと引き出される感触に、リリーは悲鳴を上げる。

「ひぁ……んっ」

初めての感触に戸惑っていたら、ベルナクスがリリーの足を高く抱え上げ、今度は少し強く、奥まで突き上げられた。

「あ……陛下……っ」

背を反《そ》らしたリリーの腰がさらに浮き上がり、ベルナクスをもっと奥深くに迎え入れようとする。すでに身体は貪欲《どんよく》に愉悦《ゆえつ》を求めていた。そして、その動きに誘われ、ベルナクスがさらにリリーを突き上げた。

「……くぅ……っ……ああ……っ」

快楽にとろけた身体の奥から、蜜がまたたっぷりと溢《あふ》れてくる。ぬるぬるとした感触に興奮を煽《あお》られていく。身体の奥に欲望をぶつけられることが、これほどの歓喜を生み出すと、リリーは知らなかった。ためらいはもはや消え、感じるままに声を上げてしまう。それどころか、身体はもっとベルナクスを求めていた。

「は……あ……あ……ん……っ」

ベルナクスの動きが、だんだんと激しさを増していく。その動きの中、お互いの身体が擦《こす》れ合い、リリーの胸の先も、足の間の敏感な突起も同時に刺激される。

「んっ、あっ、あぁ……っ、だめ……だめぇ……！」

いくつもの快感が重なり合い、リリーを翻弄《ほんろう》した。ベルナクスの息づかいも荒くなり、その身体がついに大きく震えた。

「く……」

苦しげな声を漏《も》らし、ベルナクスが動きを止め、リリーを抱きしめる。その背に手を回したくても腕に力が入らない。声もなく目を閉じたリリーは、ベルナクスが放った熱い滴《したた》りで身体が満たされていくのを感じた。

どれくらいそうしていただろう。

身体を重ねたまま、満たされた思いを噛《か》みしめていると、ふいにベルナクスが顔を上げた。

「……陛下？」

ベルナクスは、なにかをさぐるような表情で、じっと動きを止めている。

「あ、あの……」

もしや、自分の身体になにか問題があったのだろうか、とリリーは不安になった。なにしろ、こんな姿をいままで誰にも見せたことがないのだから。

リリーの困惑をよそに、ベルナクスが険《けわ》しい顔をして呟く。

「なにか騒がしいな」

「え？」

リリーは身体を起こした。耳をすましてみると、確かに階下が騒がしい。

「本当ですね……あっ！」

何気なく窓に目をやったところ、暗い夜空に煙が上がっている。

「まさか、火事？」

ベルナクスはその言葉に素早く反応し、身体を起こした。彼はすぐさま軍服の前を掻き合わせ、寝台から飛び降りる。

「陛下！」

リリーも慌てて後を追おうとしたが、ベルナクスに制止された。

「おまえはここにいろ。私が戻ってくるまで扉を開けるな」

「ですがっ！」

返事を待たずに、ベルナクスは寝室から出て行ってしまう。リリーは呆然としながらも衣服を整え、寝台から降りた。ベルナクスと結ばれたばかりの身体が少し痛むが、急いで窓に駆け寄る。すると、やはり煙が上がっているのが見えた。

「あの辺りは……」

煙が上がっている辺りは、この王の間がある棟からは遠い。リリーにはその場所に心当たりがあった。ニールが入れられている地下牢の辺りだ。

「そんな！」

窓に張り付くようにして目をこらす。手の空いた時はいつも、窓から地下牢のある棟を見て、ニールの無事を祈っていたのだ。見間違いではない。

リリーは、思わず駆けだしていた。

離宮は突然の出火に騒然としていて、誰もリリーを気に留めない。間違いであってほしいと、地下牢のある棟へと急いだ。

「リリーさまっ？」

中庭に出ると、突然呼び止められた。

「ウィル？」

慌てて駆け寄ってきたウィルが、リリーの腕をとって引き留めた。

「こんなところでなにをしているんですか！」

「ウィル、火が出たのは地下牢なのでしょう？」

「ええ、そうです。でも、あなたは行ってはだめです」

リリーはウィルの手を振り払おうとしたが、無駄だった。あどけない少年のように見えるものの、ウィルの力はリリーよりも強い。

「どうして？　知っているでしょう？　あの牢には弟がいるのよ！」

「だからこそ、あなたが出て行くのはまずいんです。混乱に乗じて弟を逃がそうとしていると思われかねません」

リリーは苛立って叫んだ。

「わたしがなぜ、ここにいることになったと思っているの？　弟を助けるためだわ。それはなにがあっても変わらない。変わらないのよ！」

リリーの叫びを打ち消さんばかりに、ウィルも声を張り上げた。

「僕はあなたが好きなんです！」

突拍子《とっぴょうし》もない告白に、リリーは苛立ちも忘れ、唖然《あぜん》としてウィルを見た。

「……ウィル？」

ウィルは声を振り絞るようにして話を続ける。

「リリーさまは、なにも知らないナバル兵たちにとっては、国王を暗殺しようとした者の身内です。さらに、王に取り入ろうとしていると思われている。でも、本当のあなたはそうじゃない。僕は知ってる。あなたは誰も味方のいない敵地で、必死にやってきた。僕のことを、たかが従者と馬鹿にしない。貴族の令嬢なのに、うたた寝していた僕を気遣い、毛布をかけてくれた。それに、それに……」

リリーは驚いた。ウィルがそんな風に思ってくれているとは、気づかなかったのだ。

「ウィ、ウィル。もういいわ。わかったから……」

ウィルの叫びはすでに慟哭《どうこく》のようになっていて、リリーはなんとかなだめるため、彼の肩に手を置いた。

「……そんなリリーさまが、他の者に誤解されるのを見るのは、僕もつらいんです」

「……ありがとう、ウィル」

リリーはそっとウィルを抱きしめる。弟のことはもちろん心配だったが、このあどけなさを残す少年のことも愛《いと》おしかった。

「すみません、リリーさま。牢までは一緒に来てもいいですが、中の様子は僕が見てきます。あなたは少し離れたところで待っていてください」

そうきっぱり言うウィルに、リリーは素直に頷《うなず》く。

「ええ、わかったわ。お願いね、ウィル」

火事の現場にはベルナクスもいるはずだ。そして、ナバル兵も。リリーはナバル軍の中では微妙な存在だ。確かにウィルの言う通り、目立つことは避けた方がいい。

リリーはそう思い直して、身をひそめながらウィルと火元へ急ぐ。途中、ウィルが他の警備兵から聞いた話では、小火《ぼや》程度ではないかとのことだ。ただ、地下で火が出た場合、換気されないため煙をまともに吸ってしまうので、小火でも命の危険がある。

牢が見えるところまでくると、辺りは兵が集まっていたが、もう煙は出ていなかった。

「では、僕が様子を見てきます」

そう言って、ウィルは人だかりの方へ走っていった。小さなウィルの姿はすぐに兵たちの間に消えて、見えなくなる。

リリーは物陰に隠れて必死で祈った。ニールが無事でありますようにと。

時間がかかることを覚悟していたが、ウィルは意外とすぐに戻ってきた。

「リリーさま！」

「ウィル。ニールは、弟は無事？」

ウィルは一瞬、言葉に詰まる。

「命は……ただ、煙を吸って意識がないそうです」

「！」

リリーは突然、足下に穴がぽっかり開いて落ちていく錯覚《さっかく》に襲われた。

「リリーさま！」

気づくとウィルに支えられている。気を失いかけていたようだ。

「……それで、ニールは……？」

「納屋《なや》に運ばれたそうです。捕虜《ほりょ》扱いなので」

ウィルのせいではないのに、申し訳なさそうな表情をする彼に、リリーも胸が痛む。

「ニールに会える？」

「いまは医師が診《み》ているとのことです。それが終われば恐らく大丈夫かと」

辺りに煙のにおいが不吉に漂《ただよ》う中、リリーはウィルに支えられて納屋へ向かった。

薄暗い納屋の中、床の上に毛布を敷いただけの粗末な寝床でニールは目を覚ました。

「……姉さん？」

「ニール……よかった」

リリーは弟のもつれた髪をほぐすように、何度も撫《な》でる。

「俺……」

「喋《しゃべ》らなくていいわ、ニール。お医者さまの話では、そんなに煙は吸っていないそうよ。ただ、牢にしばらくいたせいで身体が弱っているだけだって」
二、三日に一度、牢番が気まぐれに外を歩かせてくれていたらしいが、それ以外の時間はずっとあの狭い牢に閉じこめられていたのだ。これまでは騎士見習いとしてのびのび暮らしていたニールには、過酷な環境だった。
「体調がよくなるまで、ここで療養《りょうよう》することが許されたわ。あまり気が休まるとは言えないところだけど、ゆっくり……」

リリーは、それ以上言葉が続かない。やつれた弟の顔が不憫《ふびん》で、また、彼を助けに来たはずなのに、一向にそれを果たせていない自分への苛立ちがこみ上げてきたのだ。

「泣かないで、姉さん。全部、自分のまいた種なんだから……」

「ニール……」

聞きたいことはいろいろあったが、ニールは疲れたらしく、そのまま眠ってしまう。

やがてリリーは、煤《すす》で汚れたニールの頬をそっと拭《ぬぐ》い、神に弟の無事を感謝した。

それから一刻ほど経った頃。軋《きし》んだ音をさせ、納屋の扉が開かれたが、リリーは振り返らなかった。入ってきたのがユージスだと、わかっていたからだ。

「……あなたが命じたのですか」

ニールがいなければ、リリーが離宮にいる理由もない。リリーは、ユージスがそう判断してもおかしくないと思っていた。

「……別に弁解にきたのではありませんが、私はそれほど回りくどい男ではありませんよ。いいと思った女性はすぐ押し倒しますし、気に入らない者はさっさと首をはねます。そこに余計な手間などかけません」

「…………」

確かに、冷静になってみれば、ユージスがわざわざ火事を起こし、ニールを殺すとは考えられなかった。そんなことをしなくても、彼なら虜囚《りょしゅう》の命を絶《た》つことなど造作もない。その上で、その結果を平然とリリーに告げるだろう。偽装する必要はまったくないはず。

「だったら、どういうことなのですか」

「ただの失火の可能性も捨て切れません。牢番たちはランプの油が爆発したと言っていますが事故か故意かも、今の段階ではわからないのです」

ユージスは、ですが、と言葉を続けた。

「私としてはこのまま事故で済ますつもりはなく、徹底的に調査します。もちろん、あなたたち姉弟のためではありませんがね」

それだけ言うと、ユージスは入ってきた時と同様に、さっさと出て行ってしまう。彼がいなくなってからリリーは扉を振り返った。

じっと扉を見つめて考える。

この火事は、事故なのだろうか。もし事故ではなかったら、火事を起こした者の目的はなんなのか。ニールとつながりがあるのは、この離宮でリリーしかいない。もしや、リリーの排除を企んでいる？

リリーを排除して利を得る者……それは一体誰なのだろう……

火事騒動の翌朝、リリーはベルナクスが離宮を留守にしている間、雑用をこなしながら上の空で廊下を歩いていた。

「あら、暇そうね。女兵士さん？」

リリーは、突然背後からかけられた声に、驚いて立ち止まる。

「聞こえなかったかしら、そこの女兵士さん」

「は、はい。失礼しました」

振り向くと、そこには優雅な笑みを浮かべたアンゼリーナ王女が立っていた。侍女を伴ってきていないはずだが、今日も綺麗に着飾っている。薔薇《ばら》色のドレスが王女の可憐《かれん》な魅力を引き立たせ、蜂蜜《はちみつ》を練《ね》り上げたような巻き毛は、白い肌を縁取《ふちど》るように輝かせていた。

「ごきげんよう、女兵士さん」

おっとりとした王女らしい挨拶《あいさつ》だが、リリーは貴族的に返すわけにはいかない。迷った末、兵士としてきっちりとした礼で応えた。

「あなたに頼みがあるのだけど、聞いてくれるわよね?」

アンゼリーナの有無を言わさぬ強引な話しぶりに、リリーは内心驚く。だが、いまは一兵士なのだ。逆らうわけにはいかない。

「はい。アンゼリーナさま」

思ったより素直にリリーが応じたからか、アンゼリーナは少し拍子抜けした様子だ。

「午後のお茶会に陛下をお招きしたのです。だから、準備を手伝ってくれるかしら?」

意外な申し出に、リリーは目をみはり、アンゼリーナに問い返した。

「陛下を、お茶会にですか？　あの、了承を得られたのですか……？」

アンゼリーナは、その言葉にむっと顔をしかめた。

「もう了承はいただいています。よろこんで来てくださるとのことよ」

「そ、それは、失礼しました……」

ベルナクスが、アンゼリーナの招待に応じるとは思わなかった。自分が少なからずそのことに衝撃を受けていることに気づいて、リリーは動揺してしまう。それが表情に表れていたのだろう、アンゼリーナが満足そうに微笑み、手招きした。

「さあ、こちらよ」

アンゼリーナの後に従って、リリーは王妃の間へ久しぶりに足を踏み入れる。しばらくこの部屋で寝起きしていたから、どこになにがあるかはわかっていた。この部屋には、高価な茶器なども備えられている。

「テーブルは、中央のものをお使いになりますか？」

リリーは、まずテーブルクロスを取り出した。

王妃の間は広く、居間の中心に丸い大テーブルがあり、窓の近くにも小さなお茶用のテーブルがある。

アンゼリーナは、しばらくふたつのテーブルを見比べていたが、手にした羽根扇で小さなテーブルを差した。

「こちらのテーブルにしてちょうだい。ただ、もう少し窓辺へ寄せてくれるとうれしいわ」

「わかりました」

窓近くのテーブルは小さく、ふたりで向き合うといかにも親密そうな距離になる。だから選んだのだろうか。そう思いながら、リリーはなんとかテーブルを窓の方へ寄せる。アンゼリーナが散々位置の指示を出し、その通りにあちこちに動かすことになった。やっとアンゼリーナが納得したので、リリーは移動させたテーブルにクロスを広げる。それを整えているリリーの手元を、アンゼリーナはじっと見つめていた。だが、先ほどとは違って、なにか指図するわけでもない。アンゼリーナの目を意識しないように、リリーは手際よく用意をすすめる。暖炉の上に飾られている花をテーブルに載せ、壁に備え付けられている飾り棚から茶器を取り出す。

その茶器をテーブルに置こうとした途端、リリーの手首に衝撃が走った。

「痛っ！」

茶器を取り落としそうになったが、なんとか耐えてテーブルに置く。見ると、アンゼリーナが目をつり上げてリリーを睨《にら》みつけていた。先ほどから彼女が弄《もてあそ》んでいた扇で手首を打たれたのだ。

「ア、アンゼリーナさま……？」

リリーは、打たれた手首を庇《かば》いながらアンゼリーナを見た。骨まで響くようなきつい打擲《ちょうちゃく》で、ずきずきと痛んでいる。

「……その茶器は気に入らないわ。違うものにして」

低く押し殺したアンゼリーナの声に、リリーは息をのんだ。

「は、はい……申し訳ありません」

慌てて茶器を元に戻し、新しいものを選ぶ。戻しながら、なぜこの茶器が気に入らないのか、リリーは不思議に感じた。この部屋に何揃いもある茶器の中で、おそらくこれが一番上等なはずだ。だが、単にアンゼリーナの好みではなかったのかもしれない。リリーは女性好みの、美しい薔薇《ばら》の絵が描かれている陶器の逸品《いっぴん》を取り出した。

「これでいかがでしょう、アンゼリーナさま」

おそるおそるたずねると、アンゼリーナはやっとにっこり微笑んだ。

「ええ、それにして。わたくしにぴったりだわ」

ほっと胸を撫《な》で下ろし、リリーは茶器をテーブルに並べたのだった。

意外にも、テーブルの準備が整ったところでリリーは解放された。まだいろいろと言いつけられるかと思ったが、後は茶と菓子を用意するように厨房《ちゅうぼう》に伝えるだけで済んだ。

「リリーさま」

厨房の手前で、ウィルに声をかけられる。

「なにをしているんですか？」

リリーがアンゼリーナに頼まれたことを話すと、その先はウィルが請け負ってくれた。

「リリーさまは、これから納屋《なや》へ？」

「ええ、陛下は王宮へ行かれているから……ただ、さっきも言った通り、午後からアンゼリーナ王女のお茶会に招待されているし、もうすぐお戻りになると思うけど」

以前はリリーも王宮へ同行させられたが、今回は置いて行かれた。ニールの体調を気にしているリリーへの、ベルナクスなりの気遣いなのかもしれない。聞くところによれば、三国との交渉は難航しているようだった。

あの夜から、王とはまともに顔を合わせていない。

「だったら、少し待っていてください」

そう言って厨房の中へ消えたウィルは、しばらくの後に戻ってきた。

「これを」

ウィルは、リリーにバスケットを差し出す。

「え？　なに、ウィル？」

「サンドイッチと蜂蜜《はちみつ》の壺《つぼ》が入っています。ふたりで食べてください。リリーさまも、あまり食事を召し上がっていないんでしょう？　顔色がよくないですよ」

「ありがとう。ウィル……」

リリーは素直にバスケットを受け取った。ウィルの親切がうれしい。

「ああ、それと、午前中にまた医師の診察がありました。彼が煙で痛めた喉《のど》の心配は、もうないようですよ」

「よかった……」

リリーはバスケットを抱きしめた。

「なんだか安心したらお腹が空《す》いてきちゃったわ」

そう言って、ふたりは笑いあう。

リリーは、この先どうなるかわからず不安だが、いまは思い悩まないでいようと思った。まずは自分にできることをやるだけだ。

ニールを回復させるため、しっかり看病しなくては。

厨房《ちゅうぼう》の前でウィルと別れて、リリーはひとり納屋《なや》へ向かった。納屋の前には、地下牢で番をしていた者たちとはたたずまいが違う、生真面目そうな警備兵が姿勢を正して立っている。彼はリリーを認めると、かすかに頷《うなず》いて通してくれた。

「ニール？」

扉を開けてリリーが顔を出したところ、ニールは身体を起こしていた。

「姉さん」

「具合はどう？」

リリーはニールの枕元に膝をつく。近くで見ると顔色は悪くない。ただ、疲労が頬に浮き出ている。

「まだ少し喉《のど》が痛いけど、調子はいいよ。医者ももう大丈夫だろうって言ってた」

なんだか変わった医者だけど、腕は確かみたいだ、とニールは続けた。

「そう、よかったわ」

微笑むニールの頬を、リリーはやさしく撫《な》でる。早く家に帰してあげたいという思いが涙となってこみ上げてきたが、ぐっと堪《こら》えた。

「食事を持ってきたわ。まずは蜂蜜《はちみつ》を溶かして飲んでみましょう」

ウィルが渡してくれたバスケットを開き、蜂蜜の壺《つぼ》を取り出そうとするリリーに、ニールが言った。

「……姉さん、それどうしたんだい？」

「え？」

何気なく弟の視線の先を辿って、リリーはぎょっとした。自分の手首に、アンゼリーナに扇で打たれた痕《あと》が真っ赤になって残っていたのだ。

「な、なんでもないわ」

引っ込めようとした手を、すばやくニールに掴まれた。

「ニ、ニール。なんでもないの、ちょっとぶつけて……」

ニールは、リリーの手をしげしげと見つめている。

「……とても痛そうだね。しかも、これは扇で打たれた痕だ」

アンゼリーナの羽根扇の骨の痕が、言い訳しようがないくらいくっきりと残っている。

こうなるのも無理はないくらい、きつい打擲《ちょうちゃく》だった。

「リリー。扇なんて女しか持ってないものだ。しかも、それなりの身分の人だろう？

一体、どこの誰が姉さんを扇で打ったっていうんだ？」

ニールは、真剣な目でリリーを見ている。

「……これは、その、アルバのアンゼリーナ王女が……。わたしがちょっと王女の手伝いを失敗してしまって、それで……」

「アルバのアンゼリーナ王女？」

突然出てきた名前に驚いたらしい。ニールは訝《いぶか》しそうな顔をした。経緯を知らなければ、なぜこの離宮にアルバ国の王女がいるのか、不思議に思うに違いない。

「でも、見かけほど痛くないから大丈夫なのよ」

「アルバのアンゼリーナ王女……」

ニールは、リリーの言葉が耳に入っていない様子だ。なにがそんなにひっかかるのだろう？

手首を見つめたまま考え込んでいるニールの顔を、リリーはのぞき込んだ。

「ニール？」

「アンゼリーナ王女は、扇で人を打つような方には思えないな……」

「え？」

「俺は以前……二年ほど前かな、アンゼリーナ王女を見たことがある。アルバに兄上の供として行った時だ。アンゼリーナ王女は病弱な方で、国王と挨拶《あいさつ》する時も姿を見せなかったよ。噂《うわさ》では、ほとんど人前に出ることはないって聞いた」

続けて彼が語るところによると、いまよりもさらに子どもだったニールは、兄が仕事の間、王宮をひとりで探検していて迷子になってしまったらしい。そして――

「王女の中庭に迷い込んでしまって、生け垣の間から彼女を見たんだ」

リリーは弟の話に息をのんだ。なぜか胸の動悸《どうき》が激しくなる。

「話の通り、病弱そうな痩《や》せた方だった。それに、顔にあばたの痕《あと》があって……だから人前に出るのを厭《いと》われているのだと思ったんだ。王女は中庭で、足の悪い犬の世話を熱心にしていらしたよ」

ニールの口から語られるアンゼリーナ像は、リリーの知っている彼女とは似ても似つかない。

「あばたの痕……？」

アンゼリーナ王女の顔に、あばたの痕など見あたらない。化粧で隠しているとも考えられなかった。

「そうだよ。とても目立つところにあってね、男の俺から見ても気の毒だった。でも、一生懸命歩こうとする犬を見守る目はすごくやさしくて、見た目なんて関係ないくらい素敵な方だと思ったよ。だから、アンゼリーナ王女が人を打ち据えたりするとは思えないな。もちろん、俺はアンゼリーナ王女を見ただけで、言葉を交わしたわけじゃない。とはいえ、とてもそんな方だとは……」

ニールの言葉には、アンゼリーナ王女を敬《うやま》っている響きがある。それは嘘だと思えない。リリーは、喉《のど》の乾きを感じた。

「ニール……あなたが見たアンゼリーナ王女は、どんな姿の方だった？」

「だから、あばたの……」

王女を中傷しているような気がしていやなのだろう。ニールはあからさまに不快そうな顔をした。

「そうじゃなくて、髪の色とかよ。あばたはあっても美しい方でしょう？」

「残念だけど、あばたがなくても、いわゆる美人とは言えないよ。でも、とてもやさしそうで、心もたたずまいも美しい方だと……」

「髪の色は……金色？」

食い下がるリリーを、ニールはうんざりと見る。

「なにを言ってるんだ、姉さん。アンゼリーナ王女は黒髪だよ。そもそもアルバ王も、もう薄くなっているけど黒髪だろう？　王妃さまも確かそうだった」

リリーはアルバへ行ったことがないから、王妃の髪の色は知らない。だが、アンゼリーナ王女の父であるアルバ王も黒髪なのは、つい先日見ていた。つまり……

「ねえ、ニール。あなたが見たのは、本当にアンゼリーナ王女だったの？」

「間違いないよ。侍女が名前を呼んでいたからね。姉さん、一体さっきからなにが聞きたいんだ？」

リリーは、自分の額《ひたい》に手を当てる。頭に思い浮かんだ考えが信じられないが、間違っていないようだ。

「あのね……ニール。わたしの手を打ったアンゼリーナ王女は、豊かな金髪のとても美しい方なの」

「え？」

「顔にあばたの痕《あと》なんてない。誰が見ても美しい、大輪の薔薇《ばら》のような方よ」

「なんだって？」

姉弟はしばらく、無言でお互いの顔を見た。

「どちらが本当のアンゼリーナ王女なの？」

「……俺の見たアンゼリーナ王女は、間違いなく本人だと思う」

ニールは、アルバの王宮で王女を見たのだ、信憑性《しんぴょうせい》は高い。二年という月日は経っているが、人の性格はそんなに変わるものだろうか。いや、性格はともかく、髪の色や肌まで変化するわけがない。やはり、リリーの知っている王女は……

「偽者《にせもの》？　でも、なんのために？」

ふたりとも、思いつくのはそれしかなかった。

「そもそも、どうしてアルバのアンゼリーナ王女がここにいるんだ？」

ニールのもっともな疑問に、リリーはざっと事情を説明した。

「……だから、わからないの。どうしてアルバ王は偽者《にせもの》の王女を寄越したのかしら？」

ニールは考え込んだ。

「ナバルとの婚姻《こんいん》による関係をつくりたいけど、実の娘を嫁《とつ》がせたくなかった……というのは？」

それは、ベルナクスが狂王と恐れられているせいかと思うと、リリーは胸が痛んだ。

だが、いまはそんな思いに囚われている場合ではない。

「でも、ニール。それでは最初はよくても、いずれ露見《ろけん》するでしょう？　本物のアンゼリーナ王女が滅多《めった》に人前に姿を現さない方だとしても、誰も彼女のことを知らないわけはないわ。あなただって、現に彼女の姿を見たことがあったのだもの。身代わりの王女を結婚させるなんて、いつかは発覚することよ」

「そうだね。だったら……最初だけだませたらいいと思っているのかな」

「最初だけ？」

リリーが問い返しても、ニールはしばらくなにも言わずに考え込んでいた。その表情は大人びていて、とても十三歳とは思えないほどだ。

「……待てよ。そもそも身代わりというなら、それなりに似た人を代わりにするんじゃないかな。でも、俺の知っているアンゼリーナ王女と、姉さんから聞いた印象はまったく違う。なぜ、そんな似ても似つかない身代わりにしたんだ？」

「それは……」

リリーは思い返してみた。偽者のアンゼリーナ王女は、誰もが目を奪《うば》われるような美女だ。さらに、積極的にベルナクスの歓心を引こうとしている。ニールの言う通り、本物のアンゼリーナ王女が地味な女性ならば、それは難しいことかもしれない。

「やっぱりアルバは、この結婚をどうしても成功させたいと思っているのかしら？」

だが、ニールは首を横に振ってその考えを否定した。

「いや、やっぱり偽者を結婚させるなんて、そんな危険なことはしないだろう。ばれた時どう言い訳をするんだよ？　それこそ国家間の関係を強く結びつけるどころか、危うくさせるだけだ」

「そうよね……」

リリーは思わずため息を漏《も》らす。やはり、アンゼリーナ王女の偽者を寄越す意味がわからない。考えあぐねてふと視線を落とすと、手首の赤くなった痕《あと》が目についた。そっと手をやったところ、ニールが言う。

「それ、アンゼリーナ王女の偽者《にせもの》に打たれたんだよね?」

「え、ええ」

心配させたくなくて、ニールには痛まないと言ったが、本当はかなり痛む。

「そういえば、なにを失敗してそんなことになったんだい?」

それが、アンゼリーナ王女が偽者であることになにか関係があるのだろうか。そう思った時、リリーの脳裏に、先ほど浮かんだもうひとつの疑問が過ぎった。

「実は、王を招くお茶会の準備を手伝っていたのだけど、わたしの持ってきた茶器がお気に召さなくて扇で打たれたの。でも、なぜ気に入らなかったのかわからないのよ、一番上等な銀の茶器だったのに」

「銀の茶器!?」

突然声を荒らげたニールに、リリーは驚いてしまう。

「ええ、王を招いてのお茶会だもの。ふさわしいと思ったわ」

「……もしかして」

ニールが少し躊躇《ためら》った後、自分の考えを口にした途端、リリーは納屋《なや》から飛び出した。

リリーは、王妃の間へ走る。

途中、近くにいた兵士を掴まえてベルナクスが離宮に戻ったかを聞くと、半刻ほど前に戻ったということだった。リリーは悲鳴を上げそうになったが、そんな暇はないとまた走り出した。半刻前に戻ったのなら、すでにアンゼリーナ王女の茶会の席に着いているかもしれない。ベルナクスが茶会の席でなにかを口にすることは、なんとしても阻止しなくてはならないのだ。

ニールの考えはこうだった。

偽者のアンゼリーナ王女は、暗殺者かもしれない、と。

銀の食器には、富の象徴としてだけではなく、毒が仕込まれているかを判断するという用途もある。銀は毒物に反応すると黒ずむのだ。

王女は、銀の茶器によって毒を混入したことが発覚するのを、用心したのかもしれない。

だから、リリーがなにも知らずに銀の茶器を持ってきたことに腹を立てたのだ。

王女が暗殺者なら、疑問はすべて解ける。

取り入りやすい美女であれば、ベルナクスへ容易に近づくことができると踏んでいたのだろう。暗殺するつもりならば、だますのは最初だけでいい。アルバ王は、短期間で決着をつける計算だったのだ。

またニールは、リリーの手首に残る痕《あと》についても言っていた。普通の女性が癇癪《かんしゃく》を起こして扇で打ったとしても、ここまでくっきり痕になることはない。武芸に長《た》けた者でなければ、これほど正確に強く打てないと言うのだ。

これらはすべて推測に過ぎない。だが、リリーの胸は不吉な予感でいっぱいだった。

「待ちなさい、リリー！」

突然、鋭い声で呼び止められた。ユージスだ。

しかし、リリーは止まらなかった。すでに息は限界まで苦しくなっていたが、さらに足を速める。

こんなところでユージスに捕まるわけにはいかない。

「待ちなさい！　聞こえないのですか！　衛兵！」

ユージスの声に、離宮内を見回っている衛兵が、慌ててリリーに向かって腕を伸ばしてきた。

ふいに、既視感《きしかん》に襲われる。

あれは、ニールを返り討ちにせんとするベルナクスを止めるため、兵士たちの手をかいくぐった時だ。

思えば、あの日も、リリーはベルナクスが暗殺されるのを止めようとしていた。ニールを守りたい一心だったが、結果、ベルナクスが暗殺されるのを防ごうとしたことにもなる。

なんという運命の皮肉なのか。

リリーが衛兵の手をかいくぐると、思ってもみない動きに惑わされたのか、ふたりの兵がつんのめってぶつかった。

「リリー！」

ユージスの声が、少し遠くなる。

リリーはもうちょっと、と自分を励《はげ》ましながら夢中で階段を駆け上がった。そして──

「陛下！」

勢いよく叫びつつ、王妃の間の扉を開く。

室内には、テーブルについたベルナクスとアンゼリーナ王女がいた。アンゼリーナは唖然《あぜん》とした顔をしている。一方、ベルナクスは少しも驚いていないように見えた。お茶をいれたばかりなのだろう。カップは温かそうな湯気《ゆげ》を立てていて、ふたりとも手をつけていない様子だった。

間に合った、とリリーがほっとしたのもつかの間——

「……誰の許しを得て、扉を開けているのかしら」

驚きが去って、憤然《ふんぜん》としたアンゼリーナが、リリーを睨《にら》みつけて言う。

「あ、あの……」

ベルナクスの危機だと思って飛び込んだが、ここへ来てどうするかまでは考えていなかった。リリーは、なんの証拠も持っていない。そこを突かれれば、当然リリーの分《ぶ》は悪くなる。それどころか、ここに向かっているユージスに、今度こそ罷免《ひめん》されて離宮から放りだされるだろう。結果、弟を助けることもできなくなる。だが、ベルナクスに危機が迫っているのを無視することはできない。たとえ、自分の身を危うくするとしても。

それに、ひとつだけ間違っていないことがある。

「陛下、あの……そのアンゼリーナ王女は、本物のアンゼリーナ王女ではありません」

今度は、ふたりとも表情を動かさなかった。ベルナクスだけではなく、アンゼリーナもだ。室内は静まりかえり、痛いほどの沈黙がおりた。

リリーは走ってきたせいもあり、いまにも胸を破って心臓が飛び出しそうだ。なにか言ってほしい、嘲笑《ちょうしょう》でも罵倒《ばとう》でもかまわない。そんな懇願《こんがん》を込めて、リリーはベルナクスを見た。

「……なるほど。私の側近がそう言っているが、いかがかな？」

ベルナクスが、正面に座るアンゼリーナに視線を向ける。王女は動じた様子もなく、ゆっくりと手にした扇を広げ、口元を隠した。

「……おもしろい冗談ですわ。でも、なにを証拠におっしゃっているのかしら？」

ベルナクスは促《うなが》すようにリリーを見る。

「わ、わたしのきょうだいは、以前、アルバでアンゼリーナ王女を見ています。いまのあなたとは別人だったと……」

アンゼリーナは高らかに声を上げて笑った。

「冗談もそこまでになさったらどう？　子どもの戯言《ざれごと》ではありませんか。なんの証拠にもなりませんわ。そうでしょう、ベルナクスさま？」

「待って！」

リリーは、はっとして大きな声を上げる。とあることに気づいたのだ。

「……アンゼリーナさま。どうして、わたしのきょうだいが子どもだとご存じなのです？」

まさか、と思いつつも、リリーは一歩足を踏み出していた。

「わたしは、いま『きょうだい』としか言いませんでした。それなら兄や姉かもしれない。なのに、なぜ子どもだと言い切れたのですか」

　アンゼリーナは、リリーに詰め寄られても平然としている。

「簡単な話でしょう。そんなことを言うのは子どもに決まっていると思ったからです」

　もし、このアンゼリーナがリリーたちが思っているような使命を持った者なら、ニールの牢が燃えたのも不思議ではない。アンゼリーナはベルナクスに取り入るために、リリーが邪魔だったはずだ。そのため、リリーをなんとかベルナクスと引き離して自分の手元に置こうとしたが、彼女の思い通りにはいかなかった。そこで、リリーがこの離宮に留まっている理由を、絶つことにしたのではないか。

　ユージスがそうだったように、その手の者が調べればリリーの素性などすぐにわかるはずだ。そうすれば、弟のニールがベルナクス王の暗殺に失敗して囚われていることと、リリーが離宮に留められている理由も容易に推測できるに違いない。ニールが牢で命を落とせば、リリーは悲観に暮れ、ナバルを恨みベルナクスから離れていくに違いないと……。

　それに、見張りがいるとはいえ、牢に入れられている少年を始末するのは容易《たやす》い仕事だろう。

「……ご存じだったのは、実際に見たからではないですか、わたしの弟を」

「まさか。牢にいる者の顔など知りません」

リリーはベルナクスを見た。王も静かな目でリリーを見つめ返している。

「アンゼリーナさま。なぜ、わたしの弟が牢にいるとご存じなのですか」

これには、アンゼリーナも一瞬の間があった。

「……わたくしも昨夜の火事の話を聞いたのです。そこにいたのがあなたの弟だということも、その時にね」

色々と思い違いをしていたみたいだわ、とアンゼリーナはおっとり微笑んだ。それならはじめから、リリーの弟が牢にいたことを知っていたとしてもおかしくはない。

「……で、でも」

「やっぱりここにいたんですね」

背後から、ユージスの声がかかった。追いつかれたのだ。彼がこの部屋に辿り着くまで時間がかかったのは、衛兵を集めていたからだろう。振り向くと、ユージスの後ろにはずらりと衛兵が控えている。

「マクミラン卿、いいところにきてくださったわ。その女兵士を連れていってくださる？」

ユージスは黙って頷《うなず》き、リリーの腕に手を伸ばす。

「ま、待って」

リリーは身をよじってその手をかわそうとしたが、ユージスの動きの方が速かった。容赦《ようしゃ》なく右腕を掴まれ、後ろ手に捻り上げられる。

「やめて、そのアンゼリーナ王女は偽者《にせもの》で、陛下を暗殺しようとしているのよ！」

リリーはたまらず叫んだ。

「なんですって？」

ユージスは腕の力をゆるめるどころか、さらに強くリリーの腕を締め上げた。

「あなたという人は……そんなことを言って、ただで済むと思うのですか？」

「い、痛い。やめ……」

ねじ上げるような力の加え方に、ユージスの怒りが表れている。リリーは悲鳴を上げた。涙で滲《にじ》む視界の向こうで、アンゼリーナが悠然《ゆうぜん》と微笑むのが見えた。

「ユージス、それくらいにしておけ」

ベルナクスの鋭い声が部屋に響く。ユージスの動きが止まり、リリーはなんとか息がつけた。

「陛下……」

ベルナクスも、同じように戯言《ざれごと》と思っているのだろうか。リリーは祈るように王を見た。すると、ベルナクスはあらためてアンゼリーナ王女に向き直る。

「ここにいる者はみな、あの者の言うことを戯言だと思っているが、私は違う。なぜなら、あの女兵士には、そんなことを言ってあなたを貶《おとし》める理由がないからだ」

アンゼリーナの柳眉《りゅうび》が、ぴくりと動いた。

「……それは、どういうことですの？」

「あの者が、あなたを偽者と騒ぎ立ててなんになる？」

アンゼリーナは扇で口元を隠し、あからさまに鼻で笑う。

「わたくしが目障《めざわ》りなのでしょう？　陛下の寵《ちょう》を得るために」

今度はベルナクスがその言葉を笑い飛ばし、アンゼリーナを睨《にら》み据える。

「あなたも、あの者が邪魔なのではないかな？」

「まあ、わたくしが？」

心外だとばかりに、アンゼリーナは大げさに驚いた。

「そんなはずありませんでしょう？　あんな娘を……」

そう言い、リリーを馬鹿にするように横目で見た。

「では、あの者をあなたのために排除する、と言ったらどうする？」

突然の申し出に、アンゼリーナはベルナクスの真意をはかりかねている様子だった。

常に浮かべている微笑は消え、美貌が壮絶《そうぜつ》に引き立つ無表情で、黙ってベルナクスを見つめている。リリーは、一体自分はどうなるのかと、ふたりの顔を交互に見ていた。リリーの腕を掴んでいるユージスも口を出せないのだろう、成り行きを見守っている。

やがて――

「それができるのなら」

望みましょう、とアンゼリーナは言った。その言葉に、ベルナクスは満足そうに頷《うなず》き、口を開く。

「ただし、それには条件がある」

顎《あご》を上げて、リリーを見下すように見ていたアンゼリーナが、ぴたりと扇で煽《あお》ぐ手を止める。

「後からそんなことを言い出すなんて、マナー違反ではありませんこと？」

アンゼリーナは気分を害したらしく、顔を背《そむ》けた。

「……なに、ごく簡単なことだ。それをするだけで、あなたが目障《めざわ》りだと言う者が目の前からいなくなる」

ベルナクスの視線が、ぴたりとリリーの上で止まる。リリーは射すくめられ、息をのんだ。

「……わかりました。条件とは、なんですの？」

リリーがこの離宮から、ひいてはベルナクスの傍《そば》から追放されるのは、もう決まったとばかりに、アンゼリーナは話に乗ってきた。その言葉を受けて、ベルナクスは自分の目の前にあったカップを、彼女に差し出す。

「この茶を飲み干していただこう。それが、私の条件だ」

「なっ……」

アンゼリーナは明らかに動揺を見せた。置かれたカップに目を落とし、それから手にしていた扇を、ぱたりと大きな音を立てて閉じる。

「これはもう冷めていますわ。いれなおして……」

「いや、それを飲んでもらう」

リリーはベルナクスの意図に気づいた。この部屋の中で、唯一、王だけが自分の言ったことを信じてくれている。だが、もしふたりが考えている通り、このアンゼリーナ王女が偽者《にせもの》で、暗殺者ならば……

「飲めぬのなら、私はあなたを消し、あの者をこれからも傍に置くことになるが……？」

いつの間にか、ユージスの腕の力がゆるんでいて、リリーは自由を取り戻した。しかし、いまはこのやりとりを見守るしかない。一歩も動けないほどの緊張感が、室内に張

りつめている。

アンゼリーナは長い間、なにも言わずにベルナクスを見つめ返していたが、ふいにカップを手にとり、あおるように茶を飲んだ。

「……っ！」

リリーは目を覆《おお》いたくなった。あの茶に毒が入れられていたのなら、飲んだ者の命にかかわるに違いない。

室内の誰もが息をのんで、アンゼリーナを見つめている。

だが、彼女の様子は先ほどと変わらず、うっすらと笑みさえ浮かべていた。

リリーが、この賭《か》けはアンゼリーナの勝ちだと、そう絶望して俯《うつむ》いた時――背後の衛兵たちから、ざわめきが起こった。うなだれていたリリーも、アンゼリーナに視線を戻す。

「きゃ……」

思わず後ずさったリリーの背を、ユージスが支える。

この部屋にいる者の中で、ただひとり、ベルナクスだけが驚いていないように見えた。

アンゼリーナの薔薇《ばら》の花びらのようなくちびるの端から、一筋の鮮血が流れ出ている。

そして、音もなく彼女の身体が前のめりにゆっくり傾《かし》ぎ、テーブルに突っ伏して動かなくなった。

「陛下……」

最初に口を開いたのは、ユージスだ。

「いつから、気づいていらっしゃったのです？」

ベルナクスは、ふっと目を伏せ言った。

「はじめて会った時からおかしいとは思っていた。なぜなら、この女からはなんの香りもしなかったからな。大抵、こんな着飾った女は、香水を頭からかぶったように香りを振りまいているものだ。それが一切なかった。己の痕跡《こんせき》を残さない暗殺者の習慣が仇《あだ》となったな」

そう言って、ベルナクスは倒れているアンゼリーナには目もくれず立ち上がる。

「ユージス。おまえの子飼いの間諜《かんちょう》たちにもよく言っておくんだな。身体のにおいを消しすぎると、逆にあやしまれることになると」

ユージスはそれ以上なにも言わなかった。いや、言えなかったのだろう。ナバルの間諜を束ねる者が、敵国の間諜に易々《やすやす》と入り込まれ、気づかずにいたのだから。

「陛下、これは私の失態です。いかようにも処分を……」

ややあって、そう申し出たユージスに、ベルナクスは寛容に答えた。

「いや、おまえのおかげでアルバの尻尾を掴んだとも言える」

テーブルに倒れ伏しているアンゼリーナにちらりと目をやり、ベルナクスはまたユージスに向き直る。

「これでアルバとの交渉は決裂した。レナント平原に駐留させている軍に伝令を送れ」

「御意」

背筋を伸ばして返答すると、ユージスは衛兵を連れて部屋を出て行った。

「陛下……」

リリーは安堵《あんど》のあまり、全身から力が抜けそうになった。ベルナクスが、まっすぐリリーのもとに歩いてくる。涙が溢《あふ》れそうになり、リリーは慌てて目元を拭《ぬぐ》った。

「リリー、おまえというやつは……」

ベルナクスの腕が伸ばされる。

リリーは、その広げられた腕の中に引き寄せられるように、足を踏み出そうとした。

その時、視界の端で、なにかが動く。

「死ね、狂王！」

倒れたまま動かなくなっていたアンゼリーナが立ち上がり、悪鬼の如《ごと》き顔で腕を振りかざしていた。手には、なにか光るものが握られている。

「あぶないっ！」

咄嗟《とっさ》に、リリーはベルナクスを庇《かば》おうとした。だが、ベルナクスも後ろを振り返り、リリーを背に隠そうとしている。

「陛……下っ！」

ベルナクスの腕を掠《かす》ったのはナイフだ。それはさらにリリーの手の甲を傷つけてから、乾いた音を立てて床に落ちた。そのナイフに目を落としたところで、リリーの視界は真っ暗になった……。

闇の向こうから、なにか聞こえてくる。

人の声……でも、リリーが一番聞きたい声ではないようだ。

その声の主を求めて、リリーは自然に目を覚ました。

まず目に入ってきたのは、見たことのない天井だ。ここは一体どこだろう？

どうやら、リリーは寝台に寝かされているらしい。だが、なぜ寝台に寝ているのか思い出せない。

なんとか視線を巡らすと、寝台の横の椅子に、離宮の廊下で見た覚えのある男が座っていた。初老の男で、確かジレッドと呼ばれていた。彼は以前と同じく、不思議な色合いのローブを着ている。

「……あ」

声をかけようとしても、掠れた小さなものしか出ない。男は耳が遠いのか、まったく気づく様子がなかった。リリーは身体を動かそうとしたが、なぜかうまく力が入らない。

「う……」

もどかしくなって呻《うめ》くと、やっと男が気づく。

「おや、気づいたかね？」

男は椅子から立ち上がると、リリーに近づいてきた。そして、了承も得ずに手首をとって脈を測り、リリーの瞼《まぶた》をこじ開けるようにして目の奥をのぞき込む。

「わしの顔が見えるかい？」

リリーは返事をしたかったが、声を出すことはあきらめてかすかに頷《うなず》いた。

「どこか痛いところはないかね？　まだ身体に力が入らないと思うが、心配いらないよ」

リリーは少し考えてから、またこくこくと頷く。痛いところはない。

「ここがナバル王が駐留している、リーシェン国の離宮だと覚えているかい？」

どうして、そんなことを聞くのだろう。当然とばかりに、リリーはさっきよりも大きく頷《うなず》いた。

「……そうかい」

なぜか男がその答えに痛ましそうな顔をしたように思えて、リリーは不安になる。それが表情に表れていたのか、男がリリーの頭をやさしく撫《な》でた。

「すまないね、わしは命を助けるだけで精一杯だったんだよ……」

そう言い残して、男は部屋を出て行く。どういう意味かと思っていると、男と入れ違いに、ユージスが入ってきた。

「ユ……」

ユージスは、いつになく深刻な顔をしているように見えた。一体、なにがあったのか。聞きたくても、まだうまく声が出ない。ユージスは黙ったまま寝台の横に立って、リリーの顔を見下ろしている。

聞きたいことはいろいろあった。自分はどうなっているのか。なぜ寝台に寝かされていて身動きがとれないのか。あの、初老の男ジレッドは何者なのか。

「リリーさん……さっきの男は医師で、あなたの体調はもうすぐ元通りに回復するだろうとのことです」

ただ、とユージスは続けた。

「彼は……ナバルの医師でしたが、十年ほど前に蛮族《ばんぞく》に連れ去られ、働かされていたのです。そして、蛮族討伐《とうばつ》作戦の途中救出され、ナバルへ戻ることができた。そこで、少し前に王を訪ねてきていたのです。ちょうどいいことに」

「……？」

男が来た日のことは、リリーも知っている。だが、なぜいまそのような話をするのだろう？　気の毒な話だとは思うものの、ユージスの真意が見えず、リリーは眉を寄せた。

「彼は、探求心のある医師です。蛮族の治療をするうちに、クロズス山脈以外では知られていない植物からとれる薬などの使い方も習得していきました。あなたが一命を取りとめたのは、彼の知識と薬のおかげです」

そこで、リリーはようやくこれまでのことを思い出した。リリーが最後に見たのは、襲いかかってくるアンゼリーナ王女の偽者《にせもの》の顔と、手にしていたナイフ……。

あのナイフは、リリーとベルナクスに掠《かす》り傷を与えたはずだ。

命を落とすほどの傷だったとは思えない。だが、その結果、身体を動かすこともままならず、寝台に寝かされているのだろうか？

「……あの刺客のナイフには、毒が塗ってあったのです。ジレッドの解毒《げどく》の技で、あなたは助かりましたが、もう十日も眠っていたのですよ」

リリーは、はっとして起きあがろうとした。ベルナクスも同様に傷を受けたはずだ。彼は無事なのか。

「無理をしてはいけません、いま、話しますよ」

ユージスに肩を押さえられ、リリーは仕方なくまた寝台に身体を埋める。

「……陛下は、ご無事です。命は」

「！」

『命は』という言葉に、リリーは心臓が大きく跳ね上がり、そのまま止まってしまうかと思った。身体中の血が引いていくような感覚に、手の指の先が冷たくなる。

「大丈夫です。それどころか、山を越えた後は、あなたより回復が早くて……」

ユージスは、そこから先がどうしても続かない、と言わんばかりに苦悶《くもん》の表情を浮かべている。リリーは心配になって、なんとか手を動かし、彼の手に触れた。ユージスは一度きつく目を閉じ、やがて、リリーの手を強く握りしめる。

「ですが……ですが、陛下は記憶を失われてしまいました」

「え……？」

掠《かす》れた声と、空気が喉《のど》を通り抜ける嫌な音だけがリリーの口から漏《も》れた。記憶を失った？　ベルナクスが？

「そうです。それも、蛮族《ばんぞく》の女王から受けた呪いと、あなたのことだけがすっぽりと記憶から抜け落ちているようです。おかげで、呪いは解けましたが……」

リリーは、気づくと頭を振っていた。そんなことはとても信じられない。

「信じられないでしょう。ですが、本当です。ジレッドが言うには、女王の呪いとは、汚らわしい邪法などではなく、強烈な暗示だったそうです。蛮族たちは、人並み外れた怪力や、恐ろしい跳躍力を持っていました。ですが、それらはすべて女王のあやつる麻薬と、強い暗示から生み出されていたものなのです。女王の首をはねた時、城には火の手が上がっていました。多分、貯蔵していた麻薬が燃えていたのでしょう。陛下はその麻薬の作用もあって、強い暗示にかかってしまわれた」

ベルナクスが受けた呪いの言葉は、恐ろしいものだった。

『お前の魂に永遠の渇きをもたらさん。生きながら業火《ごうか》に焼かれるが如《ごと》き苦しみを味わうがいい。決して訪れぬ安らぎを欲して踊り狂え』

その言葉の通り、生きながら地獄の業火に焼かれ、心が燃え尽きてしまいそうだったベルナクス。

それが、暗示だったなどと……

「アルバの刺客であった偽アンゼリーナの使った毒は、とてもめずらしいものでした。

クロズス山脈でとれる毒草から作った毒薬です。ジレッドによると、それは蛮族《ばんぞく》の麻薬と近い種類の毒草で、最初に受けた暗示の効果を打ち消したのだろう……と」

つまり、呪いではなかったとしたら、リリーはベルナクスの『運命の乙女』ではないということになる。ふたりが感じていたのは、運命でもなんでもなかったのだ……

「陛下の症状は最初、非常に重かった。毒の正体を知っているジレッドにしても、正直もうだめかと思ったそうです。ですが……陛下は生還された。あなたの記憶と引き替えに」

いつの間にか、リリーの頬には涙が流れていた。幾筋も、幾筋も。

このまま、命が枯れるまで止まらないと思えるほど、静かに延々と流れていく。

「陛下は……あなたに関すること以外はすべて覚えています。それはつまり、あなたと、あなたの弟の犯した暗殺未遂のことは覚えていらっしゃらないということです。……ここに罪はなくなりました。どうぞあなたは弟を連れて家へお帰りなさい」

「い……っ！」

リリーは、両手でユージスの腕にすがりついた。覚えていなくても、ベルナクスに会わせてほしい。

声にならない叫びが、嗚咽《おえつ》となってリリーの喉《のど》を震わせた。

「リリー……」

ユージスが震えるリリーの背をなだめるように、やさしく撫《な》でる。

「陛下は、すでにアルバへ攻め込むため、この国を離れました。もう二度と、あなたと会うことはないでしょう」

リリーは喉を、胸を掻きむしろうとした。いまにも胸が張り裂けてしまいそうだ。だが、その手をユージスが強い力で止めた。

「会わない方が、あなたのためです。陛下は、なにも覚えてないのですから……」

残酷《ざんこく》なほどに。

そう言い残して、ユージスもこの国を後にした。

＊　＊　＊

あれから季節が二度変わり——

リリーはトビアスとの結婚を控えていた。

ニールは、ナバル王暗殺未遂の罪を不問にされたとはいえ、アスベルク伯爵となるには障《さわ》りがあると、遠くの親類の家に預けられている。そのため、リリーがトビアスと結婚して、伯爵家を継ぐことになったのだ。

しかし、あれから空虚な気持ちで過ごしていたリリーは、なんの感動も持てずにいる。

「……リー、リリー」

自室でぼんやりと窓の外を眺めていたリリーは、母の呼ぶ声にのろのろと振り返った。

「なにか御用？　お母さま」

「婚礼の衣装の仮縫いができたのだけど、他になにか直しておきたいところはない？」

「え……」

トビアスとの婚礼衣装は、色が白だということしか覚えていない。

「ええ、あれでお願いします」

リリーの気のない返事に、母であるマリエンヌはため息をついた。

「……あなたが衣装の話で目を輝かせたのなら、この話はしないつもりだったわ」

でも、そうじゃなかった、とマリエンヌは呟く。

「王宮から馬車が迎えにきています。国王陛下が、直々《じきじき》にあなたをお呼びだそうよ」

リリーは、今度は王宮から庭を眺めてぼんやりしていた。

ここにきたのは、本意ではない。だが、出世のことしか考えていない婚約者のトビアスに、国王のお召しを無視するなんてとんでもない！　と半《なか》ば無理矢理送り出されたのだ。

気が重かった。国王から呼び出される心あたりはひとつしかない。あの夜、離宮で言い渡された密命に関することだろう。随分時間が経っているが、国王はやっとリリーを労《ねぎら》う気が湧いたのだろうか。それとも、使命を果たせなかったことを責められるのか……。

どちらにしても、リリーにとっては迷惑な話でしかない。

やはり、このまま無礼を承知で黙って帰ってしまおうか、と扉に目をやると、まるで見計らったかのようにそれが開いた。

「久しぶりですね」

「！」

扉の向こうから、見覚えのある長身の青年が現れる。リリーは自分の目を疑ったが、それは間違いなくユージスだった。

リリーは咄嗟《とっさ》に立ち上がった。

やはり来るのではなかった。いますぐ帰ろうと、足を踏み出した時――

「よくきてくれたね、リリー」

柔和《にゅうわ》な表情を浮かべたリーシェン国王ドリューが、ユージスの後ろから姿を現す。

「さあ、挨拶《あいさつ》はいいから座りなさい」

リリーは顔に浮かんだ不満を隠そうともせず、しぶしぶまたソファーに腰を下ろした。

「こちらのマクミラン卿のことは存じておるな?」

リリーは視線を逸《そ》らしてなにも言わない。まるで子どものような振る舞いに、内心では自分自身が情けなくなる。

「わざわざ訪ねてきたのは、他でもありません」

ドリュー国王の言葉を受けて、ユージスが口を開いた。

「こんなことをどうしてあなたに頼めるのかと思われるでしょうが、どうかお願いがあります。また、我が王ベルナクス陛下に会ってほしいのです」

「な……っ!」

リリーは思わず立ち上がり、近くにあった、繊細なレースと金の縁取《ふちど》りのクッションを乱暴に掴んだ。

「よくも……」

すでに過去の出来事だと、やっと思えるようになった矢先に、なぜまた地獄に落とす話を言い出したのか。ずっと抑えてきた怒りを爆発させそうになったリリーの手を、リーシェン国王がそっと押さえた。

「リリー」

その眼差しはやさしい。御前にあるまじき振る舞いを咎《とが》めるでなく、リリーの気持ちを受け止めようとしているのが感じられた。

「もう少し話を聞きなさい」

いいね、と間近で国王に念を押される。リリーはやり場のない怒りを持て余しながら、へなへなとソファーへ座った。すると、ユージスが口を開く。

「あなたもご存じでしょうが、我が王はあれからアルバを攻め滅ぼし、名実共にボルタニア大陸の三分の二を占める国の王となりました。そして、ジャイファと和平交渉が成り、かの国の姫君と陛下の婚姻《こんいん》による協定が結ばれるはずでした」

リリーは、古傷が痛んだ気がして自分の手をそっと握った。そこには、偽のアンゼリーナから受けたナイフの傷が、まだかすかに白く浮き上がっている。

「そう、そのはずだったのです。ですが……ジャイファの王女との結婚を、陛下が頑《がん》として了承してくださらない」

「え……？」

リリーは思わず顔を上げてしまった。そして、ユージスの表情が動いたのを見て、はっとする。

もう、ベルナクスともナバルとも関係はないのだ。なにがあっても、リリーが気にすることではない。

だが、ユージスはリリーにかまわず続けた。

「陛下はすでに弟殿下を亡くされていますし、国王の責として、結婚し世継ぎをもうけていただくことが急務なのです。ですが、どんな相手でも決して首を縦に振ってくださらない」

「……だから、なんだというのです」

「あなたなら、陛下も頷《うなず》かれるのではないかと、姿絵を描かせて陛下にお見せしたのです。いつもなら、にべもなく断られるのに……その時だけはなにもおっしゃらなかった」

「気に入らなかっただけでしょう」

ユージスの印象だけで描かれた肖像画など、あてにならない。むしろ、リリーはその肖像画を自分の手でびりびりに破いてしまいたいとさえ思った。

「いいえ、明らかにあなただけ、反応が違ったのです」

ユージスは、見た目ほど平然としているわけではなさそうだ。きっと、これ以上ないほど手を尽くしたのだろう。

それでも、もう打つ手がないとリリーを訪ねてきたのだ。だが、リリーはそれを感じ取った上で、とげとげしく言う。

「どうせ、お会いしたところでわたしのことなど覚えていらっしゃらないわ。それに、わたしは、もうすぐトビアスと結婚することになっているのです。ですから、このままお帰りください」

ユージスと向き合って話をしているのが苦痛で、堪《たま》らず叫びだしてしまいそうだ。だが、そんなリリーの手を、そっと握る人がいた。

「リリー、お忘れになったとはいえ、ベルナクス王の心の奥には、まだおまえの面影《おもかげ》があるのかもしれぬ」

「国王さま……」

今更、会ってどうなるというのだ。奇跡など起こりはしない。期待して会いに行っても、冷ややかな目で見られるだけだ。そんな、二度も心を殺す真似を、なぜやらなくてはならないのか。

リリーの目から、堪《こら》え切れなかった涙が溢《あふ》れてきた。

「でも、わたしは……」

「リリー、無体《むたい》なことを言っているのは承知している。だが、おまえはこれからも抜《ぬ》け殻《がら》のように暮らしていくのかね？　そんな姿を、誰も見ていられないのだ。おまえはあの時、ひとりで多くのものを背負い、奔走《ほんそう》した。あれ以来、なにもしてやれていなかったことも含め、本当にすまなかったと思っているのだよ」

だから、罪滅ぼしと思ってこの話をおまえにすることにしたのだ、と国王は続けた。

「もう一度、会ってきなさい。そして、確かめるのだ。それでも無理ならば、おまえもあきらめがつくだろう。このまま魂をなくした亡霊のように生きていくのは、死よりもつらい。おまえがしあわせになることを祈っているよ」

ユージスと再会した翌日。ベルナクスとの再会を決断したリリーはナバルへ向かう馬車の中、なんどもドリュー国王の言葉を思い返していた。

ナバルの国土に入ると、クロズス山脈から吹く風は乾いていて、冬はさぞかし寒いだろうと思われる。だが、まだ冬の足音も聞こえぬ初秋の大地は金色に輝き、多くの実りをもたらしているようだ。ナバルの王都レムルバールまで、後一刻ほどというところになって、がたがたと馬車が揺れだした。

この辺りは、石畳《いしだたみ》が古いらしい。同乗するユージスの話によると、ナバルでは石畳の道を新しい国土に延ばそうとしているということだった。だが、リリーはまったく興味がわかなかった。

「いいかげん、もう少し打ち解けてくれてもよくはないですか？」

リリーの正面に座るユージスがぼやく。

「……冗談ではないわ。あなたにいい思い出なんてないもの」

正直な思いだった。ユージスには、散々な目に遭《あ》わされたと言っても過言ではない。

「これでも、少しは悪いと思っているんですよ。その証拠に、アルバに攻め入り王城を落とした時、密かに本物のアンゼリーナ王女をお助けしたのですから」

「え……？　アンゼリーナ王女を？」

「そうです。実はあなたの弟に頼まれましてね。彼の言う通り、実際のアンゼリーナ王女は美女とは言い難い……控えめな方でしたが、ずっと城の奥の塔で暮らされていて、陰謀とは無縁の慈悲《じひ》深い姫君でした」

ニールがそんなことを頼んでいたとは知らなかった。弟とは、リリーの身体から毒が消えて離宮を去る時に、別れたきりなのだ。

「いまは、人里離れた修道院で、心静かにお暮らしです」

本物の王女について、弟が抱いた印象は間違っていなかったらしい。さすがにその話には心が動いた。

「……それは、ありがとう……」

戦火の下、敵国の王女を庇《かば》うなど、ユージスでも骨が折れただろう。素直に感謝の気持ちがわいてきた。

「ほら、ご覧なさい。あれが陛下のおわす城ですよ」

竜の角のような尖塔《せんとう》のある、黒い瓦《かわら》が葺《ふ》かれた無骨な城が、遠くに見えている。リリーは足が震え出すのを止めることができなかった。

「や、やっぱり、わたし……」

我慢できずに、リリーは立ち上がり、馬車の扉の取っ手に手をかける。混乱のあまり、自分のいる場所が走る馬車の中だということすら失念していた。ユージスが素早くそれを止めようとしたが、長身の彼に馬車の中は狭すぎた。

「待ちなさい。走っている馬車から降りるとでもいうのですか！」

リリーが取っ手を押すと、馬車の扉が外側に開く。扉はあっという間に風にあおられ、リリーが取り付いたまま大きく傾《かし》いだ。馬車の均衡《きんこう》が崩れ、ぐらりと揺れる。

「きゃあ！」

リリーは馬車から投げ出されそうになって、必死で扉に掴まった。しかし、扉はがたがたと揺れ続けて、リリーを振り落とそうとする。ユージスが手を伸ばすが、このままリリーの手を掴めば重心が偏《かたよ》りすぎて馬車が横転しかねない。

「馬車を止めなさい！」

ユージスの叫びに、居眠りでもしていたのだろう、御者《ぎょしゃ》が慌てて鞭《むち》を振るってしまい、馬車は速度をゆるめず走り続ける。

「も、もうだめ……」

リリーは、手に力が入らなくなってきた。これ以上扉を掴んでいられない。石畳《いしだたみ》がすぐそこに見える。このまま投げ出されたらどうなるのか。こんなところまでわざわざやってきて、石畳に叩きつけられて終わるなんて……

そう思い、目を瞑《つぶ》った時だった――

「なにをしている！」

力強い腕が、リリーの身体を攫《さら》うように抱き留めた。

「……っ！」

聞き覚えのある低く掠《かす》れた声。鋼《はがね》みたいに硬く、無駄のない筋肉に覆《おお》われた逞《たくま》しい腕。

リリーは信じられない思いで、固く閉じていた目をおそるおそる開けた。

そこには、穏やかだが精悍《せいかん》な青年の顔があった。暗灰色《あんかいしょく》の髪は整えられていて風になびき、漆黒《しっこく》の瞳が、夜の湖のように静かにリリーを見ている。

「もう大丈夫だ。しっかり掴まれ」

ベルナクスが、騎馬を馬車に併走させ、リリーを救ったのだ。

腕にしがみつくリリーの身体をベルナクスが馬に乗る自分の身体の前に引き上げた。

「陛下！」

「ユージス、なにをしている」

やっと馬車の速度が落ち、ユージスが体勢を立て直して扉を閉めた。ベルナクスは手《た》綱《づな》を引き、馬を並足にして速度を落とす。

「……っ」

リリーは、自分の身に起こっていることが信じられず、ただ震えていた。

「どうした？　もう大丈夫だろう？」

耳元で聞こえるベルナクスの声に、リリーは思わず顔を上げそうになる。だが、すぐに思い直し、俯《うつむ》いたままやり過ごすことに決めた。

リリーが黙り込んでいると、馬車から降りてきたのか、ユージスの声が間近に聞こえてきた。

「申し訳ありません、陛下。助かりました」

「どうした、ユージス。馬車の中で口説《くど》いていたら逃げられそうになったのか？」

明るくからかうようなベルナクスの口ぶりに、リリーはかすかな違和感を覚える。だが、これが真のベルナクスの姿なのだろう。

ベルナクスは暗示が解け、狂王の呪縛からも解放されたのだ。

以前ユージスから聞かされた、暗示を受ける前の彼。これが英雄王と称《たた》えられた本来のベルナクスなのだ。

リリーは、胸の奥でなにかがすっと離れるのを感じた。いまここにいるのは、リリーの知っているベルナクスではない。記憶と共に彼も消えたのだ。

もうどうにもならない。

「冗談でも失礼ですよ。その方が、リーシェン国からお連れしたアスベルク家のリリーさまです。陛下が姿絵に魅入《みい》られていた方ですよ」

リリーはどきりとしてしまう。少し躊躇《ためら》った後、あきらめて顔を上げた。

「……礼を欠いた姿で申し訳ありません。まさか、ベルナクスさまにお助けいただくとは……」

ベルナクスは目を見開き、食い入るようにリリーを見ている。

「……はじめてお目にかかります。リリー・アスベルクと申します」

「あ、ああ。私はベルナクス。ナバルの王だ」

ふたりがぎこちない挨拶《あいさつ》を交わすと、ユージスが言った。

「では、リリー嬢をこちらへ」

ユージスがリリーへ腕を伸ばすのを、ベルナクスが手綱《たづな》を引いてかわした。

「リリー嬢は、このまま私が城へお連れしよう」

「きゃっ」

どうして、とリリーは思った。ユージスの言っていた通り、ベルナクスはリリーをまるで覚えていない。なのに、なぜ腕に抱いて連れていこうとするのか。

「お、お待ちください」

「乱暴に走らせたりはしない。しっかり掴まっておられよ」

そう言って、ベルナクスは馬を走らせた。

「陛下！」

ユージスの声がすぐに遠くなり、聞こえなくなる。

どれくらい走ったのだろう。

やがて、ゆっくりと馬が速度を落とし、止まるのを感じた。リリーはずっときつく目を閉じていたからわからないが、周りの静かな雰囲気と草の香りから、王城ではないだろう。

「リーシェン国からとは長旅であっただろう？　疲れたのではないか？」

ふいに、ベルナクスから話しかけられた。リリーはいま、ベルナクスとふたりきりになってしまったことへの不安で胸がざわめいている。そんな自分の心を抑えるのに時間がかかり、なかなか答えられなかった。

「は、はい……」

思わず肯定してしまい、慌てて言い直す。

「いいえ、そんな、疲れてなどおりません」

すると、ベルナクスが声を立てて笑った。

「無理に言わずともよい。それに、好きな男がいるのだろう？　遠慮せずその男のもとに帰るがいい」

「え……？」

リリーは顔を上げて、間近にあるベルナクスの顔を見る。

「その目を見ればすぐにわかる。それは好きな男がいる目だ。違うか？」

「ち……違……」

リリーは、それ以上は胸が詰まって言葉が続かなかった。

違わない。その相手はあなただと言えたら、どんなにいいか。押し殺していた想いが、胸の奥で息を吹き返そうとしている。

——起きてきてはだめ。ずっとそこで眠っていて。

リリーは必死に、その想いをとどめようとした。

「こんな遠くまで来てもらっておいて申し訳ないが、早々にその男のもとに帰られるがよい。理由は私が考えておく。国に帰っても責められることはないようにしよう」

口を開いたら、封じ込めているものが飛び出してしまいそうで、リリーは恐ろしかった。だが、押し殺した想いの吐露《とろ》のように、瞳に涙が滲《にじ》んでくる。

「……そなたの姿絵を見た時に、いままでにないなにかを感じた。だが、多分私の気のせいだったのだろう」

ベルナクスの瞳には、特別な感情はなにも見えない。リリーはすべてを悟った。リーシェン王が言っていた通り、ベルナクスの心の奥底には、リリーの面影《おもかげ》がかすかに残っていたのかもしれない。

だが、リリーの面影は乾いた花びらとなって散っていき、二度と咲くことはないのだ。

「あ、ありがとうございます。お心遣いに感謝して、その方のところに帰ろうと思います……」

「それがそなたのためだ」

リリーはベルナクスから顔を逸《そ》らす。足元に小さな川があり、騎馬がのんきに水を飲んでいることに気づいた。泣きそうになるのをまぎらわせるため、顔を洗いたい。化粧は落ちてしまうが、泣き顔を見られるよりましだった。

「も、申し訳……わたしも少し顔を洗わせて、ください……」

「あ、ああ。いま、降ろしてやろう」

「いえ……」

リリーはベルナクスの手を煩《わずら》わせることなく、自分で馬から降りようとした。これ以上彼に触れていたくなかったからだ。だが、足に力が入らず、リリーは馬から転げ落ちてしまった。

「あぶないっ！」

「きゃあ！」

悲鳴と共に、水しぶきが上がる。

川はそれなりの深さがあったので、川底に身体をぶつけることはなかった。けれど、リリーは頭からずぶ濡《ぬ》れになってしまう。

「大事ないか？」

すぐにベルナクスに助け起こされたが、みっともなくて顔が上げられない。このまま水の底に沈んでしまいたいほどだ。

「も、申し訳ありません……」

もう、かまわないでほしい。このままここへ置いていってほしい。

そう思うリリーに、ベルナクスは素早く自分のマントを外し、それでリリーの身体を包んだ。

「すぐにドレスを脱いだ方がいい。初秋とはいえ、濡《ぬ》れたままでは身体に毒だ」

「い、いいえ。そんな……」

ベルナクスは、リリーを庇《かば》うように腕に抱いて、空を仰《あお》いだ。

「それに、風が出てきた。これでは、馬で城に帰る間に身体が冷え切ってしまう」

「大丈夫です、わたしは」

「……こんな遠くまできて、徒労《とろう》のあげく風邪をひかせて帰らせては、そなたの想い人に申し訳が立たぬ」

ベルナクスはやさしく微笑む。

彼の思いやり溢《あふ》れる眼差しに、リリーは意地を張ることができずにおずおずと頷《うなず》いた。

「そこの茂《しげ》みの陰で着替えるといいだろう」

ベルナクスが着ていた上着を脱ぎ、リリーに渡す。

「え、これを？」

「そんなものしかなくてすまぬな。だが、なにもないよりましだろう」

「い、いいえ、もったいないことです」

リリーは、渡された軍服をじっと見つめる。半年ほど前、毎朝これをベルナクスに着せかけていたのは他の誰でもない、リリーだった。

「不本意だろうが、それで我慢してくれ。ナバルの日暮れは早い。夜の帳《とばり》が降りたら、目立たないよう城へお連れしよう」

確かに、素肌に軍服を纏《まと》っただけの女など、奇異に映るに違いない。リリーだけではなく、一緒にいるベルナクスにも迷惑をかけることになる。

「では、お借りします……」

リリーはぺこりと頭を下げ、茂みへ急いだ。

一応、周りに誰もいないかを見回して、濡れて重くなったドレスを脱ぐ。一糸《いっし》纏わぬ裸身を、風が撫《な》でる。リリーは身震いをしつつドレスを手近な木の枝にかけ、ベルナクスの軍服に袖を通した。

ふわりとベルナクスの残り香に包まれ、胸が苦しくなる。リリーは頭を振って軍服を着込んだ。

当然のことだが、リリーが着ると袖から手も出ない。着丈も長く、ベルナクスが着れば丈は腿《もも》のあたりまでだが、リリーだと膝まで隠れてしまう。以前、ユージスから支給された自分の軍服を着た時もそうだったけれど、あまりに不格好ではないかと心配になった。もうベルナクスのことは思い切ると覚悟したものの、せめて悪い印象は残したくない。

「着替えたのならドレスを渡してくれ。少しでも水を絞った方がいいだろう」

茂みの向こうから、ベルナクスに声をかけられた。

「だ、大丈夫です。自分でできますから」

そんなことまでさせられない。リリーは王を待たせていることを思い出し、急いで腕まくりをし、ドレスを絞ろうとした。

「く……っ」

贅沢《ぜいたく》に布を使ったドレスは重く、なかなか上手く絞ることができない。ベルナクスを待たせていると思うと、気が急《せ》いて手が滑《すべ》った。

「きゃっ！」

ドレスが地面に落ち、泥が付いてしまった。リリーは慌ててしゃがもうとしたが、そうするとベルナクスの軍服が汚れてしまうことに気づいた。

「どうした？　もう着替えたのか？」

「は、はい。ですが……」

もう一度軍服を脱いで、川でドレスの泥を落とさなければ……そう思っていると、茂みががさがさと揺れる。

「なにか困っているのか？」

ベルナクスが茂みを掻き分けて現れた。彼は、リリーの姿を目に入れないように、視線を正面から逸《そ》らしてくれている。

「もう着替えたので大丈夫です」

「そうか」

そう言ってリリーを見たベルナクスの顔色が変わった。

「な……っ」

「どうされました？」

ぶかぶかの軍服を着たリリーが、あまりに不格好で驚いたのだろうか。はじめはそう思ったが、それにしては様子がおかしい。

ベルナクスの顔は青ざめ、驚愕《きょうがく》の表情でリリーを凝視《ぎょうし》している。

「あの、陛下……？」

具合でも悪いのかと、リリーはベルナクスに近づいた。

「どうかされましたか？」

なにを問いかけても返事はない。リリーが前に立ったところ、ベルナクスはますます驚きの色を濃くした。

「陛下？」

凍りついたように動かないでいるベルナクスが心配で、リリーは無意識に手を伸ばす。

すると、ふいにベルナクスがその手を取った。

「……リ、リリー」

「え？」

リリーは聞き間違いかと思った。先ほどまで、ベルナクスはそんな風にリリーを呼んでいなかったからだ。

「あの……」

「リリー」

今度こそはっきりと、ベルナクスはリリーの名を呼んだ。そして、おそるおそるとリリーの頬に触れた。

なにが起こっているのかわからない。だが、ベルナクスの瞳が複雑な思いに揺れているのが見てとれる。

「ベルナクスさま？」

もしや、と思った。記憶を取り戻したのかもしれないという期待に、リリーの胸が震え出す。

「一体、どうなっている？　私は……」

「陛下……」

リリーはベルナクスの言葉を待った。しかし、言葉よりも早く、リリーは突然抱きしめられてしまう。

「まさか、私は……おまえのことを……忘れていたのか？」

ベルナクスの苦渋《くじゅう》に滲《にじ》んだ声が、胸に染み込んでいくようだった。リリーは彼の腕の中で、こくりと頷《うなず》く。

「……思い出されたのですか？」

「なぜ、こんなことになっている……？」

リリーはユージスから聞いた話を、ベルナクスに伝えた。ユージスは、呪いのこと自体を忘れているベルナクスに、暗示にかかっていたことを話さなかったのだろう。ベルナクスはじっとリリーを抱きしめたまま話を聞いている。

「……だから、あれは呪いではなく、わたしも『運命の乙女』ではないのです。もう、あなたを癒《いや》すことも……」

ベルナクスは腕をゆるめ、少し身体を離してリリーを見た。

「……それで、おまえは誰か想う男ができたのか？」

「え？」

真顔で問われ、リリーは一瞬意味がわからなかった。だが、すぐに先ほどのやりとりを思い出す。

「それは……」

リリーが想う人は、いま、目の前にいる。

そのまま口にするのは恥ずかしくて、リリーはベルナクスの胸に顔を埋《うず》めた。それだけで、想いは伝わったのだろう。ベルナクスがまた身体に腕を回し、リリーを抱きしめた。

「リリー、おまえは間違いなく私の『運命の乙女』だ」

「ベルナクスさま……」

枯れてしまったかと思っていた涙が、リリーの頬を温かく濡《ぬ》らす。

「泣くな……悪かった」

ベルナクスは、濡れたリリーの髪を何度もやさしく撫《な》でた。

「でも、どうして急に思い出されたのですか？」

「……私にもわからぬ。それまでなんとも思っていなかったが、急に……」

ベルナクスは再び身体を離し、リリーの顔を見た。

「まったく不思議でならない。こんなに愛《いと》おしく思っているおまえを、一時《ひととき》でも忘れていたなど……」

リリーの頬が、ベルナクスの手に包まれる。

「わたしは、一時も忘れていませんでした。ずっと……」

涙に濡れた目を、リリーはそっと閉じた。やがて、待っていたものがやさしくくちびるに触れる。ふたりは固く抱き合ったまま、何度もくちづけを交わした。

リリーの髪に絡《から》められていたベルナクスの指が、首筋を撫で、さらに身体の線を辿りはじめた。素肌の上に軍服を着ているだけのリリーに、ベルナクスの手の感触が懐かしく伝わってくる。

「……ん」

くちづけの合間に、熱い息が漏《も》れた。ベルナクスは貪《むさぼ》り、渇きを癒そうとするようにリリーのくちびるを味わっている。そして、リリーはすべてを与えたくて、そのくちづけに応えた。

「はぁ……」

胸の動悸《どうき》が早くなり、リリーはこれ以上立っていられなくなりそうだった。ベルナクスの身体に腕を回してすがると、そのまま抱き上げられる。

「陛下?」

「忘れていた。このままでは身体が冷えてしまう」

リリーは急に恥ずかしくなった。身体は冷えるどころか、燃えるように熱くなっていたからだ。俯《うつむ》いていたら、ベルナクスが耳元でささやく。

「そうではなく、ここで着ているものを脱がせば、さすがに風邪をひくだろう?」

リリーは意味がわからないふりをして、ベルナクスの胸に顔を伏せた。そのまま抱き上げられて、馬に乗せられる。

「城へ戻られるのですか?」

「それほど待てないな」

そう言って、ベルナクスは手綱《たづな》をとり、馬を走らせた。しばらく森の中を進んでいると、日が暮れはじめる。

「この先に狩り小屋がある。誰も使っていないといいが……」

やがて、暮れかけた森の中に、建物の影が浮かび上がっているのが見えた。ベルナクスは小屋と言ったが、それほど粗末なものではないようだ。無人らしく、なんの灯りもついていない。ベルナクスは小屋の側に馬を繋《つな》ぎ、リリーを抱えて降ろす。

「あの、そんなにしていただかなくても、自分で歩けますから……」

リリーが恥ずかしくなってそう言うと、ベルナクスは笑って、腕に抱き上げているリリーの額《ひたい》にくちづけた。

「私が離したくないだけだ」

その言葉に胸が熱くなる。リリーは、信じられないほどのよろこびに、自分でも戸惑ってしまう。

ベルナクスは馬の鞍《くら》に隠してあった鍵で小屋の扉を開けた。外から見た通り、中には誰もいなかったが、暖炉の灰の中にまだ熾火《おきび》が残っているようだ。

「ちょうどいい。午《ひる》くらいに小屋を使っていた者がいたのだな」

小屋の中の壁は、簡素だがタペストリーで飾られていて、暖炉の前には大きな灰色の毛皮の敷物が敷かれている。ベルナクスはその上にリリーをそっと降ろすと、暖炉の灰をかき回し、薪《まき》をくべ、慣れた手つきで火をおこした。

いい。
リリーは膝を抱えて暖炉の前に座る。ぱちぱちと小さくはぜる炎の音が、耳に心地

「ありがとうございます」

「しばらく暖まるといい」

「暖かい……」

川に落ちてずぶ濡《ぬ》れになったが、暖炉の炎にあたるとほっとした。ベルナクスは戸棚から素焼きの小さな壺《つぼ》を取り出し、リリーの隣に腰を下ろす。

「狩小屋だからな、ワインはあるが、グラスなんて上品なものはない」

無理もないと思い、リリーは何気なく素朴な趣《おもむき》のある壺《つぼ》を見た。

「だから、私がグラスの代わりに飲ませてやろう」

「え？」

直接壺からワインをあおり、口に含んだベルナクスが、そのままリリーとくちびるを重ねた。驚いている間に、口の中にワインの香りが満ち、喉《のど》へ広がっていった。リリーがワインを飲み下すと、次はベルナクスの舌が滑《すべ》り込んでくる。

「ん……」

ワインの香りを追い、ベルナクスの舌はリリーの口腔《こうこう》を彷徨《さまよ》いはじめた。そして、ま

るでワインの代わりとでも言わんばかりに、リリーの舌を吸い上げた。濃厚なくちづけに、リリーは目眩《めまい》がする思いだった。息をするのも忘れ、拙《つたな》いながらも懸命にベルナクスのくちづけに応える。

「……陛下、ワインの味は……わかるように？」

リリーは、ワインも水も同じだと言っていたベルナクスの言葉を思い出していた。

「そういえば……そんなこともあったな」

ベルナクスが、少し驚いた様子で顔を引いた。リリーは、ただ微笑んでベルナクスを見つめる。忘れるわけがなかった。離ればなれになってからも、トビアスと婚約が決まってからも、ベルナクスとの日々を、何度も何度も思い返していたからだ。そしてい
ま、そんな日々がもう遠く感じられる。

ベルナクスが、リリーの細い顎《あご》を掴み、そっと引き寄せた。そして、くちびるを重ねながら、

「リリー、おまえがいれば、ワインの味などわからなくてもかまわぬ」

と、ささやく。

「おまえのくちびるは、どんな芳醇《ほうじゅん》なワインより私を酔わせる」

「陛下……」

リリーはベルナクスに抱き寄せられ、髪にくちづけられた。

暖炉の炎が次第に燃え上がり、小屋の中の空気を暖かく変えていく。リリーはベルナクスに寄り添い、その腕に抱かれていることに満ち足りた思いを感じていた。

「……疲れているのはわかるが、眠ってもらっては困るぞ」

しばらくして、ベルナクスがそう言いだす。リリーは彼の肩に乗せていた頭を起こした。

「わたしが眠ってしまったら、どうなさるのですか？」

するとベルナクスは考え込むように一瞬黙った。

「そうだな。私は、おまえのように『寝ずの番』はできそうもない」

「陛下……」

リリーは自然と笑みがこぼれた。そんなリリーの肩を、ベルナクスが抱き寄せる。

「リリー、『寝ずの番』は、つらかったか？」

「え？」

そんな言葉がベルナクスの口から出るとは思っていなかったリリーは、少し驚いた。

彼を見ると、らしくもなく心配そうにリリーを見ている。

「陛下」

リリーは微笑んで、ベルナクスの頬に手を添えた。

「……いいえ、ちっともつらくありませんでした」

「リリー」

もちろん、ベルナクスは信じないだろう。それでも、リリーは思う。

あの夜を越えたからこそ、いまがあると。

リリーは身を乗り出し、自らベルナクスにくちづけた。

ベルナクスが目を細めて、愛《いと》おしそうにリリーを見る。

「リリー、私が『寝ずの番』をできそうにない理由は、おまえが無防備に眠っているのを、ただ見ていることなどできないと思うからだ」

「だから、わたしの寝ているところに潜《もぐ》り込んできた日も、あのようなことを？」

リリーがからかうように言うと、そんなこともあったな、とベルナクスが苦笑した。

「だが……もう、ただ隣に寝るなどできぬな」

ベルナクスの目に、真摯《しんし》な光が宿る。

「陛下……」

リリーは息をのんだ。ベルナクスの手が、リリーの首筋に触れた。

「……少しは暖まったか？」

ワインのせいで喉《のど》の奥が熱いが、身体も別の熱が灯《とも》され熱くなっている。しかし、リリーが答えずに俯《うつむ》けば、ベルナクスの手が軍服のボタンに伸びてきた。

「あ、あの、ボタンを外されては……暖まりませんけど」

リリーは、ここまできて、ためらいがちに言った。

「心配するな……燃えるように熱くしてやる」

リリーの耳元にささやきながら、ベルナクスはボタンを外していく。慣れた手つきで、瞬《また》く間にすべて外されてしまった。

「リリー……」

ベルナクスが軍服の胸元から手を入れる。その手が細い肩をなぞるように動くと、軍服が肩口から滑り落ち、リリーの裸身を露《あら》わにした。

「……！」

思わず身をすくめるリリーを、ベルナクスが止めた。彼女の白い肌を、暖炉の炎が赤く染めている。

「あ、あの……」

覆《おお》い隠すものがないまま、身体がベルナクスの目に晒《さら》されていることに、リリーは恥ずかしくてどうしていいかわからなくなってしまう。震えながら俯いていたら、ベルナクスがリリーの顎《あご》をとらえ、顔を上げさせた。

「リリー、私はもうおまえを手放すつもりはない」

「は、はい……」

「いいな？」

ベルナクスに念を押され、リリーは答える代わりにそっと目を閉じた。

息をのむ気配がした後、すぐにくちびるが奪《うば》われる。

リリーの身体は毛皮の上へとゆっくり横たえさせられ、ベルナクスの身体が覆い被《かぶ》さった。

緊張して固くなっているリリーを寛《くつろ》がせようとでもするように、ベルナクスはくちづけを繰り返す。次第にくちづけは深くなり、リリーもベルナクスの舌の動きに応えた。

やさしく探り合っていた舌が絡《から》み合い、新しい熱が生まれる。

「んん……」

長いくちづけに、リリーは夢中になった。くちびるの感触を味わい、舌が擦《こす》り合わされるたび、身体の奥が疼《うず》く。

「ふ……ぁ」

息が弾《はず》んでくる。ベルナクスが身体を起こし、リリーの額《ひたい》にかかっている髪を払った。

「陛下……」

見つめられると恥ずかしくていたたまれなくなる。リリーが顔を向けると、胸元にくちづけが落とされた。くすぐるように触れたかと思うと、強く吸い上げられる。

「あ……っ」

そして、こぼれ落ちそうになっているふたつの胸のふくらみが、そっとベルナクスの手に包まれた。ぴくりと肩が揺れ、リリーの頬が羞恥《しゅうち》に染まっていく。重みを確かめるようにリリーの胸が下からすくい上げられ、そのまま揉《も》み上げられる。ベルナクスの指が乳房の中心に集まり、ついに赤く色づいた頂《いただき》をやさしく摘《つ》まむ。

「あ……んっ」

途端に、リリーの身体の奥のなにかがきゅっと縮まり、そこから甘い痺《しび》れがじんわりと広がった。しかも、触れられていない方の乳首も、すでに張りつめている。それにベルナクスの熱い吐息がかかっただけで、リリーは身体を震わせてしまう。

「んぅ……っ」

淡く色づいた頂が、舌で包まれ吸い上げられた。その間に、もう一方の胸もベルナクスの手の中で弾《はず》むように形を変えていく。強く吸われるたび、身体が小さく跳ねる。くちびるも胸の先も、こんなにも敏感なのだとリリーはあらためて思い知らされた。そして、それを教えているのがベルナクスだということに、なんとも言えないよろこびを感じ、リリーの胸はいっぱいになる。

「……あっ」

もどかしい疼《うず》きが、リリーの身体の中心に微熱として集まっていく。

「は……あぁ……ん」

少し荒々しく胸を揉み上げられると、腰がびくりと跳ねた。

「あっあっ、あぁ……っ」

頬が熱い。身体が火照《ほて》ってとろけてしまいそうになる。

自分でも思った通り、リリーの身体はゆっくりと溶け出していた。足の間の秘められた泉が、ねっとりとした蜜を溢《あふ》れさせ、ベルナクスに興奮を知らせている。

「リリー……」

耳元でささやかれた声に、リリーは誘われるようにうっすらと目を開けた。すると、ベルナクスが顔を上げ、リリーを見つめていることに気がつく。

「や……」

乱れた髪が張り付く上気した顔を見られたくなくて、リリーは手で隠そうとした。

「なにを隠すことがある？」

しかし、やんわりとベルナクスに手首を掴まれて阻《はば》まれた。

「だ、だって……」

リリーが恥じらって顔を背《そむ》けると、首筋にくちづけられる。

「そんなことをされると、もっと見たくなるな……」

首筋を下から上へのぼってきたベルナクスのくちびるが、リリーの小さな耳たぶを甘く噛《か》んだ。

「もっと……乱れた顔を……」

その声だけで、リリーは震えるほどの羞恥《しゅうち》を感じた。だが、もちろんそれだけでは済まなかった。

ベルナクスの手が、リリーの身体の外側の線をなぞる。軽く曲げられた膝まで辿り着くと、今度は内側を辿って上へとのぼってきた。

リリーのなめらかな太ももを撫《な》で上げ、ついに足の間へと滑《すべ》り込もうとする。

「ま、まって……！」

リリーは咄嗟《とっさ》に膝を閉じようとした。すると、意外なことにベルナクスの動きが止まる。

「……そういえば、おまえのわがままを、これまできいたことがないな」

「え……？」

だから、ここではじめてリリーの頼みをきいてくれるというのだろうか？　荒い呼吸で胸を大きく上下させながら、リリーはまさか、と思った。

ベルナクスは顔を上げ、リリーを見つめている。

「それもそのはずだな。常に無理を言っていたのは私だからな」

その通りなのだが、頷《うなず》いていいものかわからなかった。そして、リリーはこんな時にもかかわらず、思わず思案してしまった。この先ベルナクスの傍《そば》にいるということは、これまでのようにずっと振り回されていくということなのか、と。

「まさか気持ちに迷いがあるのではないだろうな？」

ベルナクスが眉を寄せてリリーを見た。以前の面影《おもかげ》がよみがえってきたようで、リリーは微笑んだ。

「それは……どうでしょう？」

そんなリリーを見て、ベルナクスはなるほど、と満足そうに頷いた。

「なかなかいい返事だな」

言葉とは裏腹に、口の端を上げたベルナクスの表情はとても殊勝《しゅしょう》には見えず、リリーはいやな予感がした。しかも、その予感は見事に的中したのだ。

「おまえが、甘えて私を求めるわがままが聞きたい」

リリーは戸惑った。

「そんなこと……わたしは……」

どんなわがままも、言うつもりはない。だが、ベルナクスはかまわず、リリーの下腹に手を伸ばしてきた。リリーがはっと我に返る前に、ベルナクスの指先が蜜が溢《あふ》れる茂《しげ》みに辿り着く。

「あ……っ」

懸命に足を閉じようとするが、ベルナクスの力の前には敵《かな》わない。膝を割られ、大きく足を開かされる。

「お、お待ちくださ……」

先ほどの話とは違い、リリーの願いは聞きいれられない。ベルナクスの思い通りに、一番恥ずかしい場所に触れられてしまう。

「だ、だめ……」

さらに恥ずかしいことに、リリーの足の間はすでにとろけ、蜜を滴《したた》らせているのだ。それを知られるのが怖くもあった。だが、ベルナクスはかまわずその指を濡《ぬ》らす。

「あ……ああ……ん」

ベルナクスの指が、リリーの潤《うる》んだ入り口をぬるりと割り、その奥にある快楽の突起を暴いた。

「ひぁ……」

溢れていた蜜を、小さく膨れあがった突起にくちゅりと塗りつけ、その先を撫《な》でるように転がす。いままで感じたことのないほどの愉悦《ゆえつ》が、リリーの身体に広がっていく。小刻みに指を動かされ、リリーは我慢できずに切れ切れに甘い声を上げ、腰を揺らした。

「んっんっ……そんな……だめぇ」

なんとか足を閉じようとするが、ベルナクスは許さない。

「ベルナクス……さま」

ベルナクスはさらにリリーの足を大きく開かせ、躊躇《ためら》うことなくその間に顔を埋《うず》めた。舌先がリリーの合わさった場所をなぞり、溢れる蜜を舐めとりつつ合わせ目に差し込まれる。

「ひぅ……そんなところ……っ！」

足を閉じたくても、しっかりと押さえられていてままならない。そんなリリーの抵抗を気にも留めず、ベルナクスは舌を伸ばす。リリーは驚きのあまり動きを止めたが、秘所は散らされるのを待つ花びらのようにひくついている。ベルナクスの舌が音を立てて甘い蜜を味わう。

「や……だ、だめ……」

体温とはまた違う熱を持った舌先にねっとりと包み込まれ、吸い上げられると、膝ががくがくと震える。

「はじめての時より感じているな」

満足そうなベルナクスの声に、リリーは激しい羞恥《しゅうち》に襲われ、身をよじった。

「や……それは……陛下が、こんなことをなさる……から……あぁ」

最も敏感な芽を執拗《しつよう》に刺激され、リリーは大きく背を反らす。誘うように腰が浮き上がり、蜜がしたたるほど溢《あふ》れてくる。

「あ……陛下……そんなにしては……っ」

舌先で愛撫《あいぶ》され、くちゅくちゅと指で掻き回されると、身体の奥からぞっとするような感覚が湧き上がり、のぼりつめそうになってしまう。

「もう……やめ……っ！」

「怯《おび》えずとも、このまま素直に身をまかせればいい」

いま、自分の身体に起こっていることが信じられない。だが、ベルナクスは、さらにリリーのすべてを求めている。その証拠に、指先は、さらに深く身体の奥へと進もうとしている。

「あ……っ」

ベルナクスの長い指がリリーの濡《ぬ》れた入り口を確かめるように動いた。リリーはつい身体を固くして身構えてしまう。だが、その思いとは裏腹に、とろけて潤《うる》んだ入り口は、自らベルナクスの指をのみ込み受け入れんとする。

「はぁ……ん……あぁ」

ベルナクスの指がのみこまれるように、リリーの中へ埋められていった。

「く……んぅ」

狭い内側を掻き分けられる感覚に、胸が苦しくなる。

「まだ二度目だからな。ゆっくりと慣らしてからにしなくては……」

そう言いながら、ベルナクスは指を引き抜き、もう一本増やしてから、またそれを埋めるように押し入れた。

「ああん……っ」

今度は、ぐっと力強く差し入れられ、自然とリリーの腰が浮き上がった。一度太く硬い欲望を受け入れたことのある身体は、物足りないと艶《なま》めかしく揺らいでしまう。だが、ベルナクスはもどかしいほどゆっくりと指を動かし、さらにリリーの身体を淫《みだ》らに変えていく。何度も抜き差しを繰り返し、奥から溢《あふ》れた蜜が卑猥《ひわい》な音を立てて、リリーの耳をくすぐる。

「あ……や……ぁ」

これではやさしくされているのか、焦《じ》らされているのかわからない。指で蜜口を掻き回され、身体の奥が切なく疼《うず》く。もっと奥まで突き上げられたいと、リリーの身体が悲鳴を上げそうになる。

「ベルナクスさま……っ」

ついに、リリーは甘えるようにその名を呼んだ。

「そうだ、おまえのわがままもなにもかも、私のものだ」

ベルナクスも同じ思いだったのだろう、たっぷりと焦らしながら指を引き抜くと、代わりに違うものをそこにあてがった。

「は……っ」

リリーは恥じらいもなく自ら大きく足を開き、身構える。

ベルナクスの硬く膨れあがった先端は、リリーの濡《ぬ》れそぼった蜜口を探るみたいに動いた。したたる蜜を集めるように彷徨《さまよ》い、リリーの最も敏感な部分をさらに掻き乱していく。溢れた蜜がぬるぬると誘い、大きくくびれた先端をのみ込んだ。だが、まだ一度しか男を受け入れたことのない身体では、すんなりとはいかない。

「ん……う……」

リリーの心は、もどかしくベルナクスを求めているのに、慣れない身体がそれを阻《はば》む。

はじめて抱かれた時は夢中で、どうしていたかなどよく覚えていない。

「リリー」

なだめるためか、ベルナクスがリリーの足を撫《な》でた。

リリーはなんとか身体の力を抜こうとする。落ち着いて、大きく息をつく。ベルナクスの求めに応じて、再び身体の奥で結ばれたい。それが心からの願いだった。

「く……う」

リリーは大きく喘《あえ》いだ。その時、隙《すき》をつくようにベルナクスが角度を変えて腰を進め、ついに望みを果たした。

「ああっ！」

もう、とどめるものはなにもないとばかりに、ベルナクスはリリーの狭い内側を、みっちりと満たしながら腰を進めていく。

「あ……あ……んう」

やっとリリーは、ベルナクスに身体の奥まで貫かれた。その衝撃に、しばらく気が遠くなる。

「リリー……まだつらいか？」

いたわるようなやさしい声に、リリーは胸がいっぱいになった。

「だ、大丈夫……です」

なんとかそう答えたが、いまはベルナクスを奥まで受け入れるだけで精一杯だった。

ベルナクスも無理をするつもりはないらしく、そのままリリーの身体をそっと抱きしめる。

「ベルナクスさま……？」

「愛《いと》しいおまえにつらい思いはさせたくない……いまはこうしているだけでいい」

そう言って、ベルナクスはリリーにくちづけた。だが、なだめるようなくちづけは、次第に濃厚なものになっていく。

絡《から》め合う舌の動きに合わせ、ひくひくとリリーの蜜口は震え、物足りないと身体の奥が淫《みだ》らに訴えはじめる。

くちづけの合間に、リリーが肩で大きく息をした途端、存在を主張するようにベルナクスがぐっと腰を押しつけた。

「あ……っ」

身体の奥が疼《うず》き、リリーは身をよじる。すると、そこにささやかな摩擦《まさつ》が生まれ、リリーはまた声を上げた。そして、切なくベルナクスを締めつける。身体の奥のもどかしさに、リリーは耐えられなくなっていた。

疼きは腰から背中へと昇ろうとするが、後少しのところで熱に戻ってしまう。

「リリー……」

ベルナクスがリリーの足を抱え、腰を回して押しつけると、悲鳴じみた声が上がった。

「ひあ……ん」

リリーがねだるようにベルナクスを見上げると、彼が息をのむ。

「ふ……っ」

切なげなため息を漏《も》らし、ゆっくりとベルナクスが腰を動かしはじめた。

「く……あ……ぅん……」

奥を突かれると少し苦しいような、もどかしいような感覚がせり上がってくる。リリーは声にならない声を上げた。リリーの身体の上で、ベルナクスは求められるに従い大きく腰を進め、突き上げる。

動きはすぐに激しくなり、リリーを責め立てんばかりに腰が打ちつけられた。

「んっ、あっ、あぁ……っ、だめ……だめぇ……！」

身体の奥を突き上げられるよろこびに、リリーは我を忘れて喘《あえ》いだ。歓喜の瞬間が近づいている。

狂おしいほど激しく突き上げられ、リリーは自分の中にある欲望を知った。その欲望は、貪欲《どんよく》にベルナクスを求めている。

ベルナクスから滴《したた》る汗が、リリーの肌の上を滑《すべ》っていく。お互いを激しく求め合うふたりは、思うままにそれを相手に伝えた。

リリーの弓なりに反った背を、激しい愉悦《ゆえつ》が駆け抜けていく。

「は……っ」

ついにベルナクスも限界を迎え、ためらわずにリリーの中に熱い精を放った。

「あ……」

「はあ……ん……」

リリーは、激しくもやさしいベルナクスの愛を全身で受け止めたのだ。

暖炉に新しくくべた薪《まき》が、ほとんど白い炭になって静かに崩れ落ちている。

そのほのかな暖かさに包まれ、リリーはベルナクスにうっとりと寄り添っていた。

「そういえば、記憶が戻ったわけがわかったような気がする」

リリーは、ベルナクスの胸に乗せていた頭を少し起こして王を見た。

「本当ですか？」

ベルナスが目を細めて、愛《いと》おしそうにリリーの頬を撫《な》でる。

「ああ、おそらく、あの『軍服』だ。思い返せば、軍服を着たおまえを見た瞬間、雷に打たれたような衝撃があった」

「軍服？　まさか……」

そんなことでと思ったが、リリーはベルナクスの傍《そば》にいる時はほとんど軍服を着ていた。強く印象に残っていても不思議ではない。

「それだけではない。軍服を着ている女など、この世でおまえしかいないだろう？」

揶揄《やゆ》しているらしき口ぶりに、リリーはひっかかった。

「遠い異国の、女将軍の話をきいたことがありますけど？」

拗《す》ねた口調に、機嫌を損ねたと思ったのだろう、ベルナクスがあやすようにリリーの身体を抱きしめる。

「少なくとも、私ははじめて見た。そして、あの時もそうだった。私に正面から刃向かう女など、まさにはじめてだった……」

リーシェンの王都の広場で、リリーがニールを庇《かば》ってベルナクスの腕に取りすがった時のことだ。

そう考えれば、リリーがベルナクスと強く結びつくことは避けられなかったと思える。

「私にかかっていた暗示を解く鍵は、『ありえないもの』だったのだろう」

「『ありえないもの』……ですか？」

「おそらくな。だが、まったくこの世に存在しないものであってはならなかったはずだ。例えば、『人魚の涙』などと言っても、そんなものはあるはずがない、と私が思ってしまえば、暗示にかからなかったに違いない」

強烈に思い込むためには、少しの疑念も抱かれてはならないのだろう。巧妙に仕組まれた暗示に、リリーは背筋が寒くなる。

「なにより私は、ずっと自分の運命こそ呪われていると思っていた。そんな私に、一体どんな『運命の乙女』が現れるというのか、と憤《いきどお》りすら感じたのだ。この忌々《いまいま》しい運命が変わることなど、『ありえない』……そう思っていた」

その運命を打ち壊し、変える者。

そんな者が、ましてや『乙女』が現れるなど、ありえない。

「蛮族《ばんぞく》の女王は、暗示をかけたのではない。私に、そう思い込ませたのだ」

「陛下……」

ベルナクスは遠い目をしながら、やさしくリリーの髪を撫《な》でている。

「なにより、私には『運命の乙女』などに、とても巡り会えると思えなかった。特別な、この世にたったひとりの女……まったく想像がつかなかった」

そして、暗示の通り、ベルナクスは安らぎを感じることなく、自らを焦燥《しょうそう》の中に追いつめていった。

「おまえが現れなかったら、私は結局、血塗られた過去に縛られ、自らの運命を呪って身を滅ぼしていただろう」

だが、リリーの『ありえない』行動が、ベルナクスの心を激しく動かした。誰もが恐れる狂王に女の身で立ち向かい、彼を悪夢から守ろうと我が身を顧《かえり》みず尽くしたのだ。

さらに、自分を捨てるように軍服を纏《まと》い、ベルナクスの前に現れた……

リリーは一度も、ベルナクスの前で自分のことなど考えなかったのだ。

『ありえない』ほどに。

「でしたら、わたしが川に落ちなかったら、いまこうしていることはなかったのですね」

リリーがドレスを着たままだったら、ベルナクスはなにも思い出さなかったのだ。もし、そんなことになっていたらと思うと、寂しくて胸の奥が凍りついてしまいそうだった。

「……そうではない」

ベルナクスが、リリーを抱きしめたまま身体の上下を入れかえる。あっという間に、リリーはまたベルナクスに組み敷かれた。

「おまえが、私のまことの『運命の乙女』だから、いまこうしているのだ」

「ベルナクスさま……」

リリーは腕を伸ばし、ベルナクスの首に回した。引き寄せられるようにベルナクスの顔が近づき、リリーは自分からそのくちびるにくちづける。溢《あふ》れる想いを伝えたくてしたくちづけだったが、ベルナクスには間違って伝わったらしい。

「ん……ん？」

ゆっくりと、しかし有無を言わさぬ力で、またリリーの足が開かれる。

「陛下……あの……もう、あっ」

すでに硬さを取り戻したベルナクスの欲望が、先ほど踏み込んだばかりのリリーの身体の奥を開こうとしてくる。膝を閉じようとしてもすでに遅く、たっぷりとほぐされた身体は、易々《やすやす》とベルナクスの進入を許してしまう。ぬるりと押し込まれた硬く大きな先端の感触に、リリーは息をのんだ。

「そんな……もう一度なんて……」

リリーは、恥じらって身をよじる。すると、ベルナクスは背後からリリーを抱きすくめ、自身の張りつめたものを、潤《うる》んだ身体の奥にゆったりと収めた。

ベルナクスの逞《たくま》しい圧迫感に奥の奥までたっぷりと満たされ、リリーの身体はよろこびに震える。

「も……だめ……なのにぃ」

リリーは背を反《そ》らし、言葉とは裏腹に、深々とのみ込んだベルナクスをきつく締めつけた。

「は……っ」

ベルナクスも一瞬息をのみ、リリーの身体から得られる愉悦《ゆえつ》に耐える。そして、もう我慢できないとばかりに、リリーの肩を毛皮の敷物に押しつけ、ゆっくりと腰を動かしはじめた。

「あっ……後ろからなんて……だめぇ、ああっ」

リリーはついさっき教えられたばかりの快感とは、また違うものを味わうことになった。無我夢中だった先ほどの交わりとは違い、内側をベルナクスが擦《こす》り上げる生々しい感触に、甘いため息をついた。ゆるやかな動きにもどかしさを訴えたくなり、羞恥《しゅうち》に震える。

リリーの華奢《きゃしゃ》な背中の線を、ベルナクスのくちびるがたどった。敏感な肌は愛撫《あいぶ》に応えて震え、リリーの欲望を掻き乱す。

「や……そんな……本当に……だ、だめ」

リリーが頭をもたげると、後ろから回された手がこぼれ落ちそうになっている乳房をすくい上げた。

「ひぁ……ん」

ベルナクスはゆっくりと腰を回しながら、煽《あお》るようにリリーの乳房を揉《も》み上げ、両手の指先で乳房の色づいた先端を弄《もてあそ》ぶ。さらに、ぐっと体重をかけられ、結合が深くなり、身体の奥までベルナクスでいっぱいになってしまう。リリーは敏感な場所を同時に攻められ、どうにかなりそうだった。

「あっ、んんっ……！」

リリーがいくつも重なり合う愉悦《ゆえつ》に身もだえていると、ベルナクスが身体を起こす。

ベルナクスの手は乳房から腰へと回り、逃がさないとばかりにしっかりと掴む。そして、ゆっくりと追いつめるように腰を動かしはじめた。

リリーの身体の奥は甘い期待に震え、これ以上ないくらい疼《うず》いている。

「リリー……もっと私を求めてくれ……」

次第にはげしく突き上げられ、リリーは腰を揺らして喘《あえ》いだ。

リリーは促《うなが》されるがままに身体の奥深くまでベルナクスを受け入れ、声を上げた。先ほどの交わりの証《あかし》が、ふたりを繋《つな》ぐ結合部から溢《あふ》れ、リリーの太ももを白く淫《みだ》らに濡《ぬ》らしていく。

「あ……も、もう……っ」

快楽の波がうねるように押し寄せてくる。感じやすくなっている身体では、あっという間に強い痺《しび》れが背中を駆け上がってしまう。リリーは無意識に腰を高く上げて、毛皮の上に胸を押しつけた。

「く……っ、リリー……！」

昇りつめたベルナクスが、再び身体の奥に熱い精を放ったのを感じて、リリーは甘いため息をつく。

「ふぅ……う……」

リリーの隣に、ベルナクスが身体を投げ出して横たわる。そして、毛皮の上に崩れ落ち、伏していたリリーを抱き寄せた。

ベルナクスの腕に頭を載せていると、瞼《まぶた》が重くなってくる。

「陛下……このままこうして眠ってもいいでしょうか……?」

すると、やや身体を起こし、ベルナクスがリリーを見た。じっと見つめられて、リリーは少し眠気から引き戻される。

「そうだな、リリー。おまえの『寝ずの番』の任を解こう。これまでご苦労だった」

ベルナクスの思わぬ言葉に、リリーは一瞬、呆然とした。

「陛下……」

「ただし、新たな任をおまえに命ずる」

「新たな?」

ベルナクスがリリーを引き寄せ、その額《ひたい》にくちびるで触れる。

「そうだ。これからは、毎夜こうして私の愛を受け、腕の中で眠るのが、おまえの新たな務めだ」

「陛下……」

リリーは自然と笑みをこぼしてしまう。これ以上ない甘美な任務だった。

「でも、『寝ずの番』より大変そうですね」

「十分報《むく》いるつもりだ」

望むなら、もっと淫《みだ》らに激しくな、とベルナクスが続け、リリーは恥ずかしさのあまり言葉に詰まった。

「返事は？」

だが、ベルナクスから甘く促《うなが》され、リリーは微笑む。

「よろこんで……拝命させていただきます」

ベルナクスの腕にしっかりと抱き寄せられ、リリーは目を閉じた。やさしく髪を撫《な》でられ、こうしているのが夢なのか、これから見るものが夢なのかわからなくなっていく。

「今度は、私がおまえの眠りをこうして守ろう」

リリーはいま、心も身体も満たされ、しあわせの眠りの中へ溶けていった。

＊　＊　＊

午後の日差しの中、リリーは急いでいた。

目指すサンルームが日当たりのいい王城の上階にあることが、恨めしくなってしまう。

階段をなんとか昇り切り、リリーは息をつく間もなくサンルームの隣の控えの間に飛び込んだ。

控えの間はそれほど広くない部屋で、目立つ調度としては大きな鏡とソファー、小さな長持(ながもち)があるだけ。人の姿はない。リリーは自ら長持を開け、中から一着の軍服を取りだした。

これはリリーのために、特別にあつらえられたものだ。当然、着丈もぴったりに作られていて、一兵士用と違って着心地も素晴らしい。

見るたびに少し面映《おもは》ゆい気持ちになり、いつもは、しばし眺めてしまうが、今日は急いでいる。リリーは着ていたドレスを脱ぐと、慣れた手つきで軍服に素早く袖を通した。

そして、首元の留め金を合わせながら隣のサンルームへの扉を開ける。

「遅くなりました」

そこには、リリーの肖像画を描くための画家が待っているはずだったが、なぜか画架《がか》の前にベルナクスが立っていた。

「……陛下？　どうなさったのですか？」

多忙を極めるベルナクスが、まさかこのサンルームにいるとは思わず、リリーは驚いてしまう。

「それに、ブランドンは……。わたし、約束の時間に遅れてしまって、急いできたのですけど」

そう言いながら部屋を見回したが、この部屋にいるはずの若き青年画家の姿は見えない。席を外しているのかと思ったが――

「奴なら罷免《ひめん》したぞ」

というベルナクスの言葉に、リリーはさらに驚いた。

「罷免？　なぜですか？　まだ絵も描き上がっていないのに……」

ブランドンは国外より招いた、年若いが才能のある画家で、これまで熱心にリリーの肖像画製作に取り組んでくれていた。それを、途中で辞めさせるなど……

リリーがそう思いながらベルナクスに近づくと、これが罷免の理由だ、と紙の束を見せられた。

「これは……」

紙の束は、ブランドンの習作だろう、リリーの姿がいくつも素描《そびょう》されている。

「これが……罷免の理由、ですか？」

「そうだ。このところ描きかけの肖像画の様子がおかしいと思ってな。少し調べたら、こんなものを持っていたというわけだ」

「これのなにが……」

肖像画を描くための素描ならば、どんな画家でも当然やることだ。それを、なぜ咎《とが》めたのだろう？　訝《いぶか》しく思いつつ、リリーは紙の束に目を通す。すると――

「え……これ……」

リリーは唖然《あぜん》とした。

最初の何枚かは、肖像画の習作と思われる素描《そびょう》が続いた。だが、段々と休憩中のリリーの横顔や、ふとした時の笑顔、さらに見せたつもりなどない、あらぬ表情も描かれている。恥ずかしくて、とても正視できない。

「な、なぜ、こんなものを……！」

つい力が入り、握りしめそうになった紙の束を、横から伸びてきたベルナクスの手が取り上げた。

「あの画家はおまえの魅力に気づき、それを画布に写し取ろうとしていた。このところ絵の様子が変わったと思ったら、案の定、こんな勝手なことをしていたのだ。これ以上は看過できないと思ってな」

それに、もともと肖像画が描き終わればさっさと自国に帰し、もう二度とリリーに関わらせないようにするつもりだった、と言うベルナクスに、唖然としてしまう。確かに、なぜわざわざ国外から招いた画家に描かせるのだろう、と思ってはいたが、それがこんな理由だとは思いもしなかった。さらに、これまた横暴な理由で、途中で追い出すなど……

リリーは複雑な思いに表情を曇《くも》らせた。それを見て、ベルナクスが腕を伸ばしてやさしくリリーを抱き寄せる。

「もう、おまえの軍服姿を他の者の目に触れさせない。本当ならばそれを目にしたあの画家を罰してやりたいところだが、無事に帰してやったのだ。十分だろう?」

「陛下……」

リリーは描きかけの肖像画に目をやり、そっとため息をついた。ブランドンは芸術家らしく少し繊細すぎるきらいがあるが、真面目な青年だった。ベルナクスに威圧され、追い払われてしまったいま、ひどく傷ついていないといいが……。

「まったく、腕のいい画家というのも考えものだな、こんな……」

ベルナクスの呟きに、リリーははっとして顔を上げた。

「陛下、それを渡してください。燃やしてしまいます」

手を伸ばして紙の束を奪《うば》い取ろうとするも、ベルナクスに易々《やすやす》とかわされてしまう。

「待て待て、なにも燃やすことはない」

「わたしは気分がよくありません、そんな……」

そこでリリーが慌てて口をつぐむと、紙の束を持ったベルナクスの手が、ぴたりと止まった。

「そんな？　そんなとは、なんのことだ？」

「もう！　いいから渡してください！」

リリーは頬が紅潮《こうちょう》するのを誤魔化《ごまか》すように手を伸ばすが、ベルナクスの腕に阻《はば》まれる。

さらに腰を引き寄せられ、耳元で低くささやかれた。

「……安心しろ。おまえはこんな表情はしない」

「……っ」

リリーはさらに恥ずかしくなって身をすくめた。どぎまぎして俯《うつむ》くと、ベルナクスの手が頬を撫《な》で、顎《あご》に指が添えられる。リリーはその指先に逆らえず、おずおずと顔を上げた。

「ブランドンが描いたのは、おまえのようでいて、おまえではない。こんな表情は、私しか見ることができないのだからな」

そのままそっとくちびるが重ねられ、リリーは息をのんだ。

「ん……」

強引な言動とは裏腹に、ベルナクスのくちづけはやさしく、とろけるみたいに甘い。

胸の奥が震え、たちまちリリーの手足に力が入らなくなってしまう。そんなリリーの身体を支えるようにベルナクスが強く抱き寄せる。

しばし時が過ぎるのも忘れ、リリーは与えられるくちづけに応えた。

ふっ、とくちびるが離れ、リリーが甘い吐息を漏《も》らすのを、ベルナクスが満足そうに目を細めて眺めている。

「……陛下」

潤《うる》んだ瞳を上げると、ベルナクスが愛《いと》おしげにリリーの頬に手を添えた。

「おまえのこの姿を見ると、たまらなくなる……」

リリーが着ている軍服は、かつてユージスから支給されたものと違って、特別にあつらえたものだ。形は以前と同じだが、布地は比べものにならないほど肌触りがよく、なにより胸元が苦しくなかった。

ベルナクスの腕の中で目を閉じると、そのまま身をまかせてしまいたくなるけれど、なんとかリリーは思いとどまった。

「陛下、それで肖像画はどうなさるのです?」

「……気になるのか?」

しぶしぶ顔を上げたベルナクスに、リリーは頷《うなず》く。

「また一から描き直させるしかあるまい、当然違う画家にな。次は女の画家がいいかもしれん」

リリーはそんなベルナクスの顔を、じっと見つめながら言った。

「……やっぱり、なにかおかしいと思っていたのです」

「……なんの話だ？」

ベルナクスは動揺を見せなかった。これは、さすがと言うべきだろう。

「ブランドンにできるだけゆっくり肖像画を描くように命じておられたのでしょう？」

だが、これには少し間があった。

「そんなことは……ただ、忠実におまえの姿を写し取るためには、どれだけ時間をかけてもいいと言っただけだ」

リリーはやれやれ、とばかりにため息をつく。

「どうりで、なかなか絵が完成しないと思いました」

リリーは数年前、母が肖像画を描かせるのを横で見ていたが、これほど時間はかからなかった。肖像画についても頭が痛いものの、それよりも困ったことがもう一つある。

「……今日もリーシェンからの使者が参りました。今度は、陛下のもとではなく直接わたしのもとへ。またドリュー国王陛下からです」

リリーシェン国王の名を出すと、すぐにベルナクスが不機嫌そうに眉を寄せた。

「……リーシェン王にはあらかじめ申し渡している。肖像画ができるまで、おまえを帰すわけにはいかないとな」

やはり、そういうことだったのだ。

リリーは、ユージスに伴われナバルを訪れてから、ずっと王都レムルバールに留まっている。しかし、そろそろ一度帰国するようにと、リーシェン王から矢のような催促《さいそく》がきていた。正式に手続きをしてリーシェン国王の養女となり、ベルナクスと結婚するためにだ。だが、ベルナクスはすでにリリーを妃《きさき》同然に扱っていて、帰国を許そうとしない。結果、リリーは祖国とベルナクスとの間で板挟みとなり頭を悩ませていた。今日こそ、この問題を解決しなくては、と思っていたものの、すでにベルナクスの関心は他に集中している。

「それより、どうやって絵の期限のことを、あの画家から聞きだしたのだ？」

今度はリリーがとぼける番だった。

「さあ、どうやってでしょう？」

腕をつっぱりベルナクスの胸から身体を離そうとするが、それ以上の力で引き寄せられる。

「まさか、甘い言葉でもささやいたのか？」

もちろんそんなことはしていない。ブランドンとのたわいないお喋《しゃべ》りの端々《はしばし》から、リリーが感じ取っただけの話だ。そして、それは当たっていたらしい。

「そんなこと、内緒です」

絵を描いている間、ずっと身動きしないでいるのは大変なのだ。それをいくらでも引き延ばしていいと言っていたなど、ほんの少しだけ思い知らせてやりたくなる。

「リリー」

素知らぬふりをするリリーを、強引にベルナクスが抱え上げた。

「きゃあっ！」

慌てて逃《のが》れようとしても、もう遅い。一度もこの腕から逃れられた試しはないのだから。

「どうしても言わないというのなら、言いたくなるようにするだけだ」

ベルナクスは、リリーを抱え上げたまま扉へ向かってすたすた歩いていく。ここは、王の私室への続き部屋で、さらにその先は寝室になっている。

「まだ政務が……」

そう言ったところで無駄なことは、リリーが一番よくわかっている。そして、これから与えられるであろう甘い責め苦に、自分の胸が高鳴ってしまっていることも。

寝室の扉はふたりのために固く閉じられ、再び朝まで開くことはなかった。

リリーがリーシェン王の養女となり、正式に統一ナバル初代国王ベルナクスの王妃となるのは、もうしばらく経ってからのことになる。

王の執務室に飾られた王妃の肖像画は、なぜか軍服を纏《まと》っているという噂《うわさ》が国民の間に流れるのは、それから、さらにもう少し先の話であった。

書き下ろし番外編

恋する瞳は隠せない

リリーは、今日何度目かのため息をついた。

自室は花瓶に生けられている薔薇の芳《かぐわ》しい香りに満たされているが、大きく息を吸っても気分は晴れなかった。ベルナクスが各地の視察のため城を発《た》ってからもう一月以上、元気にしているのか知らせる便りもないからだ。

おかげでリリーは寂しい日々を過ごしていた。

王が不在でも王妃の務めはいろいろあって、忙しくはしていたが、ひとりになるとつい部屋でため息をついてしまう。

「いつお戻りになるのかしら……」

呟いてみても答えはない。

そこでリリーはふと、ウィルに話相手になってもらおうと思いついたのだが、今朝から彼の姿を見ていないことに気づく。部屋付きの侍女にきいてみると、さがしてくると言われたが、それを断り、リリーは自分で行くことにした。部屋に籠もってばかりいても、と思ったのだ。

「ウィル」

さがさずともウィルはすぐに見つかった。なにやら忙しそうにしていたが、リリーが声をかけるといつものようにぱたぱたと駆け寄ってくる。

「リリーさま、どうかなさいました？」

弟のように可愛がっている少年の笑顔を見ると、リリーも思わず笑みがこぼれた。

「どうということはないのだけど。忙しそうね、なにかあったの？」

リリーがそう言うと、ウィルが後ろを振り返る。

「先程、海の向こうの国から陛下に親書が届いたのですが、ご不在なので、その親書をまた陛下のもとまで届けることになりまして……」

大国からの親書となれば万一のことがあってはならないと、護衛団を立ててベルナクスへ届けることになったのだと言う。その準備のおかげで彼も忙しくしていたらしい。

「だったら、その親書はウィルが届けることになったの？」

「いいえ、僕は陛下からリリーさまの傍《そば》を離れるなと厳しく言われていますから」

そう言うウィルの表情にリリーは焦りのようなものを感じた。親書を届けるための準備をするのはウィルなのに、実際届けるのは別の者になるなんて残念な話だ。

「文書を届けるのは侍従《じじゅう》の大切な役目だわ。他の者にまかせるなんてだめよ」

ウィルが困った顔をしてリリーを見る。

「ですから、僕はリリーさまのお傍《そば》にいることの方が大切ですから……」

健気《けなげ》な侍従をリリーはぎゅっと抱きしめたくなった。

「大丈夫よ、ウィル。あなたが親書を届けるの。だって、わたしが一緒に行けばいいのだから」

「え?」

リリーの提案にウィルが晴れた空のような瞳を丸くする。

「名案でしょう? 護衛団もいるのだし、わたしが行ってもいいんじゃないかしら」

「で、ですが……」

戸惑うウィルの手を取って、リリーは握りしめた。

「お願い、無理を言っているのはわかっているわ。でも、ほんの少しでいいから……陛下に会いたいの」

ただ帰りを待っているのにはもう耐えられない。リリーの切実な訴えに、ウィルが気の毒そうに顔を曇《くも》らせる。

「それは、やっぱり……まずは陛下にお伺いを立ててからの方が……」

もちろんそれが正式な手順なのはリリーにもよくわかっている。

「でも、そんなことをしたら、時間がかかってしまうわ。それに、親書はもう陛下のもとへ出発するのでしょう？」

ベルナクスの許しが出たとしても、リリーが王妃として出かけるとなると話が大げさになってしまうし、準備にもさらに時間がかかる。また別に護衛のため騎士が随行《ずいこう》しなければならず、多くの者の手を煩《わずら》わせることになってしまう。

「ね、お願いよ、ウィル」

ベルナクスが不在のいま、当然側近のユージスも城にいない。王妃であるリリーのわがままを止められる者は他に誰もいなかった。

ベルナクスはいまシラール総督府の地方都市に滞在している。ナバルが占領統治するまで隣国だったシラールへは、馬車で三日ほどかかる距離だ。

ベルナクスへの大切な親書を携《たずさ》え意気揚々《いきようよう》と馬車に乗り込んだリリーだったが、もうすぐシラールというところまできて急に後悔に襲われていた。

「……やっぱりやめようと思うの」

馬車の向かいに座ってうとうとしていたウィルがはっと目を覚ましてリリーを見る。

「な、なにをですか、リリーさま」

居眠りなどしていない、とばかりに振る舞うウィルに、リリーはもう一度言った。

「だから、やっぱり陛下には会わずに帰ろうと思うの」

ウィルは驚きのあまりはっきり目が覚めたようだ。

「こ、ここまできて？　シラールはもうすぐですよ？　そこに陛下がいらっしゃるんですよ？」

信じられないとばかりにウィルがまくし立てる。無理もない。リリーがこうして親書を携《たずさ》えてシラールへ向かうことに、いちばん尽力してくれたのがウィルなのだから。

「だって、考えてみれば王妃としてあまりにも軽率だわ。ここまでウィルや皆のおかげで何事もなくきたけれど、やっぱり陛下のお許しなく国を出るなんて……きっと会いに行っても不興を買うだけだわ」

「それは……う〜ん、お怒りにはなるかなあ、とは思いますが……結局、リリーさまのお顔を見れば、陛下もよろこばれると思うんですけど……」

その点についてリリーとウィルの考えは一致していた。ベルナクスに歓迎されるかもしれないが、手放しで期待はできないと。

「陛下は政務で忙しくしておられるのだし……わたしが訪ねていけば周りの人にも迷惑がかかるわよね……」

ベルナクスは地方領主の屋敷に滞在しているらしく、そこに王妃が前触れもなく訪ねていけば主や使用人たちも混乱するはずだ。

「どうして出発するまでにそんなことも思い至らなかったのかしら……」

リリーは頭を抱え、己の浅慮《せんりょ》を激しく後悔した。

「そんな、リリーさま。仕方ないですよ、陛下に会いたい一心だったのですから」

ウィルのやさしさにますますリリーは自己嫌悪が募《つの》る。

結局、リリーは親書をもともと届けることになっていた使者に託した。そして、自分はベルナクスが滞在している街の宿屋で、ひっそりと使者が戻ってくるのを待つことにしたのだった。

使者が戻れば護衛団はすぐにまたナバルの王都へ向けて出発する。

そのため、落ち着かない気持ちのままリリーは宿屋の一室で、なにをするでもなく椅子に座っていた。

「本当によろしいのですか？」

何度となく繰り返された質問を、テーブルの向かいに座っているウィルが口にした。

「ええ、いいの。それに、さすがに陛下もそろそろナバルにお戻りになるでしょう？　あと少しの我慢だわ」

「だといいですけど……」

ウィルの口ぶりにリリーはひっかかるものを感じた。

「なに、ウィル？　陛下が戻られるまで、まだ時間がかかると思っているの？」

「いえ、陛下もはやくナバルへ戻るように心がけておいでだと思うのですが、周りの者が……」

引き止めているらしい。

「大国となったナバルを動かしていくには、すべてを迅速に進めていく必要があるんですけど、王都から離れれば離れるほどその停滞が起こりやすいんです。それを陛下が直接赴《おもむ》いて決裁を下していかれるんですけど、リリーさまもご存じでしょう？　陛下の決断力を。それに、普段は横柄《おうへい》な地方の役人も、陛下の前じゃ借りてきた猫みたいですからね。陛下がおられるだけで、物事が滞《とどこお》りなく進んでいくわけです。そうなったらあれもこれもと頼みにする者が後を絶たず、引き止められてしまうんですよ」

「そういえばそうよね……」

確かにリリーが侍従《じじゅう》として傍《そば》にいた時も、ベルナクスのもとには次から次に陳情書が届いていた。

「陛下は政務に労を厭《いと》われないものね」

王としては立派だ。だが、それゆえ心配でもある。働きづめで無理をしているかもしれないと思うと、このままベルナクスの様子を確かめずにナバルに帰るのが惜しい気がしてくる。心に浮かんだ迷いを振り払おうとして、リリーはふいに窓の外が騒がしいことに気づく。

「……なにかあったのかしら？」

リリーが呟くと、心得たとばかりにウィルが立ち上がる。

「そうですね、ちょっと見てきます」

そそくさと部屋を出て行くウィルの背中を見送り、しばらく待っていると、思ったよりもはやく少年侍従は戻ってきた。

「た、大変です、リリーさま！」

慌てふためくウィルにリリーは落ち着くように言う。

「どうしたの、ウィルったら、そんなに慌てて……」

「へ、陛下が……陛下が、すぐ近くの橋の改修工事の視察にいらしているとのことです」

「え……」

リリーは思わず立ち上がり、窓の外を見た。

「この窓からでは見えません、リリーさま。でも、すぐ近くに陛下がいらっしゃるのですよ」

ウィルは、すぐに行くとリリーが言うのを待っている。

「で、でも……」

リリーは躊躇《ためら》い、立ち尽くしてしまう。

「外は陛下のお姿を一目見ようという者たちでいっぱいです、リリーさま。人混みに紛《まぎ》れて遠くから見るだけでも……せっかくここまできたのですから」

ベルナクスに会わずに帰ると決めたものの、ウィルの提案には正直心が揺らいだ。遠くから一目だけでもベルナクスの姿を確かめられるなら、と思うと胸の動悸《どうき》がはやくなる。

「そうね……遠くからほんの少しだけ……」

結局リリーはウィルとふたりの護衛を連れて目立たぬ格好で宿を出た。大通りは人の群れがぞろぞろと続いていて、騒々しい。

「……こんなに人が……しかも、女の人ばかりじゃない？」

フードを目深《まぶか》に被《かぶ》ったリリーが控えめにあたりを見回しウィルにささやいた。

「そりゃそうですよ、ベルナクスさまは、若くて凛々《りり》しい国王陛下ですからね」

「でも、もう結婚しているのに」

「そんなの関係ないとみんな思ってますよ。これほど大国の王なら愛妾《あいしょう》のひとりやふたりいて当然だと思ってるんですから」

「そんな……」

複雑な思いにリリーは黙り込んでしまう。反対に周りの女性たちははしゃいでいて楽しそうにしている。

「少しでもお目に留まりたいわ」

「手を振ってみたらどう？」

耳に入ってくるお喋《しゃべ》りはいかにしてベルナクスの歓心を買うかばかりだ。

ウィルの言うとおり、娘たちはなんとかベルナクスの目を引けないかとはりきっているが、リリーはなるべく目立たないようさらにフードを目深に被った。

なんとか人混みをかき分け橋が見えるところまでくると、遠くに見覚えのある姿が見えた。

「あ！　あれは！」

橋から少し離れた所に、長身の青年がひとり佇《たたず》んでいる。

「……あれは、ユージスさまだわ」

ユージスは、いつものようにきっちりと軍服を着こなし、ひとつにまとめた長い髪を背に流している。思えば、ベルナクスと常に行動を共にしている彼も一月ほどナバルに戻れていないはずだ。

「ユージスさまにもナバルで待っている方《かた》がいるんじゃないのかしら？」

そうだとすれば、同情してしまう。だが、元々ユージスの侍従《じじゅう》であるウィルは首を捻《ひね》りながら言った。

「僕の知る限りでは、ユージスさまにそういう浮いた噂《うわさ》はないですね」

「どうして？」

ユージスは王の側近で名家の出身だ。性格に多少癖はあるが、黙っていればわからないし、顔立ちも整っている。好意を寄せる女性は少なくないのでは、とリリーが言うとウィルが考え込む。

「やっぱり、お仕事が忙しいから女性と接する機会もないようですよ。ユージスさまのもとには毎日各地の間諜《かんちょう》たちから山のように報告が届いていますから、それを処理するだけでも大変ですしね」

「そうよね……」

リリーはいまや王妃で、ユージスを労《ねぎら》う立場にある。だが、彼は元上司ということもあってそんな僭越《せんえつ》なことは考えたこともなかった。

「だったら、ユージスさまにもお休みをあげた方がいいのかもしれないわね」

ウィルが無理無理無理、と手を振る。

「のんびり休んだりなんて、ユージスさまにできるわけないですよ。それより、リリーさま。陛下の姿が見当たりませんね……」

すっかりリリーよりも背が高くなったウィルが首をのばす。リリーもベルナクスの姿をさがすが、人垣でよく見えない。なんとかできるだけ橋へ近づこうとしていると、ウィルが声を上げた。

「あ、あそこに！」

ウィルの指さす方に目をやると全身黒ずくめの姿が見えた。リリーは目を見開き呆然としてしまう。

「陛下……」

一月ぶりに目にするベルナクスだった。遠目から見ても、変わりはないようだ。ここからでは横顔しか見えないが、真摯《しんし》な表情で周りの者の話をきいている。

胸が詰まって涙がこみ上げてきそうになり、リリーは震える手で口元を押さえた。

「お元気そうですね」

ウィルの言葉にも、リリーは胸がいっぱいでただ頷《うなず》くことしかできない。

きゃあきゃあ、とはしゃぐ娘たちに囲まれて、リリーがベルナクスの姿に目を奪われて立ち尽くしていると、一斉に黄色い悲鳴が上がった。

ベルナクスがふいに振り返ったのだ。

「っ！」

リリーが慌てて顔を伏せると、ウィルが心配そうにきいてきた。

「どうしたんですか、リリーさま？」

「い、いま……陛下と目が合ってしまったの……」

「え？」

こんな人混みでまさか、と思う。だが、ベルナクスははっきりとリリーを見た。

「でも、リリーさま。周りの娘さんたちも同じことを言ってますよ」

確かにリリーの周りの娘たちは、自分と目が合ったと色めきたって騒然としている。

そもそも歓声を上げながら手を振ったりとはしゃぐ娘たちの中に紛《まぎ》れているリリーの見分けがつくはずない。

そうは思うが……

「も、もう宿に戻るわ」

これ以上ここにいてはいけない、と感じ、リリーは人の流れに逆らい宿へと急いだ。

宿に戻ってもリリーの胸の動悸《どうき》はおさまらなかった。

あんなにごったがえしている人混みの中で、そこにリリーがいると知らなければ見分けるのは到底無理だと自分に言い聞かせても、不安が残る。

「陛下が振り返ったところは僕も見ましたけど、リリーさまを見つけたのならもっと驚いたりするはずじゃないですか？　でも、特にそんな様子はなかったように見えましたよ」

心配しすぎだとウィルは言うが、ベルナクスは公の場で感情を顔に出すことはしない。いつも不機嫌そうにしているのは、少しでも心を読まれないためで、王としてその身に徹底して染みついているからだ。

黙ってナバルの王城から出かけてさらにあんな人混みに無防備に紛れていたとわかれば、ベルナクスも怒るより呆れるのではないか。さらに軽率な行動を重ねてしまったことにリリーは泣きたくなった。

はやくナバルの王城に帰りたい。

ひとり部屋で思い詰めていると、階下が騒がしくなったことに気づいた。

胸の鼓動がどきりと不安に跳ねる。

親書の護衛団が戻ってきたのかもしれないと思ったものの、それにしては妙に騒がしい。

そして、ついに荒々しい足音が近づいてきた。階段を昇ってきた足音は、まっすぐこの部屋に近づいてくる。ウィルはどんなに急いでいても、あんな大きな足音を立てたりはしない。

もしや、と思いリリーは身を隠せるところはないかと室内を見渡す。寝台の下には潜《もぐ》り込めそうにないし、あとは小さなテーブルと椅子しかない。迷ってはいられないとリリーは窓に走り寄った。急いでがたつく窓ガラスを押し上げ、下を見る。

すると、扉が勢いよく開かれ、リリーは振り返った。

「……っ！」

そこにいたのは、ベルナクスだった。

不安が的中し、リリーは驚きに目を見張る。しかも、橋で目が合ってから、まだいくらも時間は経っていないのにさがしあてられてしまったなんて信じられない。

「まさかと思ったが……しかも、窓から逃げようとしているとはな」

ベルナクスの顔はこれ以上ないくらい険《けわ》しい。

「に、逃げようなんて……きゃあっ！」

動揺したリリーは、窓枠についていた手を滑らせてしまった。身体がぐらりと傾く。

「リリー！」

すぐにベルナクスが駆け寄り、リリーの腕を掴んだ。

「陛下……」

間近で見るベルナクスの瞳に、リリーは思わず息をのむ。

「まったく……おまえは、一日に何度私の肝が冷えるようなことをやるつもりだ」

「も、申し訳……」

ぐっと力強く腕を引かれ、リリーは窓から落ちずに済んだ。慌てて居住まいを正していると、また足音が聞こえてきた。

「リリーさま、いまの悲鳴は……うわあああ！」

駆けつけてきたウィルが悲鳴を上げて立ち止まる。ゆっくりとベルナクスが振り返ると、みるみるウィルの顔が青ざめていった。

「ウィル。おまえにも後で話がある。だが、まずはこのまま扉を閉め、私がいいと言うまでこの階には誰も近づけるな」

「は、はい……っ」

ウィルがあたふたと身を翻《ひるがえ》し、扉が閉められた。部屋が静まりかえり、リリーは慌てて言う。

「陛下、ウィルはなにも悪くないのです。これはわたしのわがままで、すべての責はわたしが負います、ですから……」

また振り返ったベルナクスにきつく睨《にら》みつけられてしまう。

「まったく、一体なにを考えている……勝手に城を抜け出し、こんなところにろくに護衛もつけずにふらふら現れるなど」

「それは……反省しています。ですから、シラールについた時に思い直して陛下にお会いせずに帰ろうと思ったのです」

ベルナクスは眉を寄せて黙り込んでいる。せっかく会えたというのに、どうしてこんなことになってしまったのか、とリリーは胸が苦しくなる。

「私に断りなくシラールまで来たこと、王妃の自覚なく人混みにいたことは怒っているが……会いにきたことは怒っていない」

「え……」

リリーは耳を疑い呆然としてしまう。

厳しく叱責されるものだとばかり思っていたので、どうしていいかわからない。ベルナクスもリリーから目を逸《そ》らし、なぜかあらぬ方を見ている。

「あ、あの……それって……」

聞き間違いだったかもしれない、と戸惑うリリーを、仕方がないとばかりにベルナクスが真っ直ぐ見た。

「私に会いにきたことは怒っていないと言っている」

それでもリリーが立ち尽くしていると、しびれを切らしたようにベルナクスに引き寄せられた。腕の中に抱きしめられ、逞《たくま》しい胸に頬を寄せたところでようやく実感が湧いてくる。

「陛下……」

「悪かった、戻るのが遅れて寂しい思いをさせたな」

耳元でささやかれ、リリーは返事の代わりにベルナクスの背中にぎゅっと腕を回す。

しばし言葉もなく互いの存在を確かめる、それだけで十分だった。

そして、やっとほっと息をつき、リリーはベルナクスの腕の中で疑問を口にした。

「あの……本当にあの人混みでわたしの姿を見つけられてここに？」

「一瞬信じられなかったが、どんなに似たような姿の娘がいようと私をあんな目で見るのはおまえしかいない」

「わたし……そんな……？」

確かに感極まった顔をしていたかもしれない。ベルナクスの手が頬にかかるが、リリーは恥ずかしくて顔が上げられなくなる。

「そ、それにしても陛下は、どうしてこんなすぐにここがおわかりになったのです？」

恥ずかしさを誤魔化《ごまか》すようにリリーはきいてみた。すると、驚く答えが返ってくる。

「おまえの姿を認めた時、すぐに親書を届けるのに便乗してきたのだと気づいたが、こそこそと行ってしまったのを見て、私の前に顔を出す気はないのだと思ってな。そうなれば、この辺りの宿にいるのだろうと目星をつけてさがしたのだ」

寸分違わぬベルナクスの推測に、リリーは唖然《あぜん》とした。

「そこまでお見通しなんて……」

ナバルを出発する前は、突然訪ねていってベルナクスを驚かせてみたいといういたずら心も少しあった。どんな顔をするかとわくわくさえしたが、ベルナクスの裏はかけそうにない。

「リリー……」

ふいに名を呼ばれ、リリーが顔を上げると、そっとくちづけられた。それは、いつもは内に秘めているベルナクスの情熱が流れ込んでくるかのように、甘く激しくリリーの胸を震わせる。

うっとりとくちづけに身をまかせていると、リリーの髪飾りが外され、結い上げていた髪がはらりと背中に広がる。

「陛下？」

驚いて顔を上げると、ベルナクスがにやりと笑う。

「責はひとりで負うと言っただろう？」

「い、言いましたけど……」

リリーはじりじりと後ろの寝台に追い詰められていき、ついに押し倒されてしまう。

「こういう……意味で、言ったのでは……」

「どうするかは私が決める」

リリーは息をのんだ。

「そういえば、ウィルと話していたのです。陛下の決断力は素晴らしいと……」

よろこびに胸は高鳴っているのに、リリーは気恥ずかしさから話を続けようとした。

ベルナクスの声を、もうしばらく聞いていたかったというのもある。それは功を奏し、ベルナクスが身体を起こす。

「……まったく、以前から思っていたが、おまえたちはいつも妙な話ばかりしているな」

「妙な話なんて、褒めていたのです」

呆れた口調にリリーは心外だと眉を寄せた。だが、当のベルナクスは目を細めてリリーを見つめている。

「いや、おまえたちはなにもわかっていない。本当に難しいのは決断することではない。一度決めたら必ずやり遂げる、それこそ難しいのだ」

「陛下……」

思わず感心してリリーはすっかり寝台の上で組み敷かれていることを忘れそうになっていたが、ベルナクスの言葉に我に返る。

「だから、私はこのままやめるつもりはないぞ」

「え？　でも、視察の途中では……」

頬にくちづけられ、リリーは首をすくめる。

「質問にはすべて答えてきたから、もういいだろう」

「あの短い時間でですか？」

ベルナクスこそ一日に何度リリーを驚かせるのだろう。やはりなんと言おうとベルナクスの決断力は並外れている。だが、橋の改修現場に残された者たちは戸惑っているだろうし、こうしている間にユージスも王をさがしにくるに違いない。

リリーがそう言うが、ベルナクスは取り合わず、くちびるを塞《ふさ》ごうとする。

「思えばずっと質問されるばかりで、うんざりしていたところだ。今度は私が質問することにしよう」

「質問？　わたしにですか？」

一体、なにを質問されるか見当もつかず、リリーは目を丸くする。

「そうだ……どこにくちづけて欲しいか、とかな」

「な……っ」

リリーは驚いて身体を起こそうとするが、あっさり押しとどめられてしまう。

「さあ、答えてもらおうか」

「そ、そんなこと……答えられません……っ」

頬を赤くして顔を背《そむ》けたリリーに、仕方ないとばかりにベルナクスが言う。

「だったら、私が決めるしかないな」

「え、ええ？　ちょっと待ってくださ……」

慌ててリリーは逃げようとするが、もちろんかなわない。

そして、ベルナクスは信条通り一度決めたことをしっかりやり遂げた。

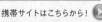

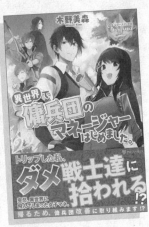

新感覚ファンタジー
RB レジーナ文庫

一夜でお金持ちの奥様に!?

軽い気持ちで替え玉になったらとんでもない夫がついてきた。 1〜2

奏多悠香　イラスト：みくに紘真

価格：本体 640 円+税

花売り娘のリーはある日、自分とそっくりな顔をした女性に「替え玉」になってほしいと頼まれた。二つ返事で引き受け連れて行かれたのは豪華なお屋敷。驚くほど贅沢な暮らしが始まったのだけれど、問題が一つ。それは旦那様の愛情が超重いこと！ どん底娘の一発逆転シンデレラファンタジー!!

詳しくは公式サイトにてご確認ください

http://www.regina-books.com/

携帯サイトはこちらから！

スマホゲーム化決定！
2017年春配信予定！
異世界でカフェを開店しました。
豪華声優陣によるキャスト発表中！
事前登録受付中！
詳しくは公式HPにアクセス！
https://isekaicafe.jp/
※ゲームリリースをもって、事前登録は終了します。
©Ringo Amasawa ©AlphaPolis Co., Ltd. キャラクター原案：⑪(トイチ)・野口芽衣

RC
Regina
COMICS
アルファポリスWebサイトにて
好評連載中！
原作 ふじま美耶
MIYA FUJIMA
漫画 村上ゆいち
YUICHI MURAKAMI
異世界で『黒の癒し手』って呼ばれています 1〜3
好評発売中！

異世界で『黒の癒し手』って呼ばれています 1
異世界をゲームの知識で生き抜きます！
魔法世界で働いて
色んな敵
デビュ
トラブル
大波乱

RC Regina COMICS
シリーズ累計
31万部
突破!!
詐騎士
1~2
SAGISHI
大好評発売中!!
原作 かいとーこ
漫画 麻菜摘
アルファポリスWebサイトにて
好評連載中!
新感覚ファンタジー
待望のコミカライズ!!
ある王国の新人騎士の中に、一人風変わりな少年がいた。傀儡術《かいらいじゅつ》という特殊な魔術で自らの身体を操り、女の子と間違えられがちな友人を常にフォローしている。しかし実は、その少年こそが女の子だった！　性別も、年齢も、身分も、余命すらも詐称。飄々《ひょうひょう》と空を飛び、仲間たちを振り回す——。そんな詐騎士《さぎし》ルゼの偽りだらけの騎士生活！
すべて詐称!?
その騎士、実は女の子!?
アルファポリス 漫画
検索
B6判
各定価：本体680円＋税

大学時代から近所のコンビニで働いている、23歳の奏楽《ソラ》。今日も元気にお仕事——のはずが、なんと異世界の店舗に異動になってしまった!? と言っても勤務形態は変わらず、実家からの通勤もOK、加えて時給がぐんと上がることを知り、働き続けることに。そんな異世界コンビニにやって来るお客様は、王子や姫、騎士などクセ者ぞろいで……？
異色のお仕事ファンタジー開幕！

◉文庫判 ◉各定価：本体640円＋税 ◉illustration：chimaki

脇役なのに恋愛イベント発生!?

乙女ゲーム世界で主人公相手にスパイをやっています 1~4

香月みと MITO KAZUKI

乙女ゲームの世界に転生!? 異色の学園ラブ・コメディ開幕!

「この世界は、ある乙女ゲームの世界なんだ」
ある日、従兄《いとこ》の和翔《かずと》からとんでもないことを告げられた詩織。なんと彼には、妹がこの乙女ゲームをプレイしていた前世の記憶があるという。ゲームのヒロインは、詩織が入学する学園で次々にイケメン達をオトしていくのだが、その攻略対象の一人が和翔らしい。彼に頼まれ、詩織は従兄の攻略を阻止することに。だけど、なぜか詩織にも恋愛イベントが発生して——!?

各定価：本体640円+税　Illustration：美夢

本書は、2015年9月当社より単行本として刊行されたものに書き下ろしを加えて文庫化したものです。

レジーナ文庫

運命《うんめい》の乙女《おとめ》は狂王《きょうおう》に奪《うば》われる

木野美森《きのみもり》

2017年 3月20日初版発行

文庫編集－西澤英美・塙綾子
発行者－梶本雄介
発行所－株式会社アルファポリス
〒150-6005 東京都渋谷区恵比寿4-20-3 恵比寿ｶﾞｰﾃﾞﾝﾌﾟﾚｲｽﾀﾜｰ5階
TEL 03-6277-1601（営業） 03-6277-1602（編集）
URL http://www.alphapolis.co.jp/
発売元－株式会社星雲社
〒112-0005東京都文京区水道1-3-30
TEL 03-3868-3275
装丁・本文イラスト－北沢きょう
装丁デザイン－ansyyqdesign
印刷－株式会社暁印刷

価格はカバーに表示されてあります。
落丁乱丁の場合はアルファポリスまでご連絡ください。
送料は小社負担でお取り替えします。

ISBN978-4-434-22997-8 C0193